魔王様は手がかかる

目次

Character
登場人物紹介
ピッケ
一番弟子・長男。
転生先でソーンに拾われ、
大家族の長男に。
普段はしっかり者だけど、
師匠にだけ
こっそり甘えている。
ソーン
ピッケたちの師匠。
生活能力皆無で
コミュ障だが実は寂しがりやで
弟子が大好き。
魔王ではないかと噂されている。

エルダール

三番弟子・三男。エルフ。
衛生・清潔担当で植物に詳しい。
控えめな性格で少し臆病。

ドゥガーリン

二番弟子・次男。竜人。
兄弟たちのムードメーカー。
細かいことは気にしない。

ストック・フェッチ

四番/五番弟子・四男/五男。チェンジリングされた人間と妖精。
双子以上にそっくりでとにかくやんちゃ。

リッポント

七番弟子・末っ子。
サーベルタイガーの獣人。
愛称はポンちゃん。

アルケウス

六番弟子・六男。ホムンクルス。
警戒心が強く攻撃的だが、
ピッケにはほんの少し心を許している。

魔王様は手がかかる

プロローグ

――北の森には不気味な古城があり、そこには〝銀の荊《シルバーソーン》〟と呼ばれる魔王が住んでいる。魔王は竜人やら妖精やら多種多様な種族の手下を持ち、恐ろしい魔法の研究をしているのだとか。だから、北の森には決して近づいてはいけないよ。怖い魔王とその手下に、生贄にされてしまうからね――

というのが、この地方に広く伝わる戒めだ。

確かに城はある。五百年前に建てられ、オンボロなうえ蔦でビッシリと覆われているから、不気味に見えるのも仕方ない。けど、こう見えても中はちゃんと掃除してて綺麗なんだけどな。

あと手下じゃなくて弟子ね。僕を含め七人の弟子。竜人もいればエルフも妖精も人間もいるし、ホムンクルスと獣人もいる。多種多様だけどみんな仲いいよ。

恐ろしい魔法の研究については……否定しきれない。いや、別に害を及ぼそうとは思ってないけど、あの人、変な魔法の研究ばっかりしてるからさ。いつもお騒がせしてすみません。

でも生贄っていうのは完全なデマ！　そんな悪いこと、うちの師匠も弟弟子《おとうとでし》も絶対にしません！

そして何より一番のデマは、師匠のソーンが魔王ってこと！　そりゃ不慮の事故でちょっと角とか尻尾とか生えちゃったけどさ、あの人そもそも人間だから。魔法は得意だけど生活能力皆無で、コミュ障でだらしないだけの人間ですから。いつも黒いマントを着ているのもそう。食事や実験ですぐに服を汚すから、僕が着せたの。幼児のスモックと同じ。

だから、北の森の古城に住むのはおっかない魔王とその手下じゃなく、コミュ障師匠と賑やかな弟子たち……なんだけど、世間からは誤解されているみたいだ。

そして僕……魔法使いソーンの一番弟子ピッケは、とある理由からその誤解を解こうと日夜努力している。

「さーて、今日も頑張るぞっと」

いつもの朝。僕はエプロンをつけて腕まくりをしながら厨房へ向かう。

朝は大忙しだ。なんたって八人分のご飯を作らないといけない。それにみんな食べ盛りだからよく食べる。食事作りをメインで担当している僕にとって、朝は猫の手も借りたいほど忙しい。

石造りの竈《かまど》に魔石で火をつけ、右の火口でソーセージを焼き左の火口で豆を煮ていく。同時にチーズを人数分切っていると、入口からヌッと大きなシルエットが入ってきた。

「兄やん、腹減ったぁ。朝メシまだ？」

挨拶もそこそこに空腹を訴えやってきたのは、二番弟子のドゥガーリンだ。種族は竜人。年齢は僕のひとつ下で十四歳。竜人だから体格が立派で身長は僕より大きい。肌を覆う赤い鱗の下は逞しい筋肉で、我が家の力仕事担当だ。

大雑把だけど明るくて、うちのムードメーカーってとこかな。竜の尻尾も翼も生えているけど、赤髪の間から生えている角は二本ともポッキリ砕けて折れている。自然には治らないみたい。

「おはよう、ドゥガーリン。もうすぐだからパンと牛乳、運んどいて」

「おん」

眠いのか、空腹で力が出ないのか。頼りない返事をしたドゥガーリンは、両手にパンの籠と牛乳缶を持つとフラフラと食堂へ向かっていった。

そして入れ替わるように、華奢で細身な人影が厨房に入ってくる。

「おはよう、お兄ちゃん。こっち手伝うね」

「おはよう、エルダール。ありがとう、助かるよ」

エプロンの紐を結びながらやってきたのは、三番弟子のエルダール。十三歳。この城で僕以外に唯一、料理ができる貴重な存在だ。

「スープをお願いしていい？　エルダールの作るスープはおいしいから」

そう頼むと彼は、嬉しそうに頬を染めてはにかんで頷いた。朝日に煌めく笑顔のなんと愛らしく美しいことか。

エルダールの種族はエルフ。エルフは希少種で、透き通るような白い肌、尖った耳、絹糸のような緑髪、そして眩いほどの美しい顔立ちが特徴だ。けどそのせいで、ここに来るまでは随分つらい目に遭ってきたみたい。

出会ったばかりのころは僕にさえ怯えていたエルダールだけど、今ではこうして積極的にお手伝いをしてくれる頼もしい存在になった。心の傷が完全に癒えたわけではないだろうけど、こうして笑顔を見せてくれるようになって僕は嬉しい。

「隙あり！　ソーセージいただき！」

「オレはチーズ！」

「あっ！　コラ！」

僕がエルダールとほのぼのしている隙をついてお皿からつまみ食いしていったのは、四番弟子・五番弟子のストックとフェッチ。ストックが人間、フェッチが妖精で、チェンジリングされたふたりだ。いわゆる妖精と人間の取り替え子ってやつ。栗色の癖っ毛に好奇心いっぱいの丸い目を持ったふたりは、双子以上にそっくりで見分けがつかない。

十二歳のふたりはとにかくやんちゃで悪戯好きなので、僕は毎日振り回されている。元気いっぱいでうちが明るくなるのはいいんだけどね……この間、干してあった洗濯物のポケット全部にカエルを詰めたこと、まだちょっと許してないよ。

「おい、ピッケ。俺の皿に野菜は載せるなよ。載せたら殺すぞ」

ストックたちと入れ替わりで厨房へやってきていきなり物騒な脅迫をしてきたのは、六番弟子のアルケウス。見た目と精神年齢は十二歳くらいだけど、実年齢は推定五歳なんだって。まだ幼いのに、この城の誰よりも偉そうで口が悪い。すぐに「殺す」って言う。……まあそれも、彼が育ってきた環境を思えば仕方ないんだけど。

アルケウスはホムンクルスだ。フラスコの中で生まれた彼は、ずっと実験台として育ってきた。どれほど過酷な環境だったのかは、アイパッチに隠された喪失した片目や身体に残る傷を見ればわかる。

錬金術師だけでなく世界に対する恨みは相当なもので、出会ったころはそれこそ手がつけられないほど攻撃的だった。今は口こそ悪いけど、こうして一緒にテーブルを囲んでご飯を食べてくれる。それって十分な成長だと思うし、いつかもっと彼の心が柔らかくなることを願いたい。

「駄目だよ、好き嫌いしないでちゃんと全部食べてね」

そう言いながら僕がお皿に豆とザワークラウトを均等に盛っていくと、アルケウスは「チッ、クソが」と悪態をつきながらも食堂へ戻っていった。

「にぃ、にぃ」

「あれ、ポンちゃん？　来ちゃったの？」

バタバタと慌ただしく食事の支度を続けていると、足にフワフワな感触が絡みついてきた。驚いて足元を見ると、それは七番弟子のサーベルタイガー獣人・ポンちゃんことリッポントだった。

まだ一歳になったばかりのポンちゃんは小さくて、サーベルタイガーというより丸っきり子猫だ。白くてフワフワの身体に大きな牙は愛嬌たっぷりで、みんなに可愛がられている。我が家のアイドルってやつだね。

「誰か、ポンちゃんを食堂へ連れてって～」

ポンちゃんを抱き上げながら食堂に向かって言うと、ドゥガーリンがすぐに小走りでやってきた。

「なんやさっきまでクッションの上でコロコロしとったのに、脱走してもうたんか。堪忍な、兄やん。すぐ連れてくわ」

そう言って、ドゥガーリンは小さいフワフワを優しく抱っこすると「厨房はあかんで。兄やんの戦場やからな」とポンちゃんに教えながら去っていった。食堂のほうから「ポンちゃーん、おいで」「遊ぼ」とはしゃぐストックとフェッチの声が聞こえる。

「よし、できたっと」

「スープもできたよ」

調理台に並んだ八人前の料理と寸胴に入ったスープ。それとお皿やカトラリー。僕は集中して魔力を手のひらに集めると、パン！　と大きく手を打ち鳴らす。

「♪　さあさあ、朝ごはんだよ。みんなの元気のもと。いっぱい食べて今日も一日頑張ろう」

歌うように唱えると、料理や皿がフワリと浮かび上がり宙を行進するように食堂へ向かっていった。これは僕の得意な家事魔法のひとつ。

魔法は魔力を使い万物を操る術だけど、僕は料理や食器、あるいは箒とか水桶とかの家事道具を操ることに長けているみたい。

無事に全部を食堂のテーブルに運び終えると、周りで遊んでいた子たちもみんな席に着いた。エルダールがみんなにスープをよそってくれて、僕も席に着こうとしたとき……

「あれ、師匠は？」

僕の隣、一番奥の席にいるべき人がいないことに気がついた。

「ワイは声かけたで〜」

「オレたちも！」

「ドア蹴っ飛ばしてきた！」

「知らねえよ。くたばってんじゃねーの、ほっとけ」

「んみ〜」

要はまだ起きてきてないってことね……。僕はため息をひとつ吐き出すと椅子から立ち上がる。

「呼んでくる。すぐ戻るからみんな待ってて」

待望の朝食をお預けされて、テーブルからは一斉にブーイングが上がった。けれど〝みんな一緒にご飯〟が我が家のルールなので、そこは譲れない。スープに保温魔法をかけると、僕は城の地下へと走っていった。

うちの城は三階建て。それぞれの私室は二階と三階にあるけど、師匠の部屋だけは地下にある。なぜって、この薄暗くてやたらと広い部屋は魔法の実験室も兼ねているから。あと師匠が暗いとこ好きだから。

「師匠。しーしょーう。起きてください、朝ご飯できましたよ」

年季の入った樫製のドアをノックして声をかけるけど返事はない。また実験で徹夜して朝寝してるのかな。小さい弟子たちの教育によくないから規則正しい生活を送ってくれって、いつも言ってるのに。

僕は呆れたため息をひとつ吐き捨てると、真鍮のノブを回してドアを開け放った。

「もう！　みんな朝ご飯待ってるんですよ！　早く起き――」

しかし、目に飛び込んできたのは机で寝落ちしている師匠の姿ではなく、部屋を一面埋め尽くす真っ白なキノコの群れだった。

「な、なんだこれええええええっ⁉」

しかもキノコはフワフワと胞子を飛ばし、それがくっついた場所からニョキニョキと新たなキノコが生えてくる。あっという間にキノコは廊下にまで増殖し、僕のブーツにも群生する。

「……ピッケ。開けてはいけない、キノコが逃げてしまう……」

「ぎゃ！　化物！」

目の前にヌッと現れたのは、数多のキノコに埋もれた巨大な塊だった。しかしよく見ると人型をしていて、奥のほうに見慣れた金色の目が見える。

「えっ⁉　師匠⁉　師匠ですか⁉」

僕は夢中で目の前の塊からキノコを毟《むし》っていった。すると中から菌糸まみれの美しい顔が出現するではないか。こんな悲惨な状態だというのに、美形には変わりないことがなんだか腹立たしい。

「ど、どうしちゃったんですか⁉　魔物に襲われたんですか⁉」

もしかしてこのキノコは人に寄生しつつ増殖する魔物なのだろうかと考えて、背筋が冷える。このままでは師匠も階上のみんなも危ない。……ところが。

「襲われているのではない……。ピッケが食費がかかると言うから、無限に食べられるキノコを作ろうとした……だけだ。少し繁殖力が強すぎたが……」

「は⁉　じゃあこれ師匠が作ったんですか⁉」

「……そうだ」

まさか僕から褒められることを期待しているのか、師匠は頬をちょっと染めて頷く。

家計を助けてくれようとした気持ちはありがたいけど、明らかに間違っている手段に眩暈がした。

しかもそうこうしているうちにキノコはどんどん廊下を覆い尽くしていく。

「とにかく！　これ全部消してください！　城中キノコまみれになっちゃうでしょ！」

そう叫んだと同時に、階上から大きな悲鳴が響いた。

「うわーーっ‼　なんやこのキッショいのは⁉」

「ヒッ！　た、助けてえっ、お兄ちゃん！」

「あはははははははなんだこれ！」

「あはははははは変なの！」

「おい！　朝から気色悪いことしてんじゃねえ！　殺すぞ！」

「ふにゃあああああ」

どうやらキノコは一階の食堂にまで増殖したようだ。聞こえてくる悲鳴から、弟弟子《おとうとでし》たちがパニックになっているのが窺える。

「あーあーもう、大変だよ！」

僕は廊下を埋め尽くすキノコを掻き分けながら、弟弟子《おとうとでし》たちを助けるべく階段へと向かった。

「師匠は一刻も早くこのキノコを止めてくださいね！」

振り返ってそう叫ぶと、僕に叱られてどことなく悲しげな眼をした師匠が「せっかく作ったのに」とつぶやくのが見えた。


しかし、すさまじい繁殖力のキノコは創造主の師匠でもすぐに止めることはできず、城を覆い尽くし森へ広がり、果ては麓の村にまで増殖した。

当然村は大パニックで、師匠が胞子を放出させないよう魔法をかけたときには、村の家々も牧場も畑もすでにキノコまみれだった。

「本当にごめんなさい！　ご迷惑をおかけしました！」

麓の村までお詫びにやってきた僕は、カンカンに怒ったり困惑したりしている村人の皆さんに向かって深々と頭を下げる。その隣で六人の弟弟子《おとうとでし》たちも僕に倣って頭を下げた。……訂正、アルケウスは頭を下げずにそっぽを向いている。あとポンちゃんは僕におぶられて寝ている。

「まったく、いい迷惑だよ。今年はただでさえ麦の出来が悪いってのに、これじゃ全滅だ」

「申し訳ありません。必ず弁償します」

「あんたたちの、その……師匠？　あのおっかない人がまたやったんでしょう？　怖いわねえ。悪気はないっていつも言うけど、やっぱりあの人って魔族か何かなんじゃないかしら」

「ち、違います。師匠は魔力が強くて変な実験ばっかりしてるけど、れっきとした人間です。悪者でも魔族でもないです」

僕がペコペコと頭を下げていると、そっぽを向いていたアルケウスが「チッ」と舌打ちしてこちらを睨みながらやってきた。マズい、キレてる。アルケウスは誰に対しても攻撃的だけど、僕やみんなが責められるとものすごく怒るんだ。今ここで反論されたら余計に拗れる。

すると、ヤバそうな空気を察知したのかドゥガーリンが場を切り替えるように手を叩き、ひときわ明るい声で言った。

「まあまあ！　グチャグチャ言っててもしゃーない！　キノコはワイらが全部掃除するから、おっちゃんらは家で待っとってくれ！」

ナイス、ドゥガーリン！　おかげで村人は渋い顔をしつつ一旦家に戻り、僕はホッと息を吐いた。

「よーし、じゃあサッサと片づけちゃおう！」

周囲に村人がいなくなり、残された僕らはあちらこちらに生えたキノコを手当たり次第に毟《むし》っていく。すると、魔法で僕の影に潜んでいた師匠がニュルリと姿を現した。

「……すまない。私のせいでピッケが怒られてしまった……」

「いいですよ、慣れてますから。それに師匠は今は人前に出ないほうがいいです、誤解が加速するから」

「……ん」

師匠はのっぽな身体をしょんぼりと丸めて、所在なさげにしている。

騒動の原因でもあり僕らの保護者的な立場でもある彼だけど、矢面に立って責任が取れないことをさすがに申し訳なく思っているみたいだ。でも仕方ない。だって師匠は間違いなく人間だけど、頭には湾曲した二本の角が生えていて、マントの裾からは先っぽが矢印型をしたいかにも魔族らしい尻尾が覗いているんだから。

七年前、僕と出会ったときにはこんなものは生えておらず、彼はただの高身長の不愛想美形だった。けれど四年前、迂闊な実験をした師匠は半魔になってしまい、見るからに魔王らしいビジュアルになってしまったのだ。

ただでさえ〝銀の荊《シルバーソーン》〟は魔王だなんて誤解されているのに、こんな姿を見られたら誤解の解きようがない。なので角と尻尾が消えるまで師匠には人前に出ないようにしてもらっている。可哀想だと思ったけど、もともと引き篭り気味なので本人はあまり苦ではないみたい。

「それより師匠もキノコを掃除するの手伝ってください。村中ビッシリ生えてるんですから」

しょんぼりしている師匠を元気づけるように笑顔で言えば、師匠は無言で頷いて僕に背を向けた。

そしてボソボソと小さな声で詠唱をして軽く片手を振る。すると道々や家の壁に生えていたキノコが風の鎌で一斉に刈られ、用意してあった袋の中へ勝手に入っていった。

「すっげー！　さすが師匠！」

「もっかいやって！　もっかい！」

それを見ていたストックとフェッチが大はしゃぎして駆け寄ってくる。気をよくしたのか師匠は方向を変えてもう一度同じ魔法を繰り出してみせ、ふたりを大喜びさせた。

「やっぱり師匠の魔法はお見事だね」

「なんや、手でチマチマ毟《むし》るより師匠がバーッってしたほうが早いやんけ」

エルダールとドゥガーリンもやってきて感心しながら言えば、アルケウスが近くのキノコを火魔法で燃やしながら「そもそもアイツが原因じゃねえか。全部アイツにやらせろよ、クソが」と悪態をついた。

「これなら早く済みそうですね」

あっという間に満杯になった袋を荷車に積んでいくと、師匠が魔法の手を止めて「あ……」と何か言いたそうにしてきた。彼は性格上大きい声を出したがらないので、僕のほうから近寄って聞きにいく。

「どうしたんですか？」

「このキノコは食べられる……。少し村に置いていくといい……」

そういえばさっき、村の人が今年は麦が不作だって言ってた。こんなキノコでも食料不足の助けになればいいことだ。

「毒とか平気ですか？」

「ない。もともと食用だ。……味も栄養もいい」

師匠は説明しながらキノコをひとつ手に取って小さな火を熾す。雑に焼いただけだったけど、こんがり焦げ目のついたキノコからはいい匂いが漂った。

「試食ってことですか？　じゃあ、まあ、いただきます」

熱々のキノコを半分に割いて口に入れてみる。すると思わぬおいしさに僕は驚いて目をまん丸くした。

「うわっ、おいしい！　プリプリしてて肉みたい！」

それを聞いた弟弟子《おとうとでし》たちも一斉に目を輝かせ「師匠！　ワイも！」「オレたちも！」と手を伸ばす。場はあっという間にキノコの試食会になり、意外なおいしさをみんな絶賛した。

「すごいです、師匠！　これなら村の人も喜んでくれるし、うちの食費も浮きます！」

僕が褒め称えると、師匠は表情の変化に乏しい顔にかすかに笑みを浮かべた。そしてワケのわかんない奇妙な指輪がいっぱい嵌まった大きな手で、そっと僕の頭を撫でる。

「……ピッケにそう言われたくて作ったんだ」

どうしようもなく不器用な師匠の優しさに、胸の奥がキュウッと苦しくなる。

……そうなんだ。師匠は優しい。コミュ障でだらしなくて変な魔法の研究ばっかりして、とにかく手がかかるけど、誰よりも優しくて愛情深い。

だから弟子はみんな師匠のことが大好きなんだ。もちろん、僕も。

そんな師匠のことを僕は守りたい。魔王として勇者に討伐される運命から。

——これは、異世界に転生した僕が師匠を魔王にさせないために奮闘する物語。それから、居場所を失くした子どもたちがゆっくり家族になっていく日々の記録。

第一章　ピッケ

僕には前世の記憶がある。名前は渋沢皆実《しぶさわみなみ》、平凡……というにはちょっと苦労の多い、日本人男性だった。

僕には四歳下の弟と五歳下の妹がいて、物心ついたときから多忙な両親に代わってふたりの面倒をみていた。幼心に「お兄ちゃんの僕がしっかりしてパパとママを助けなくっちゃ」と思っていたのだろう。子どもらしく駄々を捏ねたり両親に甘えたりした記憶がない。

そんな生活が一変したのは僕が十二歳のとき。両親が事故に遭い急逝した。まだ子どもの僕らを引き取ったのは、父方の叔母だった。

大人にはいろいろと複雑な事情があったようで、叔母とその家族は僕らを歓迎しなかった。あからさまな邪魔者扱い、ネグレクトに近い環境。いつもお腹を空かせ日々暗い顔になっていく弟妹を見て、このままじゃいけないと僕は奮起し、中学卒業と同時に働き始め、ふたりを連れて家を出た。

もちろん暮らしは楽じゃなかった。それでも僕は昼夜問わず働き、一応はふたりに不自由のない生活をさせたつもりだ。弟も妹もそれに応えるようにいい子に育ってくれて、大学へは揃って特待生として進学した。

そうして僕が三十歳になる前日のこと――

『じゃあね、おやすみお兄ちゃん。それから……今まで本当にありがとう』

電話の向こうでそう言った若葉《わかば》――妹の声は、少し涙交じりだった。

『うん、おやすみ。ハネムーン楽しんでおいで』

遠い南国に向かう若葉の姿を思い浮かべ、僕は通話を切る。胸が熱い。感慨深いっていうのはきっとこういうことを言うんだろう。

今日は若葉の結婚式だった。お相手は大学卒業後に公務員として働いていた職場の上司で、安心して妹を任せられそうな誠実な人だ。式ではメイクが落ちちゃうんじゃないかって思うほどワンワン泣く若葉の姿に僕も思わずもらい泣きしちゃったけど、何よりホッとした。

弟の朔也《さくや》は外資系の有名企業に就職し、今はシンガポールでバリバリ働いている。頻繁に連絡はくれるけど随分忙しいらしくって、今日も式が終わったあと僕と飲み交わす時間もなくてすぐに帰っちゃった。

ふたりとも本当に立派な大人になったと思う。僕は弟妹を育て上げたという満足感と、これでお役御免かというちょっぴり淋しい気持ちを、ひとりきりのアパートで噛みしめていた。

そのとき、通話を終えたばかりのスマートフォンが鳴って、メッセージの着信を知らせた。

『兄貴、今日までお疲れ様。俺も若葉も本当に感謝してるよ。これからは自分の幸せのために生きてくれ』

そんな、生意気でちょっと泣けるメッセージを送ってきたのは朔也だ。僕は眉尻を下げて笑い『自分の幸せ、かぁ……』と独り言《ご》ちる。

本当に今まで弟妹のために無我夢中で生きてきた。ふたりを幸せにすることが一番で、自分の幸せが何かなんて考えたこともなかった。

けど確かに朔也の言う通りだ。人生はまだまだ長い。これからは僕は僕のために生きなくっちゃ。

『そうだね。まずは自分を幸せにするために缶ビールを飲むよ』

そんな冗談交じりの返事を送って冷蔵庫から缶ビールを取り出すと、テーブルに出しっぱなしにしていた本を手に取ってベッドに寝転んだ。

『とりあえず今夜はのんびりしよう』

未来の幸せは置いといて、今は自分を癒やしてあげよう。本屋でおもしろそうだと思って買った小説も、まだ冒頭しか読めていない。少しセンチメンタルな心を抱えながら、独りの時間を堪能しようと思った。

そうしてかれこれ三時間は読書に耽っていただろうか。小説は流行のライトノベルで、主人公が活躍しながら魔王を倒しにいくというものだった。

すっかり夢中になっていた僕は、残りわずかになったページを捲る。いよいよ魔王との決戦、クライマックスだ！　——そのとき。

『……うっ⁉』

心臓が一度大きく脈打ち、鷲掴みされるような胸の苦しみを覚えた。

『あ……っ、あ……』

全身に汗が滲み、意識が遠のいていく。苦しみのあまりもがいた左手が、ページをグシャッと握る音がした。

何これ、心臓発作？　嘘だろ？　これから自分のために生きるって決めた途端、死ぬの？

運命のあまりの無慈悲さにショックを受けたけれど、朔也も若葉も手を離れたあとでよかったと思う。そう考えれば、まあ未練もないかも。

……ただひとつ。ちょっぴり残念だったのは、人生で一度も誰かに甘えられなかったことかな。ずっと僕は〝お兄ちゃん〟だったから。

——なんて、そんなささやかな未練を抱きつつ、僕は渋沢皆実の人生を終えたのだった。


長かったような刹那だったような眠りから目が覚めたとき、僕の新しい人生は始まっていた。

名前はピッケ。姓はアンダーソン。そこは日本でも地球でもない、不思議な異世界だった。

中世ヨーロッパに似ているといえば似ているのだけど、魔法があって魔物やドラゴンやエルフがいるこの世界はまるっきりファンタジーだ。前世の記憶を持ったまま生まれてきた僕は、まるで物語のような世界観にとても感激したけれど、やがてそんな呑気なことに心動かされている場合ではなくなった。

どうやら僕の魂は転生しても家族運というものに無縁らしい。いや、親運？　前世で早々に両親を亡くした僕は、今世では我が子を虐待するというとんでもないロクデナシ両親のもとに生まれてしまったのだ。

貧しい家なのに両親は揃って飲んだくれで、酔っ払っては僕に暴力をふるった。兄弟がいなかったのは幸か不幸か、こんなクズ親のもとに生まれるのは僕ひとりで十分だけど。

クズとしか言いようのない両親は、僕が八歳のときにクズ度を加速させた。なんと、わずかな酒代のために僕を奴隷商人に売り飛ばしたのだ。クズオブクズすぎる！

泣いていやがる僕を奴隷商人は鞭で容赦なく叩き、鎖をつけて馬車に乗せ、あちこちの街へ連れ回した。そうして二か月くらい経った冬の日だっただろうか。王都から遠く離れたとある街で、あの人に出会ったのは——

「さあさあ、奴隷はいらんかね。健康な子どもを揃えたよ。力仕事でも汚れ仕事でもさせるといい」

街の大通りの一角で、奴隷商人が大声で通行人に呼びかける。その脇に僕はほかの子どもたちと一緒に項垂れて立った。

この世界は地球の中世ヨーロッパ風だとは思っていたけど、人身売買が当然のように行われているらしい。僕らみたいな人間の奴隷だけでなく、辺りでは傭兵の獣人や愛玩用の妖精など多種多様な人身売買が行われていた。

「なんだ、人間かよ。エルフはないのか？」

「エルフはそうそう手に入らなくて……。けど人間が一番従順で扱いやすいですよ。鞭で叩けば反抗しません」

「うーん、やっぱりいいや。夜伽用が欲しかったんだが、こ汚いガキばっかじゃあな」

金持ちらしい身なりをしたおっさんが手を振って去っていくと、奴隷商人はチッと舌打ちして隣にいた僕を鞭で叩いた。

「クソ！　ただでさえ人間は安値でしか売れないのに、お前らが汚いせいでますます売れないじゃないか！」

僕らを風呂に入れさせてくれないのも着替えさせてくれないのもコイツなのに、ひどい八つ当たりだ。そんな不満がうっかり顔に出てしまったのだろう、奴隷商人は「なんだ、その目は！」とさらに大きく鞭を振りかぶる。思わず身を竦ませ手で頭を覆ったときだった。

「あいでででで!?」

鞭を振り上げた奴隷商人の腕を、誰かが強く掴み上げる。驚いて目を見開いた僕の瞳に映ったのは、黒い外套を纏ったやたら大きな人影だった。

「……さっきから尋ねているんだが、聞こえないのか。その耳は飾りか」

奴隷商人の悲鳴に掻き消されそうなほど小さな声は、低いけれど鋭く耳に届いた。僕は自分の背より遥か上にある彼の顔を見上げて、ゴクリと唾を呑む。

冬の鈍色の空に靡くのは、同じ色をした長い髪。氷のように冷たい目は伏し目がちで、長い睫毛の奥に月色の瞳が隠されている。細面の顔は雪のように色白で、まるで氷の彫刻のように美しかった。

人間……だろうか。ものすごく綺麗な顔をしているけど、耳の形から察するにエルフ族ではないっぽい。背もうんと高いけど……百九十センチくらい？　これくらいならば人間の範疇だし。

細身に見えるけど力持ちなのか、腕を掴まれた奴隷商人は痛がるばかりで振りほどくことができない。「放して！　放してください！」と情けない喚き声をあげると、黒い外套の男は不機嫌そうに手を緩めた。

「もう一度尋ねる。答えろ。その奴隷は幾らだ」

「へ？　あっ、お買い上げですか！　ありがとうございます、お安くして二十万ウラヴでいかがでしょう」

現金なものだ。さっきまで涙目で痛がっていた奴隷商人はコロっと笑顔になり揉み手をしている。……っていうか、僕？　この黒い外套の人、僕を指さして言ってる？

奴隷だから買われることは覚悟していたけど、いざ飼い主が決まるとドキリとする。しかもこの人……綺麗だけど、怖そう。躊躇なく他人の腕を掴み上げたりして。……ん？　でもあれってもしかしたら僕を助けてくれたとか？　どっちなんだろう、怖い人なのか優しい人なのか。

恐る恐る彼の顔を見上げると、金色の瞳と視線が合った。思わずビクリとして顔を俯かせる。

やっぱりすごい美形だ。でも冷たい。無表情で何を考えてるのか全然わかんないや。

「……ん？」

そのとき、ふと頭の中に何かがよぎった。……忘れかけていた記憶？　僕、この人をどこかで見たような気がする。

そんなことを考えて俯いていたら「買った」と小さな声が聞こえた。驚いて顔を上げると、黒い外套の人が奴隷商人の手におざなりに金貨を落としているところだった。

「あ、ありがとうございます！　即決とはお目が高い！」

奴隷商人も驚いているが僕もビックリだ。普通、奴隷を買うときは健康かどうかを調べる。歯を見たり服を捲って背中を見たり。それに商人は大抵最初は値段を吹っかけてくるので、交渉して値切るものなのだ。

まさか健康を調べられるどころか、年齢すら聞かないなんて。っていうか性別も聞いてないけどいいのかな。今は髪がボサボサに伸びちゃってるけど、僕男だよ？

奴隷商人が慌てて手枷足枷を外すと、外套の人は無言のまま僕の手を掴んで歩き出した。後ろから「まいどありー！」という声とほかの奴隷たちの唖然とした表情に見送られて、僕はヨタヨタしながら彼についていく。

あの乱暴な奴隷商人のもとから脱することができたのはいいけど、これからどうなるんだろう。この人の性格がどうであれ、買われた奴隷の扱いなんて大抵決まっている。雑用として過酷な労働に従事させられ使い捨てられるか、主人の慰み者になるか。……どちらもいやだな。

「あっ」

鬱々と考えながら歩いていた僕は、足を縺《もつ》れさせて転んでしまった。だってこの人、歩くの速いんだもん。こっちは裸足だし、ずっと足枷を嵌められていたから足首が腫れて痛いんだよ。

外套の人がこちらを振り返り、僕は全身を強張らせる。「遅い」とか「何やってるんだ」とか怒られて叩かれるのかな。

そう覚悟してギュッと目を瞑ったけれど……いつまで経っても痛みは襲ってこなかった。その代わりに感じたのは、「立って」という小さい声と、慣れない手つきで僕を立たせようとする大きな手の感触だった。

僕は驚愕する。外套の人はわざわざ屈んで僕を立たせると、服についた泥まで払ってくれた。それからマジマジと足を見つめると、また小さな声で喋った。

「……腫れているからうまく歩けないのか。すまない。気づかなかった」

「え⁉」

思わず耳を疑った。今この人『すまない』って言った⁉　奴隷に向かって謝った⁉　この世界では家畜以下の扱いしかされない奴隷に謝罪を⁉

あまりの衝撃にポカンとしていると、さらに驚くことに彼は僕の足をそっと撫でてきた。そして手が離れると、ボロボロだった僕の足は痛みも腫れも傷もなくなり、生まれ変わったように綺麗になっていた。

「……⁉　あ、足が治ってる……？」

まるで夢でも見ているみたいだ。何が起きているのかさっぱりわからない。零れ落ちそうなほど目を大きく見開いていると、外套の人が今度は僕の頬を撫でて言った。

「……これは回復魔法だ」

「ま……ほう……」

「訓練をすればきみも使えるようになる……」

頬にあてられていた手が離れると、傷だらけだった僕の顔は剥いた茹で卵のようにツルリと綺麗になった。さっき鞭で叩かれたミミズ腫れも痛みも、三歳のときにぶつけて残った額の傷も、何もない。信じられなくて、僕は自分の顔を両手で何度も触ってしまった。

本当に今日は驚きの連続だ。この世界に魔法があることは知っていたけど、これだけの怪我を一瞬で治せる魔法なんて聞いたことがない。そもそも主人が奴隷の怪我を魔法で治すって何？　しかも僕も使えるようになるってどういうこと？　僕は平凡なただの人間なのに。

「……あ、ありがとうございます！」

呆然としていた僕はハッと我に返ると、慌てて頭を下げた。この人は多分いい人だけど、あくまでご主人様だ。礼儀を欠いたら叱られる。

「このご恩は一生懸命働いて必ずお返しします。感謝いたします、ご主人様」

しかし、頭を上げた僕の目に映ったのは、どことなく不満そうなご主人様の顔だ。表情の変化は乏しいけれど、かすかに眉根を寄せている。

何かいけなかっただろうかと背筋が冷えたけど、ご主人様はこちらの想像を超えることを言ってきた。

「ご主人様じゃない。……ソーンだ」

「え？」

「名前。ソーン・アルギュロス。……きみは？」

「あ、えっと。ピッケ、です」

「……ピッケ。……きみは、魔法の才能がある……から、私が育てる。いいか？」

「へ？　あ、はい？　どうぞ？」

思わず反射的に返事をしてしまってから、言葉の意味について考える。育てる、って言った？

誰を？　……僕を？

どういうことかわからなくて、僕は何度も目をしばたたかせてからおずおずと口を開いた。

「す、すみません。育てるって……あの、つまり……？」

ご主人様……じゃない、ソーン様は僕と目線を合わせながらモゴモゴと口を動かす。何か言ってるみたいだけど聞こえない。こんな至近距離で聞こえないなんて、小声にもほどがある。

近づいて耳を傾けると、ようやく彼の言っていることがボソボソと聞こえた。

「私は北の森にある城で魔法の研究をしていて……ずっと弟子が欲しかった……から、きみを買った。私は世界一の魔法使いだから、きみをうまく育てられる……」

つまり、奴隷としてじゃなく、弟子にしたくて僕を買ったってこと？

ひどい扱いを受ける奴隷じゃなくなるのは嬉しいけど、さすがに人を見る目がなさすぎる。ただでさえ魔法を使える人間は少なくて、僕も例に漏れず平々凡々な子どもなのに。

「あの～……せっかく買ってくれたのにごめんなさい。僕に魔法の才能はないです。だって、生まれてから一度も使ったことないし……」

申し訳なく思いながら眉尻を下げて言えば、ソーン様は僕の頬を両手で包んでジッと瞳を覗き込んできた。間近で見る彼の金色の瞳は吸い込まれそうに美しくて、まるでその奥に黄金郷を秘めているみたいだった。

「私の目に狂いはない。ピッケには魔力がある。優しくて綺麗な魔力だ。今まできみが気づいていなかっただけだ。私が開花させてみせる、必ず」

ずっとボソボソ喋っていたソーン様がきっぱりとした口調で言った。その声には自信と強い意志が感じられて、僕の中にさっきまであった「まさか」という気持ちが霧散していく。

「……本当……？」

「本当だ」

ソーン様は深く頷くと頬から手を放した。そして今度は僕の両手を包むように握り、かすかに目を細める。

「ピッケは私の初めての弟子だ」

表情の乏しい顔に浮かべられた淡い笑み。けれどその笑顔は本当に嬉しそうに見えて、なぜだかわからないけど僕の両目からボロボロと涙が溢れた。

この世界に生まれてから、初めて誰かに必要とされた。優しい手でふれてもらえた。そんなことで馬鹿みたいに涙が出る。

……ああ、僕、ずっと淋しかったんだな。生きることに精一杯で、それすらも気づけなかったよ。

「泣かないでくれ。ちゃんと大切にする……から」

僕が泣いてしまったことに驚いたのか、ソーン様は手で一生懸命涙を拭いてくれた。なんて不器用で、温かい手なんだろう。

「違うんです。嬉しくて……。僕、こんなに優しくしてもらったことないから」

そう言うとソーン様はちょっとホッとしたようだった。

「魔法、使ったことないけど頑張って練習します。これからよろしくお願いします！」

僕は頭を下げ改めて挨拶をした。そしてふと思い立って、彼に呼びかけてみる。

「し……師匠！」

僕が弟子だというのならソーン様は師匠だ。なんとなくそのほうがしっくりくるかと思い呼んでみると、想像以上の反応をされた。

「……師匠……。……いいな、それ」

ソーン様の、いや、師匠の頬がほんのり赤く染まる。表情はあまり変わらないけど口角がかすかに上がり、金色の瞳がキラキラしていた。すっごく嬉しそう。

「師匠……師匠か。師匠ね……」

何度もブツブツと独り言《ご》ちるほど嬉しかったみたいだ。こんなに喜んでくれるなんて、僕まで笑顔になってくる。

「じゃあピッケ。私と……師匠と、帰ろう」

師匠はそう言って立ち上がると、僕に向かって手を伸ばした。その手を握り、僕たちは歩き出す。

——一緒に帰る家へ向かって。

そういえば街を出る前、なんだか大通りのほうが騒がしかったみたい。奴隷商人が突然眠っちゃって奴隷がみんな逃げだしたとかなんとか聞こえたような。もう僕には関係のないことだけど、胸がちょっとスカッとして、師匠の手をギュッと強く握ったんだ。

師匠の住居は街からうんと遠く離れた場所にあった。街道をずーっと上り、森をみっつ抜けて山をふたつ越えて大きな橋をふたつ渡った先にある、うんと大きな森の中。歩いたら多分一か月はかかるだろう場所に、僕らはわずか二時間で到着した。……ワイバーンの背に乗って。

「着いた」

「ま、待って。身体が震えちゃって降りれない」

森の開けた部分にワイバーンは着地し、師匠はその背からヒラリと身軽に降りる。けれど僕は膝がガクガクして動けない。だって安全ベルトもナシにあんな高い空を飛ぶだけでも怖すぎるのに、ワイバーンって魔物だよ⁉　この世界に魔物がいることは知ってるけど、見たのも触ったのも初めてだよ！　おとなしい個体みたいだけど、僕はいつ振り落とされるか、あるいは食われるかと心配で生きた心地がしなかったよ。

それにしても師匠ってば街を出るなり魔法陣からワイバーンを召喚して『馬みたいなもんだから乗りなさい』なんて平然としてたけど、いったい何者？　世界一の魔法使いって自称してたのは、誇張でもなんでもなくマジかもしれない。……そもそも魔法使いって魔物を召喚できるんだっけ？

あれこれ考えている僕を師匠は抱きかかえて、ワイバーンの背から降ろしてくれた。まだ足がブルブル震えているので、師匠の外套に掴まりながら歩く。その後ろをワイバーンもお利口についてきていた。

開けた場所からさらに森の奥へと数分歩いただろうか。鬱蒼とした光景の中に突如現れたのは、そびえたつ古城だった。それを見て僕は驚愕する。

昔はさぞや美しかったであろう城は、壁全体がビッシリと荊の蔦で覆われている。薄暗い森に囲まれているせいもあり、古城というよりはまるで廃城だ。屋根や尖塔に留まったカラスが余計に不気味さを醸し出していた。

しかし僕が衝撃を受けたのは城が不気味だったからではない。この蔦だらけの古城に見覚えがあったからだ。

……魔王シルバーソーンの根城。

それは前世で死ぬ直前に読んでいた小説の挿絵と一致していた。途端に今まで朧げだった記憶が鮮やかに蘇り、僕は思わず「あーっ!!」と叫び声を上げる。

どこかで見たことがあると思ったら、この人！　あの小説に出てきた魔王だ!!

なんで今まで気づかなかったんだろう。いや、前世で読んだ小説の記憶なんて忘れかけていても仕方ないけど。でも、でも、これってとんでもないことだ。僕、とんだ悪役の弟子になっちゃった！

ライトノベル『落ちこぼれ勇者のまったり魔王討伐記』はタイトルの通り、現代日本から転移してきた勇者が獣人奴隷の女の子たちとパーティーを組んで、悪の根源である魔王を倒す話だ。で、その魔王ってのが荊の城に住む銀髪の恐ろしい魔法使いシルバーソーンってワケ。

小説には、魔王は身の丈が二メートルあって黒いマントに身を包み、魔物のみならず多種多様な種族を手下にして世界征服を企んでいるって書いてあった。途中までしか読んでいないから顔の詳細まではわからないけど。

でもこの銀髪と長身、挿絵の後ろ姿とほぼ一致している。何よりソーンという名前と魔法使いという点が完全に同じだ。

……ただ、挿絵の魔王には頭に二本の角が生えていた。確か魔族って書かれていたような気もする。でも師匠の頭にはそんな物騒なものは生えていないし、耳の形も人間のものだ。それに、まだ会ったばっかりだけど世界征服を企むような性格には……見えないかな。

「……怖くない。少し荊が茂ってるが中は普通だ……多分」

叫んだまま固まってしまった僕を見て城の不気味さに臆していると思ったのか、師匠はそう弁明する。うーん、やっぱりあんま魔王っぽくない……

「入ろう」と師匠がこちらをチラチラ窺いながら足を進めるものの、僕は立ち竦む。もし師匠が本当に魔王なら、僕は魔王の手下になってしまう。いつか人間を殺せって命令されて、挙げ句の果てには勇者たちに倒されかねない。せっかく奴隷を脱したのに悪役の人生を送るのはいやだなあ。

このままついていっていいものか考えあぐねていると、僕のお腹からグ～っと大きな音が鳴った。そういえば昨日からなんにも食べてないや。

お腹の音を聞いた師匠は僕のほうへ戻ってくると、屈んで顔を覗き込みながら言った。

「パンなら、ある……。私は料理ができないからスープはないが……欲しければ買ってくるから、待っていなさい」

パンと聞いて、口の中に唾液が溢れた。スープもあれば嬉しいけど、今はそれよりなんでもいいから食べたい。

「パン、食べてもいいんですか……？」

「好きなだけ食べていい。……きみを育てるには食も必要だ」

パンを好きなだけ食べていいなんて！　そんな嬉しいセリフを聞いたの、この世界に生まれてから初めてだよ！

気がつくと僕は師匠より先に城へ向かって駆けだしていた。とりあえず、魔王かどうかの問題は置いておく。そんなことより今はパンだ！

「師匠、早く早くー！」

大きな門の前に辿り着いた僕は、振り返ってブンブン手を振る。こちらへ向かって歩いてくる師匠は、肩を竦めて少しだけ笑っているように見えた。


お腹いっぱい食べる幸せを、僕は前世ぶりに思い出した。

師匠の言う通り、テーブルには籠に入ったパン……それも日持ちする硬いパンしかなかったけど、僕がどんなに食べても師匠は向かいの席で眺めているだけで、止めることも叱ることもしなかった。

「もう入らない……ご馳走様でした」

ボソボソの硬いパンでも、腹ペコの僕にはすごくおいしかった！　椅子に凭《もた》れかかり膨れたお腹を撫でている間も、師匠はなんだか楽しそうにこちらを眺めているだけだった。

「師匠は食べないんですか？」

「……たまに……死なない程度に食べている。……咀嚼と嚥下が面倒くさくてな……」

なんかとんでもない答えが返ってきて、彼がやけに細身で顔色が青白い理由を察した。

もし前世だったら、師匠って仕事に没頭してエナジードリンクしか摂らないタイプだ。人間の三大欲求である食が面倒くさい人って、この世界にもいるんだなあ。

そんなことを思いながら僕は辺りを見回して、師匠の性格をなんとなく理解した。

さっき彼は城の中は普通って言ってたけど、全然普通じゃない。すっごい汚い。ただでさえ古い城なのに、石畳の床は埃だらけ、石壁の隅はクモの巣だらけ。テーブルとイスはいつから使っているのか古ぼけていて、使う場所だけが最低限埃を避けられている。

この人、料理できないって言ってたけど多分掃除もできない。この食堂に来るときチラっと水場が見えたけど、有り得ないくらい布が山積みになっていた。まさかとは思うけど、あれきっと洗濯物の山だ。

「ええと……二階と三階は全部空き部屋だから……好きに使ってくれ。ベッドも多分あったはず」

師匠のたどたどしい説明によると、彼は地下にある研究室しか使っていないらしい。一階は食堂や水場があるからたまに出入りしてるけど、二階と三階は城を買ったときのまま手つかずだとか。

「このお城いつ買ったんですか？」

「買ったのは三年前だが……百年くらい無人で放ったらかされていたそうだ。だから家具とかもそのときのまま……らしい」

「じゃあこのお城、百年も掃除してないんですか!?」

「……おそらく」

そりゃ埃も積もるしクモの巣も張るよ！　なんだか身体がムズムズしてきた僕は、たまらず椅子から勢いよく立ち上がった。

「掃除します！　させてください！」

僕って今日からここで暮らすんだよね？　自分の住居が汚部屋ならぬ廃城なんていやすぎる！

「構わないが……とりあえず休んだほうが……」

「こんな埃だらけじゃゆっくりできません！　水場と掃除道具使いますね、師匠は休んでてください！」

僕は水場に向かって駆けだすと、洗濯物を掻き分けてバケツを見つけた。それから庭に打ち捨てられていた箒を見つけ、謎のボロキレを雑巾にして、まずは一階から徹底的に綺麗にしていった。

こう見えて家事は大得意だ。前世でもずっと家のことを担っていたし、転生してからも両親にこき使われて掃除や洗濯をしてきた。やり方もコツもわかっている。

ただし、まだ八歳なので身体が小さいのだけはどうにもならない。廊下の天井近くのクモの巣をとりたいけど箒を伸ばしても届かず、椅子を運んできて一生懸命背伸びをしていたときだった。

「……危ない。そうじゃない」

不安定な姿勢でグラグラしていた僕を、いつの間にかやってきた師匠が抱きかかえてストンと床に降ろした。

「師匠。僕じゃ手が届かなくって。肩車してもらえません？」

「……それもいいが」

そう言うと師匠は屈んで、僕の額に指をあてた。なんだろう？　と思っていると、パチッと静電気のようなものが額で爆ぜる。ビックリして一瞬よろけたあと、身体中がふんわり温かくなった。

「な、なんですか……？」

「きみの魔力を少しだけ……目覚めさせた。最初は難しいかもしれないが、ええと……まあやってみなさい」

「へ？」

魔力を目覚めさせた？　どういうこと？　っていうか説明もナシにやってみなって、この人ほんとーに口下手だなあ。

「魔法が使えるようになった……ってことですか？」

尋ねると師匠はコクリと頷いた。半信半疑ながらも、本当に魔法が使えたらすごいなとドキドキする。ちょっとその気になった僕は、天井を仰ぎクモの巣に向かって手を掲げると大きな声で叫んだ。

「クモの巣よ、消え去れ！　浄化魔法！」

……じょうかまほー……まほー……ほー……

長い廊下に僕の声が虚しく木霊《こだま》する。魔法で消え去るどころかクモの巣は揺らぎもせず、辺りはシンと静まり返った。あまりの恥ずかしさに僕は耳まで真っ赤になって、師匠のほうを振り返ることができない。

いきなり魔法なんて使えるはずないのに、その気になった僕が馬鹿だった。羞恥で悶絶したくなるのをこらえ震えていると、上を向いたまま固まっている僕の頭を大きな手がグイっと下へ向けた。

「……違う。命じるのはこっちだ。あと……ピッケは初心者だから、もっと優しく命じなさい」

「え？」

向けられた顔の先には、箒や雑巾が。掃除道具に掃除しろって命じるってこと？　しかも優しく？　……それもそうか。魔法でもなんでも、初心者がいきなり偉そうにしちゃ駄目だよね。

「え、ええっと……。箒さん、雑巾さん。クモの巣を綺麗にしてください」

礼儀正しくお願いしてみたが何も起こらない。すると今度は「もっと気持ちを込めて」と諭された。

「魔法は対話。そこに在る精霊との対話だ。精霊は万物に宿り、魔力を持つ者だけが対話できる資格を持つ。ピッケはその資格を持っている。もっと意識をして。彼らはどんな精霊だ？　何を望んでいる？　どんな命令をされたがっている？　きみはどんな気持ちで彼らを使いたい？」

珍しく師匠が饒舌に喋っている。僕はその教えを一生懸命頭に入れ、目を閉じて集中した。

精霊……掃除道具の精霊……きっと僕と同じで綺麗好きなはずだ。久しぶりに掃除ができて喜んでいるかもしれない。もっともっと城を綺麗にしたいに決まっている。僕と一緒に掃除しようって、誘ってみよう！

「♪　百年ぶりの大掃除、城はクモの巣だらけ。全部全部綺麗にしよう、部屋中ピカピカにしよう。さあ僕と一緒に荊の城でダンスしよう」

自分の口から勝手に、まるで歌うように呪文が紡がれる。身体の中からフワリとしたものが呪文と一緒に流れ出るのがわかった。

さっきまでピクリともしなかった箒と雑巾が、まるで生き物みたいにピョコンと跳ねた。かと思うと彼らは踊るように華麗に動き回り、床も壁も天井もみるみる綺麗にしていく。

「……できた！　できた、できた!!　すごーい!!」

夢みたいだ！　僕が魔法を使った！　この僕が！

「師匠！　できました、箒と雑巾が動きましたよ！」

飛び跳ねて喜び師匠を振り返ると、彼はかすかに目を細めて大きな手で僕の頭を撫でてくれた。

「……よくやった。さすがピッケ、私の一番弟子だ」

嬉しくて顔がカァッと熱くなっていく。……こんなふうに大人に褒められたのっていつぶりだろう。今世はもちろん、前世でも覚えていない。……すごく嬉しいものなんだな。

「ピッケは魔法が上手だ。優しいから精霊が耳を傾けてくれやすい。これからもっともっと上達する」

「へ、へへ……。えへへっ」

モジモジとはにかむ僕の頭を、師匠は何度も撫でてくれる。嬉しくて、なんだかこそばゆい。一生忘れたくないような最高の気分だ。

……ところが。

ガシャーン！　と派手な音がして、僕はビックリして振り返る。すると廊下にシャンデリアが落ちていて、逆さまになって天井を掃いている箒が逃げていくところだった。

続けざまにビチャビチャと聞こえてきた水音は、雑巾が勝手に井戸の水を汲み上げて撒いている音だ。僕が魔法をかけたのは一枚の雑巾のはずなのに、なぜだか数十枚に増えて力を合わせている。

「な、なんで!?　ちょっと待って！　勝手なことしないで！」

慌てて箒と雑巾を追いかけるけれど、まるで悪戯っ子のように逃げていく。素早くてとても追いつけない。

膝をついてゼエゼエと息を切らしていると、師匠が背中をさすってくれた。

「ピッケはまだ魔力が弱いから、精霊を制御しきれない。だが大丈夫、それが普通だから。完全に制御するにはもっと修業が必要だ。初めてで魔法が使えただけでも上出来といえる」

師匠としては僕をフォローしてくれたつもりだろう。けどこうしている間にも箒と雑巾の集団は暴走し、城の中がエライことになっていく。

「そういうことは先に言ってください！　ストップ！　ストーップ!!　師匠、これどうやって止めるんですか!?」

初めての魔法に感動したのも束の間、僕は箒たちの後始末に追われ結局余計に掃除の手間がかかったのだった。


廊下と食堂と自室の掃除が終わったのは、もうすっかり日が暮れたころだった。

埃まみれになったので、盥《たらい》に張ったお湯で身体を綺麗にする。この城には浴室もあるけど、クモの巣とカビだらけで使えないのでまた今度。

着替えのない僕に師匠は自分のシャツをくれた。ブカブカなのでとりあえず袖を捲って腰を紐で締める。

「そうか……服か……。明日買いにいくとしよう。私ももう何年も服を買ってない……」

生活能力のない師匠は服にも無頓着みたいだ。外套の下には今にも擦り切れそうな綿のシャツを着ているだけで、ブーツを脱いだ脚衣《きゃくい》は長さがつんつるてんだった。せっかくの美形が台無しだよ。

「それじゃあ、おやすみなさい」

湯浴みを終えた僕は師匠に挨拶をしてから自室へ向かう。二階もオンボロだったけど、師匠が魔法のランプをつけてくれたから廊下も部屋も明るかった。

「はー……、今日はすごい一日だったな」

ベッドに潜り、つくづくと今日のことを振り返った。

奴隷から魔法使いの弟子になってしまった。初めて大人に優しくされて、初めてお腹いっぱいパンを食べた。初めてモンスターの背中に乗ったし、初めて魔法を使った。

夢みたいに幸せな一日で、ちょっと怖い。明日、目が覚めたらいつもの奴隷部屋にいて今日のことは全部夢だったらどうしよう、なんて思ってしまう。

「……師匠は本当に魔王なのかな」

考えることを後回しにしていた疑問を、ふと思い出す。けれど、やっぱり僕には彼が悪辣非道な魔王だなんて思えない。角だって生えてないし、何よりあの性格だ。魔王どころかそんじょそこらの人間なんかよりずっとずーっと優しいのに。

きっと他人の空似なんじゃないかな。ソーンなんて名前もよくある……ってわけじゃないけど、世界に五人くらいはいるかもしれないし。高身長の銀髪も珍しいけど、世界に三人くらいはきっといる。

とりあえず僕は彼が魔王ではないことを願いたい。いささか問題はあるけど、ここでの暮らしは奴隷生活に比べたら天国だ。このまま安穏とした生活を一生送れたらどれだけ幸せか。

そこまで考えて僕は欠伸をひとつ零す。眠くなってきたので腕を伸ばし、ベッドサイドのランプを消した。魔法の灯りは陽が暮れるようにゆっくりと明るさを失い、部屋はやがて暗闇に包まれる。

「おやすみなさい」

誰に宛てるでもなくつぶやいて、横向きに身体を丸めて目を閉じた。ずっと狭い奴隷部屋で雑魚寝してたから、身体を縮めて寝るのが癖になっちゃった。……すると。

「……ピッケ。寝たか……？」

遠慮がちにドアが開かれ、小さな声が聞こえた。僕の心臓がいやな音を立てる。

師匠は部屋の中へ入ってくると静かにドアを閉めた。少しずつこちらへ近づいてくる気配がして、どんどん僕の身体が強張っていく。ショックと悲しみが冷たい水のように心に染み渡るのを感じた。

……いい人だと思ってたのに。僕のこと、奴隷じゃなく弟子だって言ったのに。……やっぱり奴隷は奴隷なんだ。僕は所詮お金で買われた子なんだ。

夢のように幸せだと思っていた今日の思い出が、ひび割れた石壁のようにボロボロと崩れていく。

僕は泣きたくなる気持ちを奥歯を噛んでこらえて、これから起こることに身構えた。

夜伽は奴隷の役目だ、仕方ない。なんの役にも立たない子どもを家に置いてタダメシを食わせてくれる大人なんていないはずがないんだから。明日もお腹いっぱいパンを食べられるなら、これくらい我慢できる。

師匠はベッド脇まで来ると、丸まったまま身動きしない僕をジッと眺めているようだった。そして手を伸ばし、毛布からはみ出ている僕の頭をゆっくりと撫でた。さっきまでは撫でてもらえることがあんなに嬉しかったのに、今は恐怖しかない。

……ところが。五分経っても十分経っても師匠は頭を撫でるだけで、ベッドに入ってくることも僕の服を脱がすこともしなかった。っていうか頭撫ですぎ、ハゲちゃうよ。

「……すみません、そろそろ頭がヒリヒリしてきたんですけど」

仕方なく振り返って言うと、師匠は驚いたようにビクッとして手を離した。

「起きてたのか……」

師匠はそうつぶやいて手を引っ込めたものの、再び手を伸ばす。今度こそ服を脱がされると身構えたけれど、僕の右手を優しく握っただけだった。

「……なんですか？」

彼の行動がわからなくて目をしばたたかせる。暗闇に慣れてきた目に映ったのは、相変わらず無表情で、けれども穏やかに僕を見つめる瞳だった。

「さ……淋しいかと思ったのだが……。ピッケはまだ小さい……し、初めての場所で不安で……眠れないかと……。私も子どものときは……寝るときに師匠が手を握ってくれた……だから」

たどたどしい言葉を聞いて、強張っていた僕の身体から一瞬で力が抜けるのを感じた。痛々しい緊張の代わりに、温かくて柔らかい何かが全身に満ちる。

「……師匠」

「なんだ……？」

「……ごめんなさい」

「え、なぜ……？　あ、オネショをしたのか？　シーツの替えを探してくる……」

「してないです」

僕は苦笑を浮かべると、師匠と手を繋いだまま左手で毛布を捲った。

「師匠も一緒に寝てください。ひと晩中手を握っててくれるんでしょ？」

ベッドに入ってこられることも、もう怖くない。むしろ一緒に寝てほしい。生まれて初めて大人に甘えたいと思えた。

「ひと晩中とは言っていない……し、私が寝るにはこのベッドは小さい……」

「身体ギュッと丸めれば大丈夫ですよ」

僕が強引に手を引くと、師匠はどうやって横になろうか首を傾げながらもベッドに入ってきた。そしてものすごく窮屈そうに身体を丸めて横になり、僕と向かい合う。それでも握った手は離さないでいてくれた。

「誰かと一緒に寝るっていいですね。すごくあったかい」

「狭いけど確かに温かい……悪くない」

少しだけ甘えるように頭を寄せると、師匠は繋いでいないほうの手でポンポンと背中を撫でてくれた。

この城のベッドは古くてあんまり寝心地がよくなくて、ふたりで寝ると狭くてギュウギュウだったけど、世界一最高の寝床だと思った。ひとつのベッドで分け合うぬくもりは心も身体も溶けそうなほど温かいって、僕は前世でも今世でも初めて知ったんだ。

「僕……誰かと一緒に寝るの、生まれて初めて……」

抗えない眠りに落ちかけながら、むにゃむにゃとつぶやく。

夜伽でも恋人でもないのにベッドを共にするなんて不思議だな、と夢うつつに思った。

……ああでも、遠い遠い昔、前世でまだ弟が生まれる前にこんなぬくもりがあった気がする。あれはお母さんかお父さんだったのかな。……そっか、これって。

「……家族みたい」

そうつぶやいた自分の声が、夢だったのかうつつだったのかはわからない。ただ。

もし師匠が本当に魔王だったとしても、ずっとそばにいようって僕はこのとき決めたんだ。

第二章　ドゥガーリン

僕が師匠と暮らすようになって半年が経った。

ここでの生活は驚くほど平和で、のんびりしているけどときどきはちゃめちゃで、そして毎日楽しい。

荒廃状態だった城は、十日かけてすみずみまで綺麗にした。使ってない空き部屋も全部掃除したんだよ。これでもしお客さんが泊まりにきても大丈夫。まあ、そんな人はいないけど。

恐ろしいほど山積みになっていた洗濯物も、百年前から放ったらかされていたシーツもカーテンも、二十日かけて洗濯して真っ白になった。

掃除も洗濯も到底子どもの手に負える量ではなかったけど、そこは覚えたての魔法が大活躍した。

まだ完璧に精霊を扱えるほどうまくはないけれど、道具を目覚めさせ自立させることはできる。

道具が暴走しそうになったら師匠が止めてくれるので、それを何度も繰り返しているうちに城の中はみるみる綺麗になったのだった。

ちなみに、外装の不気味さはどうにもならないみたい。外壁を覆う蔦は城に長年染み込んだ魔力の具現化らしく、主と主が認めた人以外の侵入者から城を守る役目を果たしているんだってさ。自我のある魔法のセキュリティだ。

硬いパンしかなかった厨房も、ピカピカの調理器具が揃ってそれなりの食材が常備されるようになった。もちろんそれに伴って食事メニューの内容も充実した。まあ作るのは僕なんだけど。だって師匠の料理ってほんと〜にひどいんだ。茹で卵ひとつ作れない。持っただけで卵割っちゃうし、どういうわけか茹でたらヒヨコが出てくるし。不器用の範疇を超えている。

わざわざ街まで行って買い物してきたのに食材を無駄にするのはもったいないので、料理は僕が担当することにした。小さな身体で包丁や火を扱うのは危ないけど、厨房の道具は掃除道具より優しくて魔法が効きやすかった。勝手に料理……まではしてくれないけど、僕に怪我をさせないよう協力してくれる。

そうしてお城は人が住むのに相応しいくらい綺麗になって、僕も師匠も毎日洗いたての綺麗なシャツを着て、栄養たっぷりのご飯を毎食食べる生活を送っている。食事を面倒くさがっていた師匠も、僕と一緒なら三食食べるので最近は顔色がいい。もちろん僕も生まれて初めて健康的な生活を手に入れて、体重も増えたし身長も三センチ伸びたほどだ。

ああこれが人間本来の生活だよね、って毎日つくづく思う。綺麗な寝床、清潔な服、温かいご飯。本当にありがたい。

そして何より、僕は毎日笑っている。魔法がうまくいったのが嬉しくて、ご飯がおいしくできて、自分の失敗がおかしくて、師匠の天然ボケがおもしろくて、師匠と一緒の日々が楽しすぎて。まるで今まで不幸だった人生のバランスをとるみたいに毎日幸せだ。神様、師匠と巡り合わせてくれてありがとう、って柄にもなくお祈りしちゃうよ。

今日も今日とて僕は窓から差し込む朝の光でスッキリ目覚め、着替えて自分の布団を窓に干すと、弾むような足取りで厨房へ向かった。そして師匠が買ってくれたエプロンをつけて、早速朝ご飯の支度をする。

「♪　みんなおはよう。ぐっすり眠ったからお腹ペコペコだ。おいしいご飯を作ろう、太陽色の粥がいい。蜂蜜、卵にバターも入れて……」

歌うように詠唱すればお鍋も竈《かまど》もご機嫌に目を覚ます。まだ火魔法は使えないので魔石を使って火を熾すと、竈《かまど》が勝手に火力を調整してくれる。踏み台に乗って卵を割っている間、竈《かまど》の火口では牛乳と大麦粉を煮た鍋をお玉が勝手に掻き回してくれていた。

「さあ、できた」

穀物粥を盛った器を食堂に運んでいると、フラフラとした足取りで師匠がやってくる。

「おはようございます、師匠」

「ん……はよ……」

師匠は贔屓目なしにかなりの美形だと思うけど、朝はひどいもんだ。長い髪は絡まって爆発しているし、まだ目が開いていない。机で研究しながら寝落ちしちゃったのか頬にはインクが付いているし、着替えもいい加減で脚衣《きゃくい》からシャツの裾が半分だけ出ている。もしこの世に師匠に恋している女の子がいたら、この姿を見ていっぺんに覚めるだろうな。まあ僕はもう見慣れたけど。

「ちゃんと顔洗いました？　ほっぺのインクが落ちてませんよ」

席に着いた師匠の顔を濡れたタオルで拭いてあげると、「……ありがとう」とまだ半分眠っていた目がようやく開いた。この人、赤ちゃんより手がかかるな。

お粥が冷めちゃうので寝癖直しはとりあえず後回しにして、僕も師匠の向かいの席に座る。

「それじゃあ、いただきまーす」

「いただきます」

今朝のご飯は大麦のお粥。卵とチーズが入っていて栄養満点。それに蜂蜜も入っているからほんのり甘くておいしい。

「……うまい……徹夜明けでも食べやすい……」

黙々とスプーンを運んでいた師匠がボソッとそんなことを言う。

「え、また徹夜で研究してたんですか。身体によくありませんよ」

「つい夢中になってしまって……気がついたら机で寝ていた……」

師匠の生業は魔法の研究だ。本人曰く魔法が大好きで世界一の魔法研究者なのだとか。半年前までは研究の資料や実験の材料を集めるためにあちこち旅していたらしい。

師匠は自分で作った薬草や魔道具を売って生計を立てている。本人曰く世界に並ぶものがないほどの高性能高品質なのだけど、ギルドに入っていないので販路がなくてなかなか売れないんだってさ。

……言っちゃ悪いけど、そりゃ売れないだろうなって思うよ。だって師匠、世界一商売向いてないもん。こんな不愛想な人が街の片隅にゴザ敷いて身を丸めて怪しい薬や魔道具をボソボソ言いながら売ったって、誰も買わないって。

そんなわけで、最近では僕も一緒に売り子をしている。おかげで新しい服や毎日の食材が買えるくらいには商売が成り立つようになってきた。ただし魔法ギルドにも商人ギルドにも属していないモグリの商売なので、憲兵に見つかると街を追い出されちゃうけど。

そもそも世界一を自称するくらいの魔法使いなのに、ギルドに所属してないのがおかしいんだよね。それこそ魔法の研究なんて普通はギルドの仲間と協力してするものなのに。

師匠曰く『入ろうと思って受付に行ったら、みんなに注目されて怖くてやめた』っていうんだから、コミュ障極まりすぎている。そりゃ注目されるよ、二メートル近い高身長の超絶美形なんだもん。でも、だからってそこで回れ右して帰っちゃうことないでしょうが。

よくこんなコミュ障で弟子をとろうなんて思ったな。子ども相手なら怖くないとか？

師匠っていろいろ謎が多い。自分のこと滅多に喋らないし。彼の年齢を知ったのもつい最近なんだ、十八歳だって。この世界では十代から働いて自立するのが当たり前とはいえ、思っていたよりずっと若くて驚いちゃったよ。

そんなこんなで僕は、十個年上の手のかかるお師匠様と暮らしている。ちなみに僕の一日は城の掃除、洗濯、ご飯作りと魔法の練習が大体かな。あとはときどき、師匠と一緒に街へ買い物にいったり魔道具を売りにいったり。足代わりのワイバーンに乗るのもすっかり慣れたよ。あの子、おとなしくて可愛いんだ。名前がなかったから『飛雄《とびお》』って僕がつけてあげたもんね。

「師匠、プルーンも食べてくださいい。貧血にいいんですよ」

お粥を食べ終えてもまだぼんやりしている師匠に、僕はテーブルにある瓶詰の蓋を開けると、そこからシロップ漬けのプルーンをひとつスプーンで掬って差し出した。師匠はそれをパクっと口で受け取る。

「う……甘い……」

貧血予防に毎朝食べろって言ってるのに、こうして差し出してあげないとちゃんと食べないんだから世話が焼ける。どっちが年上かわかんないよと思いながら、僕はもうひとつプルーンを掬い自分の口に入れた。

「ごちそうさまでした。さて、お皿洗いしたら洗濯しなくっちゃ。師匠はこれから寝るんですか？」

「ん……昼まで寝る……。魔法の練習は午後から……」

「わかりました。じゃあそれまでに家のこと片づけちゃいますね」

のんびりと地下へ戻っていく師匠とは反対に、僕はパタパタと走り回る。今日はお天気がいいからシーツも洗っちゃおうかな。その前に飛雄にもご飯あげなくっちゃ。城の裏に仕掛けておいた罠に鹿か猪がかかってるといいんだけど。忙しい忙しい。

僕は朝食の器を手早く洗うと、勝手口から城の裏庭へと出た。飛雄は普段ここにいる。僕が来る前は森で勝手に餌を探してたみたいなんだけど、それじゃ森がめちゃくちゃになっちゃうでしょ。王様の耳に入ったら討伐され兼ねないし。だから今はこうして罠で餌をとってあげてるんだ。

……ところが。

「おはよう、飛雄。今日の獲物は——ん？」

裏庭が何やら騒がしい。おとなしい飛雄がギャアギャア鳴きながら威嚇の体勢をとっている。

「飛雄どうしたの⁉　何があったの⁉」

まさかほかの魔物が現れたのだろうか。ハラハラしつつ駆け寄ると、そこにいたのは……なんとも不思議な生き物だった。

「あんちゃん、堪忍！　堪忍な！　ワイもう三日も食べてへんねん！　助けると思って、な？」

飛雄に謝りつつも罠に嵌まった猪を貪り食べていたのは……腕や頬に鱗を持つ関西弁の少年だった。何これ？

「え、えぇぇええ……」

魔物なんだろうか？　でも人間の言葉を喋ってる。思わずドン引きしながらあとずさると、僕の存在に気づいた少年が「ぅをっ！」と驚いて身体を跳ねさせた。

「なんや、人間もおったんか！　もしかしてこのワイバーンお前のんか？　は～、ちっさいナリしてごっついの飼っとんなあ。あ、ワイはドゥガーリン。竜人や。すまんなあ、ワイバーンのメシちょーっともろたわ。もう腹減りすぎて、背中とくっついてペチャンコになるとこやってん、堪忍してな」

「うわ、すっごい喋る」

少年は僕に相槌を打たせる間もなく、のべつ幕なしに喋った。すごいな、ひと息で僕と飛雄の関係性を窺って、自己紹介して、懇願までしたぞ。話の展開が早い。師匠と足して二で割りたい。

というか魔物じゃなくて竜人、なの？　この世界に竜人がいることは知っていたけど、めちゃくちゃレアだって師匠から教わった。竜人はほかの種族と違う独自の進化をしていて、数が少なく、謎も多いんだって。

竜の神様の力を宿していて神秘的な存在らしいけど……目の前の少年は神秘的とは程遠い気がする。服はヨレヨレだし、口の周りベタベタにしながら「うんまっ」って猪食べてるし、関西弁だし。

とりあえず危険な感じはしないので、僕は彼が猪を食べ終えるのを待つことにした。しょんぼりしている飛雄の鼻面を撫でて「あとでまた獲ってきてあげるね」と慰める。

それにしてもこの子、ひとりなのかな。竜人の歳のとり方はわからないけど、多分子どもだよね？ 子どもがこんな森でひとりで何してたんだろう。仲間とはぐれちゃったのかな。

ドゥガーリンと名乗った少年は、僕よりふたつ、みっつくらい年上に見えた。布じゃなくて革でできた硬そうな服は、随分と汚れていてあちこち破けている。繕った形跡もない。腕や脛《すね》には爬虫類みたいな赤茶けた鱗が生えていて、靴を履いていない足はまんま竜のそれだ。手は人間に近いけど、爪は大きくて鋭そう。脚衣《きゃくい》のスリットからは尻尾も生えているし、シャツの背中は大きく開いていて翼も生えてる。でも小さいな。これで飛べるのかな？

ほっぺの半分くらいにも鱗があるけど、あとは人間と変わりない普通の顔だ。弓なりの濃い眉毛を持つわんぱくそうな顔。髪も普通の赤茶色だけど、頭には太い角が二本……ただしそれは両方とも根元でぽっきり折れているけど。

彼の食事を待つ間、じっくり観察してしまった。だって、希少な竜人ならこの先もう二度と見られないかもしれないし。

「あっそうだ。師匠に教えてあげよう」

師匠ならきっと珍しい竜人に会えて大喜びするに違いない。飛雄のご飯譲ってあげたんだし、師匠に紹介するくらいいいよね。

「きみ、ちょっと待ってて。会ってほしい人がいるんだ。大丈夫、変わってるけど悪い人じゃないから。あと顔が血だらけだから、濡れタオル持ってきてあげるね」

そう言い残して僕は急いで城の中へ駆けこむと、寝ていた師匠の手を無理やり引いて戻ってきた。いなくなっちゃってたらどうしようと思ったけど、ドゥガーリンは食べ終えた猪の骨を満足そうにしゃぶり尽くしているところだった。

「うわっ！　……本当に竜人だ……」

「ども、竜人です」

希少種を前に感激して震えている師匠に、ドゥガーリンはフレンドリーに片手を上げて応える。神秘的な存在とは。

「えらいシュッとしたおっちゃんやな。お前のおとんか？」

「違うよ、師匠だよ。すごい魔法使いなんだ。老けて見えるけどまだ十八歳だよ」

「なんや、そうなんか。老けとんなあ、シュッとしてるけど」

そんな会話を交わしながら、僕はドゥガーリンの顔と手を濡れタオルで拭いてあげた。彼はいやがる様子もなくおとなしく拭かれてから「お前ええやつやな、おおきに」と笑った。

「お前じゃないよ。僕はピッケっていうんだ。八歳だよ」

「八歳？　なんや、ワイより年上かいな。ワイは七歳や」

「七歳⁉　おっきいねえ！」

「ワハハ！　竜人っちゅうんはみんなでかいねん！」

ドゥガーリンが年下だったことにも驚きだけど、そんな年齢で森をひとりで彷徨って飢えていたことも驚きだ。やっぱり迷子なのかな。

僕とドゥガーリンが喋っている間にも、師匠は彼の尻尾や角や翼や顔を間近で凝視し、ときどき指で突っついていた。フツーに失礼だな、この人。

「あの……ひとりなの？　もしかして仲間とはぐれちゃった？」

僕がそう尋ねると、ドゥガーリンはスックと立ち上がって胸を張り親指で自分を指さした。

「よお聞いてくれた。ワイはさすらいの竜人や。五歳のときからひとりで旅してる、さすらいのプロや」

「ご、五歳⁉」

さすがに信じ難くて目をしばたたかせる。だって五歳なんてまだ幼児だよ。まさかそんな幼い子どもが二年間もひとりで旅していたの？

「なんで？　竜人ってそういうものなの？　自立が早いの？」

不思議に思い急き込んで聞くと、ドゥガーリンは再び腰を下ろし「これにはふか～いワケがあんねん。まあ聞け」と語る体勢に入った。僕も師匠も思わず正座して、興味津々に彼の話に耳を傾ける。

ドゥガーリンが言うには、故郷の里はうんと遠いところにあるそうだ。彼はそこで生まれ育ったそうだけど、二年前、両親と遠出していたときに誤って空から落ちてしまったのだとか。それ以来、両親と故郷を探し求めてずーっとひとりで旅をしているという。

「ワイまだ飛ぶのが下手やねん、おかんに抱っこしてもろてたんや。せやけどうちのおかん、おっちょこちょいでなあ。うっかり手を放してもうたんや。笑えるやろ。きっと今頃『どないしよ！子ども落としてもうた！』って慌てとるわ。せやからワイ、はよ帰らんとあかんねん」

ドゥガーリンはあっけらかんとして語ったけど、僕は呆然としてしまった。思っていたよりもかなり壮絶というかダイナミックな迷子だった。

「……角はそのときに……？」

珍しく師匠が口を開くと、ドゥガーリンはフルフルと首を横に振った。

「これはワイが生まれてすぐのころ、里がでっかい魔物に襲われたときにポッキリいってもうたんやと。まあ命があっただけでもラッキーや」

それを聞いて、師匠は何かを考えこむように黙ってしまった。僕もビックリした。ドゥガーリンの人生、波乱万丈すぎない？

「二年もひとりで旅して生きてきたの？　どうやって？」

「どうって、フツーに。腹減ったら森でなんでもええからワーッて倒して食って」

「そんな簡単なこと？」

「竜人は人間よりむっちゃ強いねん、熊なんかバキーッてしてズバーッてしたら一撃や！」

「すごい！　もしかして火とか吹いちゃうの？」

ずっと得意そうに饒舌な様子で喋っていたドゥガーリンが、一瞬言葉を詰まらせた。けれどすぐに口角を上げ、冗談めかした明るい声で言った。

「それはできん。ワイまだ子どもやからな。それは大人んなったときのお楽しみや」

「じゃあ力だけで獣を狩ってたんだ！　すっごく強いんだね！」

「ワハハ！　兄やんヨイショするんがうまいなあ、もっと褒めてや」

ドゥガーリンはニコニコと楽しそうだ。二年も迷子なのに、このメンタルはすごいな。

「……竜と同じ硬質の鱗だ。これなら獣の牙も爪も通さないだろう。それに体格に対して筋肉が異常に発達している。人間の筋肉のつき方とは違う……これも竜由来なのか。興味深い……」

師匠はいつの間にかドゥガーリンの腕を掴み、揉んだり摩《さす》ったりしている。いくら相手がフレンドリーだからってもう少し遠慮するべきではと思ったけど、ドゥガーリンは「シュっとしたあんちゃん、お目が高いな！　そうや、それが強さの秘訣や」と得意そうに語っていた。とんでもなく根明《ねあか》だ。

「……もっと詳しく研究したい。きみ、しばらくうちに滞在しなさい」

「えっ⁉」

唐突にそんなことを言いだした師匠に、僕はビックリして大声を出してしまった。コミュ障師匠が人を家に誘った⁉　もしかして研究欲が人見知りを超えたのだろうか。

けれど、ドゥガーリンは照れくさそうに眉尻を下げながらも頷かなかった。

「すまんなあ。ワイは里とおかんを捜さなあかんのや。のんびりしてる暇……」

「三食つける」

「のった」

なんとドゥガーリンはご飯につられてあっさり承諾した。……まあさっきも飛雄のご飯奪ってたくらいだし、いくら強くてもそうそう楽に獲物が手に入るわけじゃないんだろうな。

「じゃあ二階か三階の部屋を使うといいよ。空き部屋はいっぱいあるから」

何にせよ、初めてのお客さんだ。しかも僕と一歳違いの子ども。賑やかになりそうで嬉しい。

「しばらく世話になるわ。よろしゅうな、兄やん」

ドゥガーリンは立ち上がるとお尻についた芝生をパンパンと払ってから、僕に手を差し出した。

「こちらこそ、よろしくね」

その手を取って握ると、ドゥガーリンはギザギザの歯を見せてニッコリ笑った。

「シュっとしたあんちゃんもよろしゅうな」

握手に差し出された手を師匠は両手で掴むと、マジマジと眺めて「……指は五本。だが第一指の位置が低くて竜の前肢の骨格に近い……」と観察しだした。コミュニケーション能力が皆無すぎる。

そんな師匠のことをドゥガーリンは「ナハハハハ！　おもろいあんちゃんやなあ！」と笑い飛ばすのだから、案外このふたり凸凹で相性がいいのかもしれないな。


こうしてドゥガーリンはしばらくうちに滞在することになった。

竜人といえど生活は人間と変わらない。三食食べて、お風呂にだって入る。着替えだってするし、夜はベッドで眠る。

会ったときに生肉を食べていたから肉食なのかと思ったけど、人間と同じ食事もできるようで雑食だった。しかも里にいたころは食器も使っていたので、普通にスプーンやフォークも扱える。けどやっぱ肉が好きみたいだし食べる量も多い。大人の三人前はペロリと平らげるので、なかなか作り甲斐があるよ。

一日のうち一、二時間は師匠と話をしたり身体を観察されたりしているけど、それ以外の時間は僕のお手伝いをしてくれる。気さくな彼はとってもいい子で、進んで掃除や洗濯を手伝ってくれた。特に力仕事は大得意なので、僕や師匠じゃ重くて動かせなかった家具や古い瓦礫の山とかの片づけに大いに役立ってくれた。ありがたい、ずっとうちにいてほしいくらいだ。それに。

「ただいまー、ごっつい鹿獲ってきたで！」

「おかえり……ってうわ、本当にでっかい鹿！」

「煮込みにしたら三日は食えるやろ！」

ドゥガーリンはときどき森で獣も狩ってきてくれるから、食費も大助かりだ。街への買い物は週に一回程度の我が家にとって、生肉は貴重なので嬉しい。飛雄の餌も獲ってきてくれるので、最初はいじけていた飛雄も今ではすっかりドゥガーリンに懐いている。

もちろん、仲よくなったのは飛雄だけじゃないよ。僕もうんと仲よくなった。だって、年の近い子と一緒にいるのはやっぱり楽しいもの。ピッケとして生まれてから、師匠に救われるまで全然子どもらしい生活が送れなかった僕にとって、ドゥガーリンは初めての友達と言えるかもしれない。

庭で一緒にボール蹴りしたり、汗びっしょりになるまで鬼ごっこしたり、冗談を言ってふざけ合ったり、すっごく楽しいんだ。こないだなんかくすぐりっこしてたら笑いすぎて、ふたりしてしゃっくりが止まらなくなっちゃって、師匠に魔法で治してもらったんだから。

師匠とのふたり暮らしも楽しかったけど、ドゥガーリンが来てからは城がうんと明るくなった気がするよ。僕、ちょっとわんぱくになったかも。

そうそう、ちなみに彼の関西弁。竜人の里の言葉なんだってさ。僕としてはツッコミどころ満載のカルチャーショックだけど、まあ関西弁って概念は前世の記憶がある僕だけのものだし、この世界的にそれは〝竜人弁〟と呼ぶべきなんだろうな。……竜人弁？

何はともあれ。そんなふうに彼がいる生活が楽しくてとても快適だと思うようになってきた、とある日。僕とドゥガーリンは一緒に森へ探検に行ったんだ。男の子は探検が大好きだからね。

森には獣やときどき野良の魔物も出るけど、強いドゥガーリンが一緒なら安心だ。それに師匠が魔除けの腕輪を僕たちふたりにつけてくれたし。

そんなわけで僕とドゥガーリンは食料になる動物や木の実を探したり、イイ感じの木の枝を拾ったり、大きな木の洞に潜ってみたりして、探検を満喫していた……のだけれど。

「は～今日は暑いなあ。ムンムンするわ」

「ねー、僕も汗かいてきちゃった」

暦の上では初夏の五月。今日はお天気がよすぎて、動いているとちょっと暑いくらいだった。

あまり風もなくて、ふたりしてパタパタと手で扇ぎながら歩いていると、ドゥガーリンが「あっ、せや！」と手を打った。

「こん奥ダーッと行ってちょい曲がったとこに池あんねん。そこで足ジャブジャブしよや」

「池があるの？　全然知らなかった！　行こう行こう」

さすが、森をずっと彷徨っていただけある。僕より全然詳しそうだ。僕たちは涼を求め、早速池に向かうことにした。

歩くこと五分、生い茂ったコナラの隙間を抜けると広々とした池のほとりへと出た。

「わ、本当に池だ！」

池は学校のプールふたつ分くらいの広さで、それほど大きくないけどわりと深そう。水が透き通っているものの、下のほうは暗くて見えない。

ドゥガーリンは靴をポイっと脱ぎ捨てると、淵に腰かけ足をジャブンと水に浸けた。

「うひゃ～ひゃっこい！　兄やんもはよ！」

「うん！」

僕も靴を脱いでドゥガーリンの隣に座ると、そ～っと足の先を水に入れてみる。

「うわ～冷たい！　気持ちいい～！」

ひんやりとした水の冷たさが足先から伝わって、身体を一気に冷やしてくれる。その気持ちいいことと言ったら！

僕は両足をつけたまま空を仰ぐと、大きく息を吸って吐いた。池のおかげで、なんだか空気まで涼しげな気がする。

「もーちょい浅かったら水遊びできんねんけどなー」

足をバシャバシャと動かしながらそう言ったドゥガーリンに、僕も足を動かしながら「ねー」と同意の相槌を打つ。そのとき、水に浸けていた足に何かが一瞬ふれた。

「わ！　なんか触った！」

びっくりして足を止めた僕は水面を凝視し、ゆらりとした影が深く潜っていくのを見つけた。

「魚だ！　この池、魚がいる！」

「えっ、ほんまや！」

よーく目を凝らしてみると、底のほうに幾つもの影が泳いでいるのが見える。水面を揺らさないようにじっとしていると、ときどき気まぐれな魚が近くまで浮上してきた。

僕もドゥガーリンも池を覗き込んで興味津々になった。泳いでる魚なんて、ピッケになってから初めて見たよ。珍しいのもあるけど、僕としてはもうひとつ興味深い理由がある。

「なんの魚だろう、食べられるかな」

「食えるんちゃう？　知らんけど」

「捕まえたいなあ。師匠に新鮮な魚を食べさせてあげたい」

この森も、僕らが買い物にいく街も、内陸なので鮮魚が手に入らない。この世界には当然、冷蔵輸送なんて技術はないからね。入手できるのはせいぜいオイル漬けや干物くらいだ。となると調理法が限られるし、食卓には頻繁に上がらない。

でも僕としてはもっと魚料理を出したいんだよね。だって栄養豊富だもん。特に師匠は日にあたらないから、骨密度が心配なのでカルシウムを摂らせたい。あと研究で脳をいっぱい使ってるだろうし、ドコサヘキサエン酸も摂らせてあげたい。

「せめて網か何かあればなあ」

僕はさっき拾ったイイ感じの枝でパシャパシャと水面を掬う。

「釣りするか？　糸と餌探してくるわ」

ドゥガーリンも枝を手にしながら辺りの草むらに餌を探しにいく。

そのとき、一匹の魚が浮上してきて僕の目の前を横切った。すぐそこにいる魚に手が届きそうで、思わず身を乗り出し腕を伸ばす。ところが。

「あとちょっ……あ、わ、わ、わ、わ、わ、わわわわぁあああああッ!!」

バランスを崩してしまった僕は、バッシャーンと大きな水柱を立てて頭から池に落っこちてしまった。

「に、兄やーーん!!」

草むらで釣り餌を探していたドゥガーリンが枝を放り投げて淵まですっ飛んできてくれたけど、僕はブクブクと沈んでいく。だって僕、泳げないもん。

前世でも泳ぎなんて小中学校の授業でちょっとやっただけだし、今世に至っては風呂以外の水に浸かったのも初めてだ。ジタバタと手足を動かすものの上にも前にも進まず、パニックになった僕は息を止めるのも忘れて盛大に水を飲んでしまった。

ヤバい。僕こんなとこで死んじゃうのだろうか。この人生、ようやく楽しくなってきたところだったのに無念なんてもんじゃないよ。死にたくない、死にたくないよお。

迫りくる死に悲嘆したときだった。頭上でザブンという音がしたかと思うと、ものすごい力で腕を引っ張られた。そして何がなんだかわからないうちに僕の身体は水中からぶん投げられ、岸辺に放り出された。

「グエホッ！」

コナラの木に思いっきり背中をぶつけたけど、そのおかげで飲み込んだ水を一気に吐き出せた。

僕は咳き込みながらも身体を起こし、何が起きたのかと池のほうを向く。双眸に飛び込んできたのは、さっきまで僕がいた辺りでジタバタ溺れているドゥガーリンの姿だった。

「わー！　なんで!?　ドゥガーリンー!!」

おそらく彼は池に飛び込み、その怪力で力任せに僕をぶん投げて助けてくれたのだろう。しかしどうやら彼も泳げないらしく、その身体は徐々に沈みつつある。

「ドゥガーリン！　ドゥガーリン！　わぁあどうしよう！」

「にいや、ガボッ、たすけっブクブク」

僕は半泣きで腕を伸ばしたり枝を伸ばしたりするけど、まったく届かない。飛び込んで助けようにも僕も泳げないし、せっかくドゥガーリンが助けてくれたのにふたり揃って沈んでしまうことになる。

「どうしよどうしよ！　ま、魔法！　み、水の精霊っ、ドゥガーリンを助けて！」

魔法に頼ろうとするもののこんな精神状態で集中できるはずもなく、そもそも僕は水魔法なんか使えないし！

このままじゃドゥガーリンが死んじゃう。僕を助けてくれたせいでドゥガーリンが！　絶望的な気持ちで涙が溢れてきたとき、ふっと一陣の風が頬を掠めて通りすぎた。そして次の瞬間、池の水は逆巻き巨大な水柱を立てて、ドゥガーリンの身体をペッと陸地へ吐き出す。

「ゲホゴホゲホゲホゴホゴホ!!」

「わぁああドゥガーリーン!!」

なんだかよくわからないけどドゥガーリン助かった！　僕は泣きながら駆けつけ、咳き込む彼の背を一生懸命にさすった。

「よかった、よかったよお」

「ゲホッ……ハァハァ」

ようやく咳の治まったドゥガーリンは、僕のほうを向くとたちまち涙ぐみ、僕より大きな身体でガバッと抱きついてくる。

「うわーーん!!　死ぬかと思ったあ！　怖かったあ！　兄やーん！」

僕より大きな身体をしていても、ものすごい力持ちでも、ドゥガーリンは子どもなんだ。きっと初めて死というものに直面して、とんでもなく怖かったに違いない。……そして、それは僕も同じだ。

「わぁあああん！　ドゥガーリーン！　助かってよかったよおお」

本当にふたりとも生きててよかった！　それに僕は尊敬する。自分もうんと怖かったはずなのにためらうことなく飛び込んで僕を助けてくれた、ドゥガーリンの勇気と優しさを。

「ありがとう、ありがとうね。僕のこと助けてくれてありがとう」

「ふぇえ、兄やん死んでもうたらどうしよって、ワイ必死やった～」

抱き合ってオイオイ泣いていると、僕らの頭を大きな手がポンポンと撫でた。顔を上げて目に映ったのは、少しだけ唇を噛みしめている師匠の姿だった。

「……無事で、よかった……」

それだけ言うと師匠は僕らふたりをギュッと一度抱きしめ、それから身体を離し「子どもだけで水辺で遊んではいけない」ときっぱり告げた。

「ごめんなさい。もうしません」

「堪忍。ワイも二度とせえへん」

ふたり揃って頭を下げると、師匠は「ん」と頷いて僕たちに回復魔法をかけてくれた。

「さっきの師匠の魔法やろ？　水がグルグルーってなってじゃぶーんってワイを助けたやつ」

「ん」

「は～師匠はすごいなあ！　ワイこんなごっつい魔法見たことあらへん。師匠の魔法は天下一や。おおきに、師匠！」

「……ん」

ドゥガーリンに褒められて嬉しかったのか、師匠は無表情ながらちょっとだけ頬を染める。さては案外、褒められるのに弱いな？

「助けてくれてありがとうございました。でも師匠、どうしてタイミングよく現れたんですか？」

まさに危機一髪だったわけだけど、正直疑問も残る。もしかしてこっそりあとをつけてきてた、とかじゃないよね？

するとと師匠は僕の手首に嵌めてある魔除けの腕輪を指さして言った。

「……装着している者が危機に陥ると、私が感知できる仕組みになっている……場所も……半径一キロまでなら把握できる……」

「見守りＧＰＳだ！」

師匠はやっぱりすごい。こんな世界でマジカルな見守りＧＰＳを開発できるなんて。それに僕らのことを自由にさせているように見えて、ちゃんと目を配ってくれていたんだな。だらしなくたって、コミュ障だって、やっぱり師匠はちゃんと大人なんだ。

「はえ～、そんな便利な腕輪やったんか。ほんま師匠は天才やな」

「ね！　やっぱ師匠はすごいや！」

僕らに褒められて面映ゆくなったのか、師匠はソワソワしながら立ち上がり「……帰ろう」と両手を差し伸べる。

僕らは左右それぞれ手を繋ぎ合って歩き出す。さっき池に落としてしまったので、またイイ感じの枝を拾って帰った。忘れられない大冒険の一日だった。

そんなことがあったからか、ドゥガーリンと僕はもっと仲よくなった。ドゥガーリンは僕を「兄やん、兄やん」って呼んですごく懐いてくれる。じつは結構甘えん坊なのかな？　後ろから抱きついてきたり、座ってると凭《もた》れかかってきたり、くっつくのが好きみたい。

やっぱ僕ってお兄ちゃん気質なのかも。甘えてこられるとドゥガーリンのことがうんと可愛く思えちゃう。彼のほうが身体も大きくて力も強いし僕は助けられっぱなしなのに、僕が守ってあげなくちゃって気持ちになるんだ。まるで本当の兄弟みたいに。

そうしてドゥガーリンがこの城に来て二か月が経ったころ。

「兄やん、師匠が呼んどるで。コーヒー飲みたいねんて」

「ありがとう、わかった」

観察の時間が終わって、師匠の部屋から出てきたドゥガーリンが僕にそう言った。

「師匠。コーヒー持ってきましたよ」

魔法で淹れたコーヒーを片手に地下の部屋の扉をノックすると、「入るといい」とボソボソした声が返ってきた。

師匠の部屋は本が山積みになっており、よくわからない植物や道具がゴチャゴチャしていて足の踏み場がない。床に落ちている魔石を踏まないように気をつけながら進み、机に向かっている師匠のもとまでたどり着いた。

「……それ、ドゥガーリンの研究ですか？」

カップを置こうとした机には、ドゥガーリンのものらしき鱗が数枚入ったシャーレがある。広げられた帳面にはたくさん文字が書いてあって、人体図に尻尾や翼を書き足したものが記されていた。

「ああ……少しわかってきた……」

帳面に何か書き込んでいた師匠はゆっくりと顔を上げる。魔石のランプに照らされた顔が、少しだけ悲しそうに見えた。

「どんなことがわかったんですか？」と好奇心で尋ねた僕に、師匠は帳面に視線を落としてから「ええと……」と言葉を選ぶようにモゴモゴと話し始めた。

「……あの子、は……帰れない。母竜人に落とされたのは事故ではなく……捨てられた、から」

唐突に言われた無慈悲な結論に、僕は口を引き結んで目を瞠る。

なんでそんなひどいこと言うんですかと驚かなかったのは、僕の中にもそんな予感があったからだ。

みるみる悲しそうな顔になっていく僕を見て師匠は困ったように頭を掻いていたけど、僕が「……翼ですか？　角ですか？」とずっと抱いていた違和感を尋ねると、「角」と即答してくれた。

「竜人はほかの種族とは違う独自の魔力を持っていて、その力は角に宿っている可能性が大きい。だから角を失えば竜人としての力は半減する。あの子は火竜類の竜人だけど、きっと一生火が吹けない。体格に対して翼が小さいのも同じだ。低空を短時間飛行することはできても、長時間の飛行はできない。つまり不完全体。竜人族は気高い生き物だから、不完全体は排除される」

それがこの二か月に及ぶドゥガーリンの研究結果なのだと、饒舌な口調が語っていた。

この世界は前世に比べて生存競争が厳しい。それが野生動物の生態系に近い他種族ともなれば尚更なのだろう。

「それってドゥガーリンには……」

「言ってない」

師匠の優しさに少しホッとしたものの「……けどきっと気づいてる」とつけ足された言葉に、やるせなくなった。

僕と同じ、親に手放された子。ドゥガーリン。たったひとりで二年も親と故郷を探し続けて……

彼は今どんな気持ちなんだろう。

胸が張り裂けそうに苦しくなった僕は、考えるまでもなく口を開いていた。

「あの、師匠……！」

「それで提案なのだが」

僕と同時に口を開いた師匠の言葉が重なる。

僕らは見つめ合ったあと、少し悲しげに笑った。


「ドゥガーリン、ここにいたんだ」

師匠の部屋から戻るとドゥガーリンの姿が見えず、どこへ行ったのかと思ったら、城のカラスが屋根にいると教えてくれた。

「なんや、見つかってもうたわ」

三階の窓から屋根によじ登ろうとする僕を見て、ドゥガーリンは翼を動かすと僕を抱きかかえて屋根まで運んでくれた。

「ありがとう」

「おん。今日は星がよお見えるねん。兄やんも一緒に見ようや」

そう言ってドゥガーリンはゴロリと屋根に寝そべる。僕も天を仰ぐと、木々に囲まれた夜空に数えきれないほどの星屑が散っているのが見えた。

しばらくふたり揃って星を眺めたあと、僕は思いきって口を開く。

「ねえ、ドゥガーリン。このままうちで暮らさない？」

ドゥガーリンは驚いた様子もなく黙ったまま空を見つめ、それからのんびりした口調で答えた。

「……ワイはおかんと里を捜さんといかん。きっとおかんも捜しとる。ワイが帰らんとおかん泣いてまうわ」

「そうだね、ごめん。……でもさ、よかったらここで角を治してからまた旅をするっていうのはどうかな」

僕がそう言うと、ドゥガーリンは身体をガバッと起こし目を見開いてこちらを見つめた。

「な、なんやって？　今、角を治すって言うた？　治せるん？　治せるんか、ワイの角⁉」

急き込んで尋ねる彼に、僕は視線を合わせて深く頷く。

「師匠がね、時間はちょっとかかるけど頑張って治すって。もっと研究が必要だからドゥガーリンが協力してくれると嬉しいって」

「す、する！　協力でもなんでもするわ！」

すっかり興奮したドゥガーリンは両手で顔を覆うと天を仰ぎ、そのまま仰向けに屋根に倒れた。

「……っ、は～！　お師匠さんは大した人やなあ。折れた竜人の角を治すなんてほんま天才や。天下一の大天才や」

それからしばらく満面の笑みで空を眺め続け、「角が治ったらおかんも喜ぶやろなあ……」とつぶやいた。


こうして、茨の城に新たなメンバーが加わった。

正直なところ、角が治るのはいつになるかわからない。数年後、あるいは十数年後かもしれない。それでもドゥガーリンは「なんぼでも待つわ」と笑っていた。

師匠はドゥガーリンを二番弟子だと言った。竜人は人間と同じ魔法は使えないけど、存在自体が特殊な魔力みたいなものだから、彼を研究して治療することが修業なんだって。変なの。

そんなわけで僕にもめでたく弟弟子《おとうとでし》ができたわけだけど、「兄やん」って懐く彼を僕はなんだか弟みたいだって思うんだ。

「ほな弟でええんちゃう？　『おとーとでし』ってなんや言い難いやん」

ある日食卓でそんな話題を出したら、ドゥガーリンはあっけらかんとそう言った。

「ピッケが兄でドゥガーリンが弟なら……私はなんだ……？」

ドゥガーリンと初めて会ったときに僕の父と間違えられたことを密かに引きずっていたのか、師匠が父ポジションになることを懸念したように眉根を寄せて言う。

その問いに僕とドゥガーリンは顔を見合わせると、笑って声を揃えた。

「「お師匠！」」

不思議な形の家族が三人に増えたのは、緑鮮やかな明るい夏のことだった。

第三章　エルダール

僕がこの城へ来て一年が過ぎた、とある冬の日。

「今日はみんなで買い物に行く……から、支度しなさい……」

朝食の席で師匠が唐突にそんなことを言いだした。

「買い物？　今日は月曜日なのに？」

週に一度の食料の買い出しは、行きつけの街で市場が開かれる水曜日だと決まっている。珍しいなと思い尋ねると、師匠は手に持ったスプーンをブラブラさせながら「……まあ、そうだ」と頷いた。……うまい言葉が出てこなくて説明をあきらめたな。

「師匠。ワイ、アレ食いたい。こないだ肉屋で買うてもろたケバブっちゅーやつ」

ドゥガーリンが朝食の茹で卵を頬張りながら言う。人間の街が珍しいドゥガーリンは、買い物へ行くと色んな食べ物を欲しがる。だから最近では買い物に行くたび、師匠は僕たちに好きなおやつをひとつずつ買ってくれるようになったんだ。

けれど、今日はそのお楽しみはお預けみたい。

「……肉屋は、ない……。いつもの街じゃない……から」

ということは食料の買い出しじゃないのか。

いったいどこへ何を買いにいくのか見当もつかず、僕とドゥガーリンは顔を見合わせて小首を傾げた。


「これでよし、っと。それじゃあ行こう」

「へへっ、兄やんおおきに」

僕はドゥガーリンに革でできた大きな外套を着せてあげると、一緒に手を繋いで玄関へ向かった。

ドゥガーリンはとっても珍しい竜人なので、人前に出るときはフード付きの外套を着て肌や尻尾や角を隠す。いちいち騒ぎになったり、悪い人に誘拐されたりしたら大変だからね。素材が丈夫な革なのは、布だと尻尾や羽の骨に引っかかってすぐ破れちゃうから。

そしてお出かけのときは、僕もドゥガーリンとお揃いの外套を着るんだ。だってひとりだけ全身を隠すような恰好をさせるのは可哀想だし。でも兄弟でペアルックならなんだか嬉しいでしょ？

そうして僕たちはお揃いの外套姿で、師匠が待つ玄関へと駆けていった。

「師匠、お待たせ！」

「ん、行こう」

玄関の外では飛雄も待ってくれていた。この辺りは木が多いから、上空へ羽ばたける開けた場所まで歩いていく。

「兄やんとお出かけ、嬉しいなあ」

ドゥガーリンはご機嫌で僕の手を握ってブンブン振りながら歩く。年齢のわりにいろいろ逞しい彼だけど、こういうときはやっぱり年相応で可愛いな。

僕も嬉しくなってニコニコしていると、前を歩いていた師匠がススと僕の隣へやってきてもう片方の手を繋いだ。

「……私だって、みんなで出かけるのは嬉しいんだが……」

師匠の意外な言動に、僕は目を丸くする。もしかして僕とドゥガーリンばっかり仲よくしてるから淋しくなっちゃったのかな。

「ナハハ！　せやな！　三人一緒でむっちゃ嬉しいわ！」

「ふふっ、そうだね」

僕たちが笑うと、師匠の頬がほんの少し赤くなった。嬉しいのか、それとも照れくさくなったのかはわからないけど。

鬱蒼とした森には無邪気な笑い声が響く。空は快晴で、今日はきっと楽しいお出かけ日和になると思った——

——のだけど……

「……師匠。ここ、なんです……？」

「闇オークション会場」

飛雄で移動すること二時間。師匠が連れてきてくれたのは、怪しい建物の地下にある怪しい雰囲気の会場だった。めちゃくちゃ薄暗い。快晴、全然関係なかった。

ざっと二百ほどある席の前方にはステージがあって、今はまだ緞帳《どんちょう》が下ろされている。客は仮面をつけた貴族風の中年か、フードで顔を隠した外套姿の性別年齢不詳の人ばかりだ。当然子どもなんて僕ら以外にいない。

「ひぇえ……」

明らかに異質な存在の僕らに、周囲の大人が注目する。僕はフードをギュッと深く被って師匠の隣の席に身を縮めて座った。

「けったいな店やなあ。こんなとこで何買うん？」

ドゥガーリンが辺りをキョロキョロしながら聞けば、師匠は少し声を潜めた様子で答えた。

「……三番弟子」

「三番弟子!?」

僕もドゥガーリンもたまげて思わず大きな声を出し、慌てて自分の口を手で押さえる。

「……今日はエルフが出品されるという情報を掴んだ……エルフは魔力が高くて珍しい……ので、入手したい……。三人目の弟子にする……」

楽しいお買い物のはずが、まさかの人身売買が目的で僕はひっくり返りそうになった。っていうかこんな物騒なところになんで僕らも連れてきたの？

「は〜おったまげたわ。っちゅうか、弟子なんぼ作るつもりなん？」

僕も是非聞きたかったことをドゥガーリンが尋ねる。師匠は考えるそぶりを見せ指を折ると、

「……たくさん」とワケのわからないことを言った。……けれど。

「……ピッケが来てから、城がとても温かくなった。ドゥガーリンが来てから明るくなった……ので、もっと弟子を増やしたい……。家族は多いほうがいい……多分」

ボソボソと話す師匠の言葉を聞いて、僕はなんだか胸がギュッとなってしまった。大雑把でいい加減すぎる計画だけど、それは幸せでなぜだか切ない。

「……師匠の家族って……、僕らじゃなくて血の繋がった家族って、今どうしてるんですか？」

今までなんとなく聞けなかったことを質問してみると、師匠は言葉を濁すこともなく答えてくれた。血縁の家族はいないと。

幼いころに村が魔物に襲われ奇跡的にひとり助かった師匠は、とある老人に拾われたそうな。その人はとても優秀な魔法使いで、師匠はその人に魔法を教わったんだって。師匠の師匠だ。十四歳のときに師匠の師匠が亡くなり、それからはあの城を買って独り暮らしをしたり長旅に出たりしてたんだってさ。

……師匠が弟子をとりたがる理由、なんとなくわかったよ。けどもしかしたら、本当に欲しいのは弟子じゃなく家族なのかもね。

僕はこの人の弟子になれてよかったって、改めて思った。多分ドゥガーリンも同じように感じたんじゃないかな。

そのときだった。会場の灯りがパッと消え、ステージの緞帳《どんちょう》がスルスルと上がっていく。スポットライトのあたっているステージには、燕尾服姿の仮面の男がニヤニヤしながら立っていた。

「紳士淑女の皆様、シークレットオークションにお集まりくださりありがとうございます。本日もここでしかお目にできない特別な品を、皆様のためにご用意いたしました。お見逃しのないよう、心ゆくまでお買い物をお楽しみください」

男が定型通りの挨拶を終え一礼すると、さっそく最初の商品が運ばれてきた。ステージに注目していた僕はそれを見て「ヒッ」と声を漏らしそうになる。

「それでは本日最初のお品物はこちら。遥か南の国より極秘に運ばれてきた人魚のミイラ！　煎じて薬にするもヨシ、コレクションとして飾るもヨシ。魔力を込めれば蘇る可能性も無きにしも非ず！さあ三十万ウラヴからどうぞ！」

いきなり悪趣味なものから始まったなあと顔を歪めていると、隣で師匠が「あれは偽物だ……」と小声でつぶやいた。

人魚の偽ミイラは最終的に八十万ウラヴで競り落とされた。……あんなガラクタが僕より四倍も高い値段で買われるなんて、ちょっとショックだ。

それからも呪いの絵だとか、古代王の骨壺だとか、不気味で胡散臭いものが続々と出品され高値で競り落とされていった。世の中のお金持ちって悪趣味ばかりなの？

なんだかげんなりとしていると、仮面の男が今までよりひと際高いテンションで喋りだした。

「さぁっ！　お待たせいたしました、それでは本日の目玉商品をご紹介します！」

台車に乗って運ばれてきたのは布を被せた大きな檻だ。会場中の客がそれに注目する中、被せられていた布がバッと捲られる。そこにいたのは――

「出品ナンバー二十二番、正真正銘純血のエルフ！　七歳の雄です！」

狭い鉄製の檻の中で泣いていたのは、僕より小さな男の子だった。

真っ白な肌にキラキラした若草色の髪、尖った耳、そして一瞬で見た者を虜にしそうなほどの美貌。子どものせいか顔立ちが中性的で、髪が長いのも相まってまるで儚い美少女のようにも見えた。

「これがエルフ……」

竜人ほどではないけど、エルフも希少種だと師匠に習った。長命で気高く自然を愛し、その美しい見た目が注目されがちだけれど、なんといっても魔法に秀でていることが最大の特徴だとも。

確かにあの子は綺麗だ。でもそれよりも……泣き顔が痛々しい。白い頬には幾筋もの涙の跡がある。きっとずっと泣き続けてきたんだ。

師匠が言ってた、エルフは綺麗で珍しいから貴族が愛玩奴隷にするために高値で欲しがるんだって。そのためにエルフの集落を探してエルフ狩りをする悪い奴らがいるんだって。きっとあの子もうんとつらい目に遭ってきたんだ。

「なんと美しい……これは上モノだ、大いに稼がせられるぞ」

「チッ、男か。まあ子どもならどちらでも構わんか」

「あなた、あれを絶対に競り落としてちょうだい。今度のパーティーでお披露目するんだから」

「ハァハァ、ああ早くあれを辱めたい」

周りから聞こえてくる声に怖気が立つ。もし僕がうんと強い魔法を使えたら、こいつら全員吹っ飛ばしてやるのに。

すると、隣から小さく舌打ちの音が聞こえた。

「……高貴な存在を穢すことしか頭にない豚どもが……」

ボソッとつぶやかれたそれは物騒だったけれど、僕はどこか安心した。師匠はこちらを振り向くと、僕とドゥガーリンとに向かって確認する。

「……あのエルフ。きみたちの弟にするが……、いいか……？」

その問いに、僕もドゥガーリンも力強く頷いた。

「絶対に競り落としてください！　今夜はあの子の歓迎パーティーです！」

「おお！　やったれ師匠！　バチコーンとかましたれや！」

師匠はフッと口元を緩めると、オークションの札を握りしめて前を向いた。そして。

「ではこちらのお品物、百万ウラヴから――」

「一億」

師匠の提示した額に、熱気で沸いていた場は一瞬で水を打ったように静まり返った。

「い……一億、一億出ました！　ほ、ほかにはございませんか？」

仮面の男が会場に聞くも、客はザワザワするばかりで誰も札を上げない。

「一億だと？　ふざけている！　相場はせいぜい三千万だぞ」

「あなた、もうちょっと積めないの!?　私あれ欲しいのよ！」

「無茶言うな、出せて五千万までだ」

「えー……では、ほかに誰もいらっしゃらないようなので……一億ウラヴで落札とさせていただきます」

結局、エルフは師匠の即決だった。僕とドゥガーリンは「やった！」「よっしゃ！」とガッツポーズする。

一億って聞いたときには目玉が飛び出しそうになったけど、周りのゲス貴族たちの悔しそうな顔を見たらスカッとしちゃったよ！　ぐうの音も出させない師匠、カッコいい！

メインの競りがあっさり終わってしまって、客たちはどことなく不満そうに帰っていった。中には僕らを睨みつけていく人もいたけど、逆にべーって舌を出してやったもんね。

客が皆帰ったあと、僕たちは仮面の男の案内でステージの裏へと招かれた。そこにはさっきのオークションの品が並べられ、競り落とした客たちが順に商品を受け取っていっている。

そして最後に順番が来た僕たちに、仮面の男は揉み手をして声をかけてきた。

「本日はお買い上げ誠にありがとうございます。いやあ素晴らしい即決でしたね、お目が高い。我がオークションは独自のエルフ狩り部隊を有しておりますが、最近では同業との奪い合いが激しくなっていましてね。入荷の目処がなかなかつかず……」

想像以上の高値で売れたことがよほど嬉しいのだろう、仮面の男はのべつ幕なしに話す。師匠は男の話を無視して大股で歩くと、エルフの檻の前に立った。

エルフの子は震えていた。無表情な大男に買われ絶望しているのだろう。……わかるよ。僕もそうだったから。

「きみ、大丈夫？　今出してあげるよ。あとこの人は怖くないからね」

「安心しい、師匠はこう見えてむっちゃええ人や。それにワイらもおるからな。ひとりやないで」

師匠の後ろからピョコンと顔を出すと、エルフの子はビックリしたようだった。さらにドゥガーリンが声を潜め「ワイは人間やなく竜人や」とチラリとフードを捲ると、エルフの子は伏し目がちな目をまん丸に見開いた。

「鍵」

ずっと黙っていた師匠がそれだけ言って手を伸ばす。仮面の男は慌ててポケットから檻の鍵を出しつつも、渡さずにヘラヘラと笑みを浮かべた。

「あの、先に小切手にサインをお願いしてもよろしいでしょうか」

すると師匠は男の片手を掴んで、そこに手のひら大の革袋を載せた。

「小切手ではなく現金で払う」

「え？　いやしかし」

どこをどう見ても一億もの金貨を持っているようには見えない師匠に、男は困惑の表情を浮かべる。周囲にいた警備の兵士も怪訝そうに近づいてくる。

なんだか不穏な空気にハラハラしていると、男の持った革袋が膨らみだし中から金貨が溢れてきた。

「え？　は？　えっえ⁉」

慌てる男の手からはあっという間に金貨が溢れ、まるで噴水のように勢いよく零れ落ちていく。

男は片手に持っていた鍵を投げ捨てると両手で袋から溢れる金貨を掬おうとしたが、増えることをやめない金貨はみるみる床に降り積もっていった。

「ちょ、ちょっと！　なんだこれ！　止めて……！」

僕らの見ている前で金貨はうず高く積み上がり、ついには男を呑み込んでしまった。それでも止まらない金貨はいったいどれだけの重さがあるのだろう。埋もれていた男はしばらくもがいていたようだったけど、やがて動かなくなった。警備の兵士たちは顔を青ざめさせ、師匠を見たまま一歩も動けないでいる。

師匠は拾った鍵で檻の錠を開けると、エルフの子に「おいで」と声をかけた。その声はたった今、金貨で男を圧し潰したとは思えないほど穏やかで優しい。

唖然としていた僕らだったけど、檻の扉が開いていることに気づいてエルフの子に話しかける。

「あの、僕はピッケ。九歳。この大きい人は師匠のソーンで、こっちの子と三人で暮らしてるんだよ。今日からはきみも一緒に暮らそう」

「ワイはドゥガーリン、八歳や。よろしゅうな。そんなカチコチにならんでええって、ワイら呑気な三人組や。なーんも怖いことあらへん」

エルフの子が怖がらないように一生懸命明るく話しかける。するとその子はおずおずとしながらも、檻から出てきた。僕とドゥガーリンは思わず満面の笑みで手を伸ばす。

「さあ、一緒に帰ろう。僕たちの家へ」

エルフの子が今までどんな目に遭ってきたのか、僕にはわからない。ただきっと、それは僕の想像するより遥かにつらいものなのだろうと、彼と暮らすうちにわかってきた。

エルフの子が我が家にやってきてから一週間。

「ねえ、きみ。ご飯ここに置いておくね。少しでもいいから食べてね」

彼は与えられた三階の部屋からずっと出てこない。みんなが寝静まったときにトイレだけは済ませているみたいだけど、それ以外は食事に呼んでも出てこないので、こうしてドアの前にご飯を置いておく毎日だ。

オークション会場で囚われているよりはマシだと思ってうちまで来てくれたのだろうけど、エルフの子は僕らに対して警戒を解いていない。三人で交代でご飯を持っていったり話しかけにいったりしているものの、ドゥガーリンには少し顔を見せてくれるけど僕と師匠には無反応だ。どうやら人間を特に恐れているらしい。

「怖いことあらへんって言うてんやけどな。『人間はいやだ』って怯えとる。まあ焦ってもしゃーないわな。あとメシ、好き嫌いやなく食欲ないいんやと」

「そっか……」

唯一エルフの子とコンタクトが取れているドゥガーリンがそう教えてくれた。彼の強力なコミュニケーション能力を以てしても氷解は難しい。なんたってまだ名前も教えてもらえてないんだから。

「僕、ドア越しとはいえあんまり話しかけないほうがいいかな？　かえって怖がらせちゃうかな」

「けど、ほんならいつまで経っても兄やんのことわかってもらえへんやん。こんままでええんちゃう？　知らんけど」

夜、居間でそんなことを話し合いながら繕い物をしていたら、珍しく研究室から出てきた師匠が部屋に入ってきた。

「……まだ起きてたのか……」

気がつけば時計の針は夜の九時を過ぎていた。そろそろ寝なくっちゃと思い、僕は止まっていた手を慌てて動かす。

「これ縫い終わったら寝ます。あとちょっとだから」

縫っているのは僕の古着だ。もう小さくて着られなくなっちゃったけど、ちょっとほつれを直せばまだ全然綺麗。エルフの子にはちょうどいいサイズのはずだから、着替えに使ってもらえたらいいなと思う。

「お下がりも有効活用しないとね。節約節約」

そう言うと師匠は僕の前で項垂れて「……すまない……」とつぶやいた。

オークションで気前よくエルフの子を競り落とした師匠だったけど、あのお金なんと魔道具の売り上げの先払い金だったんだってさ。師匠の魔道具をいつも買ってくれるマニアな人がいるらしいんだけど、その人が定期的に商品を卸すことを条件に先払いしてくれたんだって。その期間ざっと百年！　百年逆ローン！

つまり今まで入ってきた総売り上げの五割がこれからはなくなるわけで、僕たちは家族が増えたと同時に困窮生活に突入してしまったのである。

もうちょっと計画性を持ってほしいとお説教したいところだけど、今回ばかりは仕方ないかな。結果としてエルフの子を救えたのだから。

「謝らなくていいですよ。それより師匠は頑張って今までの倍の薬と魔道具を作ってください」

「……頑張る……」

「ワイもしこたま肉獲ってくるし、みんなでビンボー乗り越えようやあ」

貧困に対して前向きに向き合ったところで、ちょうど繕い物が終わった。糸をハサミでチョキンと切って、服を綺麗にたたむ。

「よし、できた。じゃあ僕、これをあの子の部屋に届けてから寝ますね」

そう言ってソファーから立ち上がると、ドゥガーリンも「ワイももう寝る〜」と欠伸をしながら立ち上がる。僕らは揃って師匠に「おやすみなさい」の挨拶をして、一緒に三階へと向かっていった。

「……起きてる？　あの、よかったらこれ。きみの着替え。僕のお下がりで悪いんだけど使って。ここに置いておくね」

エルフの子の部屋のドアを軽くノックし声をかけてみたけど、やっぱり返事はない。

「もう寝てんちゃう？」

「そうかも」

明日の朝もう一回声をかけてみようと思い部屋から離れようとしたけれど、かすかに物音がした気がして僕は足を止める。

「どないしたん？」

「んー、僕もうちょっとここにいる。ドゥガーリンは先に寝てていいよ。おやすみ」

僕は眠たそうなドゥガーリンを先に部屋へ帰すと、回れ右してエルフの子の部屋の前へと戻った。

その場に座り込んで静かにしていると、やっぱりかすかに音が聞こえる。まだ起きてるんだ。

声をかけたら驚かせちゃうかなと心配したけど、このままじゃわかってもらえないと言ったドゥガーリンの言葉を思い出して、意を決して話しかけてみる。

「あ……あの！　ビックリさせちゃったらごめんね。ちょっときみと話がしたいなーって……」

扉の奥でしていた物音がやんだ。怖がらせちゃったかなと申し訳なくなり、声が少し小さくなってしまう。

「気が向いたら聞いて。いやだったら無視して構わないから。……えっと、あの……前も言ったけどここは怖い場所じゃないよ。みんなでのんびり暮らしてるだけなんだ。僕とドゥガーリンは家事をしながら師匠に魔法を教わってる。師匠はすごい魔法使いで、魔法の研究をしてるんだ。毎日みんなでご飯を食べて、バタバタ掃除したりして、ときどき街へ買い物にいって……楽しいよ。豪華じゃないけどご飯はお腹いっぱい食べられるし、毎日お風呂にも入れる。それから……ここでは夜伽とかしなくていい」

最後のひと言を聞いて、扉の向こうでかすかに反応した気配があった。

……やっぱりだ。この子はきっと師匠に夜伽をさせられるんじゃないかって心配して、部屋に閉じこもっていたんだ。

足音を立てないように、けれど扉に近づいてくる気配が部屋の中からする。僕はそれに気づかないふりをして、さっきと同じように話し続けた。

「僕ももとは奴隷で、師匠に買われた子なんだ。最初はやっぱりそういうことさせられるのかなって不安だったけど、そんなことなかった。師匠はね、弟子が欲しいんだって。すごい魔法使いだから才能のある子に魔法を教えたいんだってさ。でも本当は家族が欲しいんだと思うよ。師匠ってああ見えてめちゃくちゃ淋しがりやだから」

話しながら、一年前の自分のことを思いだす。あのときは師匠のことを誤解してたっけ。申し訳ないなとも思うけど、同時に仕方なかったなと今なら思える。だってこの世界は子どもにちっとも優しくなくて、僕は師匠みたいな優しい大人に会ったことがなかったんだから。

「僕も師匠もドゥガーリンも、きみが新しい家族になってくれたらなって思う。無理にとは言わないけど……もしちょっとでも気が向いたら、僕とお喋りしてくれると嬉しいな。あ、でもご飯は頑張って食べたほうがいいかも。食べないと気持ちまで弱っちゃうからね。もし食べたいものがあったら言って、作るから！」

耳を傾けてくれたことが嬉しくてつい喋りすぎちゃったけど、一気にいろいろ言われても頭がゴチャゴチャしちゃうよね。僕はそこから立ち上がると、最後に扉にそっと手をふれた。

「遅い時間にいっぱい喋っちゃってごめんね。おやすみ、また明日ね」

結局扉が開けられることはなかったけど、ほんの少しでも距離が縮まってたらいいなと思う。僕はお下がりの服をもう一度たたみ直して部屋の前に置くと、静かに廊下をあとにした。

翌日。部屋の前に置いておいた服はなくなっていた。

今まで水くらいしか受け取ってもらえなかったことを思うと、すごい前進に僕は思わず飛び跳ねて喜んでしまった。

それから、エルフの子はまったく手をつけなかった食事にも手をつけるようになった。相変わらず扉は開けないものの、部屋の前に置いておくと数時間後には食べ終えた食器が置いてある。ただし肉には手をつけていないので、野菜と穀物しか食べられないみたい。

確実に距離が縮まったことが嬉しくて、僕は時間を見つけては彼の部屋の前にいってお喋りをした。今日教わった魔法のこと、師匠が作ったヘンテコな魔道具のこと、ドゥガーリンと飛雄が腕相撲をしてドゥガーリンが勝ったこと。ときどき扉の奥から小さな笑い声が聞こえると、僕はもっと嬉しくなって夢中で喋った。

そんな生活が一か月くらい続いただろうか。僕がいつものように食事を持っていって「ここに置いておくね」って声をかけると、扉の向こうから小さく「ありがとう……」って聞こえた。見た目と同じで儚くて、すごく可愛い声だった。僕は驚きと感激ですっかり動揺して、裏返った声で「どういたしまして！」って叫んじゃった。

その日から、エルフの子は扉越しに僕と喋ってくれるようになった。主に僕が喋って彼が相槌を打つというやり取りは、日を追うごとに言葉のキャッチボールが増えて会話らしくなっていった。

「それでね、初めてパイを焼いてみたんだけど失敗しちゃってね、真っ黒こげになっちゃった。でも師匠もドゥガーリンも優しいから『おいしい』って全部食べてくれたんだよ。口の周り真っ黒にして」

「ふふっ。でもぼくのパイは焦げてなかったよ」

「きみのは焦げてないところをカットしてあげたんだ。一番年下だからね。ねえ、きみは何が好き？　好物はある？　今度作ってあげたいな」

「好きなのは……採れたての木の実や綺麗な水。あとは香草とか。森の朝露も好き」

「へー、鳥や蝶々みたいだ。じゃあ今度森へ行ったときに採ってきてあげるね」

まだ名前は教えてもらえないけど、少しずつ自分のことを話してもらえるのが嬉しい。

だから僕はもっと彼のことが知りたくていっぱいお喋りしたんだ。……きっと僕はちょっと過信していた。こうしてコミュニケーションをとり続けることが正しいって。

誰かの深い傷にふれる危うさを、僕はわかっていなかったんだ。


「ぼくね、人間の大人が怖いんだ。あなたは大人に叩かれたことある？」

心を開きつつあったエルフの子がそんな話をするようになったのは、会話をするようになってから一か月。少し生あたたかい雨の日のことだった。

「……あるよ。でもぶったのは師匠じゃないよ。僕を売った両親と、奴隷商人のおじさん」

「そうなんだ……」

こういうの前世で聞いたことがある。同じ痛みを共有することで心の傷を癒やしていく手段。

エルフの子はきっと無意識にそれをしているんだろう。痛みを乗り越えようとしているのかもしれない。そう思うと僕は彼の心に寄り添い続けてあげなくちゃという責任感に駆られた。

「エルフの里が襲われたのはぼくが五歳のときなんだ。足枷を嵌められてあっちこっち連れていかれたよ」

「わかる。僕もそうだった」

そんな会話は、数日続いただろうか。

エルフの子は里が襲われてから自分がどんな境遇で生きてきたかを、少しずつ語ってくれた。それはときに震えるほど恐ろしくて、あまりの悲しさに耳を塞ぎたくなって、そしてときに僕の傷に共鳴した。

彼はつらかった過去を吐き出すことで乗り越えようとしている。僕を信頼し傷を見せ合ってくれている。だから僕がしっかり受けとめなくちゃ。僕はあの子の兄になるんだから、受けとめて支えてあげなくちゃいけない。

そうわかっているのに……僕は聞くのがつらいと思うようになってしまった。だって、あの子の傷と共鳴するたびに、忘れかけていた奴隷時代の記憶が蘇るのだから。

しっかりしなきゃと思うのに、僕の身体はあの子の話を聞くことを勝手に拒み始め、部屋へ向かおうとすると眩暈や吐き気がするようになってきた。

「兄やん!? どないしたん、顔真っ青やで!」

ある日、エルフの子の部屋に食事を運びにいこうとする僕の顔を見てドゥガーリンが叫んだ。

「大丈夫。なんでもないよ」

そう言って微笑む僕の手は震えている。変なの。弟の部屋にご飯を届けにいくだけなのに、どうして僕は戦地に向かうみたいに心臓がバクバクしているんだろう。

「ちっとも大丈夫ちゃうやろ！　今日はワイが持ってくから、兄やんは休んどれって！」

「いいよ、本当に平気。それに僕が行かないと駄目なんだ」

僕はちょっと意地になっていた。エルフの子がやっと心を開きかけてるんだ、ここで引くわけにはいかないって。

いつになく意固地な僕に、ドゥガーリンは戸惑っているみたいだった。「な、なんで？」とオロオロしている。……すると。

「……私が行く」

そんな声と共に、手に持っていた食事のトレーをヒョイと取り上げられた。

振り返るとそこには師匠が立っていて、無表情ながらいつになく真剣な雰囲気を漂わせているのが感じられた。

「でも、あの子は僕を待ってるんです。僕が話を聞いてあげなくちゃ……」

それでも頑なに拒むと、師匠は腰を屈め空いているほうの手で僕の頭を包むようにして撫でた。

「すまない……もっと早くピッケを休ませるべきだった……。ピッケはしばらくあの子と関わるのをお休みしなさい……あとは私に任せて」

僕には師匠が何を言っているのかわからなかった。今ここで僕が手を引いたら、また心を閉ざしてしまうのではないかという心配だけが浮かぶ。

「でも、でも、僕じゃなきゃ駄目なんです。あの子の痛みをわかってあげられるのは僕だけだから」

「ピッケ」

師匠は僕の額に自分の額をくっつけて言った。その声はゴチャゴチャしていた僕の頭の中がハッと覚めるように毅然としていたけど、怖くはなくて、安心できる力強さだけを感じた。

「ひとりで背負ってはいけない……痛みはみんなで分かち合うべきだ。きみも、私も、あの子の家族なのだから」

師匠はそう言ってから横を向くと、自分を指さしているドゥガーリンに気づいて「もちろんドゥガーリンも」とつけ足した。

カチカチに固まっていた僕の心が、魔法にかかったように柔らかくなっていく。気がつくと全身の力も抜けて、手の震えが収まっていた。

「今までどうもありがとう。……今日からは私とドゥガーリンに任せて……ピッケはしばらく休むといい……」

「せや、兄やんきばりすぎや。もっとワイのこと頼ってやあ」

そう言って三階へ向かう師匠とドゥガーリンの後ろ姿を見て、僕はとても安心していた。そして安心している自分が、本当はまだとっても弱い存在だったことに気がついたんだ。


正直なところ不安がなかったわけじゃない。

エルフの子は人間の大人を恐れているのに、師匠に任せっきりにしちゃって大丈夫なのかと。ドゥガーリンはあの性格だからいつかは打ち解けられるだろうけど、それでも同じ痛みを持って寄り添えるわけじゃない。師匠は師匠で寄り添う以前に超ド級のコミュ障だし、どうなることやら。

そんなハラハラした気持ちを抱えた僕はなかなか眠ることができず、その夜は何度もベッドで寝返りを打った。そして三回目のトイレに起きたとき、廊下で師匠と会った。

「……眠れないのか……」

どうやら師匠は僕が何回もトイレに行っていることに気づいて、二階まで来てくれたみたいだ。

「はい……」

さっき宥められたのにまだエルフの子を気にしているなんて。なんだか言いづらくて僕がマゴマゴしていると、師匠はしゃがんで目線を合わせてから僕の頭を撫でてきた。

「ピッケの心は綺麗で柔らかい……から、大切にしなくてはいけない……」

「え？」

そして今度は僕の身体を優しくぎゅうっと抱きしめる。それはとても心地よくて、僕はただされるがままになった。

「ピッケは優しい……。自分を苦しめてでも誰かを救うことをあきらめない……。だがそれではきみの心の傷が閉じなくなってしまう……。ピッケの笑顔が失われたら、私は悲しい」

「……師匠……」

なんだか目頭が熱くなってきた。そうか、本当は僕、自分が思うよりずっと苦しかったんだ。奴隷時代のことを思い出すの、本当はいやでいやで仕方なかったんだ。それはそうだよ。鞭で叩かれて痛かったことも、ご飯がもらえなかったことも、二度と思い出したくなかった。

なのに我慢してたんだ。あの子のためだと思って、せっかくかさぶたになっていた傷を開いて痛みをぶり返して。……こんなの九歳の子どもがすることじゃないのに。僕は僕を、ちっとも大切にしてなかったよ。

そんな馬鹿な僕の傷に、師匠が気づいて手をあててくれた。血が溢れ出す前に止めてくれた。

「エルフの子は私が責任を持って心を開かせる……。そして私は、必ずピッケの傷も癒やす……。二度ときみが傷つかないように……きみの笑顔が曇る日が来ないように……私が守ると誓うから……ピッケも自分を大切にしてほしい」

……師匠は、本当に僕を大切にしてくれているんだ。僕、こんなに誰かから慈しんでもらったの初めてだよ。

感動にも近いこの喜びをどうしていいかわからず、僕はただ強く師匠を抱きしめ返す。それから一度鼻をすすって「はい」と答えると、師匠は身体を離し、立ち上がって僕と手を繋いだ。表情の乏しい顔には、かすかに笑みが浮かんでいるように見える。

「……部屋へ戻ろう。今夜はずっと……手を握っていてあげる、から……」

鼻を赤くして頷いた僕は、そのまま師匠の大きな手を握って部屋へ戻りベッドに潜った。

あんなに眠れなかったのに、師匠がそばにいてくれるだけで僕はすぐに瞼が重くなったんだ。ここ最近見ていた奴隷時代の悪夢も見なくて、久しぶりによく眠れた気がする。

それから二週間後。

あの子と出会ったときにはまだ冷たかった風もすっかり春の匂いがして、花の咲く庭や森には蜜を求めて蝶が舞うようになっていた。

「ん～今日もいいお天気だなあ。お洗濯のし甲斐があるや」

朝日の明るさで目覚めた僕は、身支度を済ませると窓にお布団を干し、いつものように厨房へ向かう。

厨房は東側に窓があるので、朝はとても明るい。キラキラと白く輝く朝の眩しさの中に、大きな人影が見えた。

「あれ、師匠がこんな時間に起きてるなんて珍しいですね。おはようございます。お腹空いたんですか？」

僕はエプロンを手早くつけながら、窓際に立つ師匠に話しかけた。逆光に立つ師匠は影になっていてよく見えない。けれど徐々に目が慣れてきた僕は、大きな影の前に華奢で小さな影が立っていることに気がついて動きを止めた。

「……きみ……」

師匠の前に立っていたのは、エルフの子だった。モジモジとしているけれど俯くことはなく、恥ずかしそうに僕を見ている。

エルフの子は師匠にそっと肩を押されると、一歩前へ出て僕に向かって淡く微笑んだ。

「お、おはよう、……お兄ちゃん」

……美しさに感動して胸が震えるって、きっとこういうことを言うんだ。

美しいのはこの子が美貌のエルフだからじゃない。僕や師匠やドゥガーリンを信じてくれて一歩を踏み出した小さな勇気が、祝福のように朝日を浴びた笑顔が、こんなにも綺麗なんだ。

「お……おはよう……おはよう！」

感激で潤んだ目元を手で擦って、僕は何度も何度も大きく頷いた。それを見てエルフの子は小さく笑うと、師匠からエプロンを受け取って僕に尋ねた。

「ぼくもお手伝いをしていい？　さっき師匠と森で香草を採ってきたんだ」

「もちろんだよ！　わあ、嬉しいな。一緒に作ろう！」

僕は彼の手を優しく引くと、一緒に調理台へと向かった。そんな僕たちを、師匠はやっぱりあんまり変わらない表情で眺めている。

……ありがとう、師匠。あなたの言った通りだ。

同じ痛みを持っていなければわかり合えないなんてことはないんだ。本当に寄り添おうと思う気持ちは相手に届く。それこそ、人生丸ごと救う覚悟があれば。

エルフの子を本気で心配していたのは僕だけじゃない。師匠だってドゥガーリンだって同じ。だって家族になるんだもん。一緒に幸せになろう、食卓を囲もうって願いが、きっとエルフの子に傷を乗り越える勇気をくれたんだ。

「あのね、水がめはここでお鍋はここの棚。スープ作りをお願いしていいかな、きみ……えーと」

すっかり浮かれている僕の説明を、エルフの子は楽しそうに頷きながら聞いている。そしてとびきりの笑顔を朝日に煌めかせると、元気いっぱいに教えてくれたんだ。

「エルダール！」

僕らの城に新しい優しい家族が増えたのは、若葉が芽吹き鳥が歌い命萌える美しい春の日のことだった。

第四章　魔王爆誕

「便利な魔道具はいかがですかー。長持ちする魔法のランプに、作物がよく育つ魔法の水、汚れがよく落ちる魔法の石鹸ですよー」

「おっちゃん、おっちゃん。安うしとくで！　こんな上等なシロモンほかにあらへんで！」

「み、見ていってください」

「……欲しければ買え……」

とある街の大通りの隅で、僕らは今日も今日とて魔道具の路上販売にせっせと勤しむ。しかし。

「たっかいなあ。これ同じのが大型の魔道具屋で半額で売ってるよ。ぼったくりすぎじゃない？」

ときどきは足を止めて商品を見ていく人はいるものの、みんな決まって同じセリフを吐いて立ち去っていった。

虚しく人通りの絶えた道を眺め、僕はため息をつく。

「師匠〜やっぱギルド入りましょうよ。これじゃ何を作ったって売れませんよ」

師匠は困ったように口をモゴモゴさせていたが、結局俯いて「……無理を言うな……」と小さくつぶやいた。

魔道具とは魔法使いが研究を重ね開発する努力の代物だ。当然その製法は最初に開発した人の功績で、全世界公認の特許が与えられる。……ただしそれはギルドという国家認定組織を介してのこと。

つまりギルドに所属していない師匠の道具は特許申請できず、解析されてパクられ放題ということなのだ。

どこからか師匠の魔道具が優秀だという噂を聞きつけた魔法ギルドがそれを買い占め解析し、唯一無二だった商品は今や安価なコピー品で溢れている。大手組織が薄利多売で製造販売したものにモグリで個人販売の僕らが敵うはずもなく、売り上げは激減している。こっちのほうがオリジナルなのに。

「あーもう腹立つ！　なーにがギルドじゃ、師匠のパチモンしか作れへんくせに！」

ドゥガーリンが悔しそうに地団駄を踏むと、地面がちょっと揺れた。気持ちはわかるけど、竜の地鳴りを起こすのはやめてほしい。

「まあまあ。僕が大きくなったらギルドに入って師匠の代わりに特許を取るから、それまで我慢しよう」

なんとか前向きに励まそうとするけど、ドゥガーリンは悲しそうな目で「兄やん、呑気やなあ。ワイらが飢え死にしてまうほうが早いわ」ともっともなことを言った。ギルドに入れるのは十六歳からで、僕は今十歳だからまだ六年もある。うん、ドゥガーリンが正しい。

「とりあえず、別の場所に行ってみたらどうかな。魔道具屋のない村なら売れるかも」

そう建設的な意見を述べてくれたのはエルダールだ。

エルダールが家族になってから一年が過ぎた。最初は人間が怖くて街へは来られなかった彼だけど、三か月前から一緒に売り子をしてくれるようになった。きっとものすごく勇気の要ることだったと思う。僕、エルダールのそういうところ、本当に尊敬する。

もちろん街へ出るときは三人揃ってフードを被った外套姿だ。三人お揃いだと、なんだか売り子のユニフォームみたい。

「賛成。ここは人通りが多いけど、買ってもらえなくちゃ意味ないもんね。それに……」

僕はチラリと道の奥に目をやると、急いで商品を木箱に詰め始めた。ほかのみんなもハッとして、ガチャガチャと慌てて商品を片づける。

「こらー！　勝手に露店を出すんじゃなーい！」

「来た！　逃げろ！」

道の奥からやってきたのは憲兵だ。無許可の商売は叱られるだけでなく、常習だと罰金もとられかねない。売上もないのに罰金なんてとられたらやってらんないよ。

僕たちは商品を詰めた木箱を抱え、一目散に逃げていく。この街で見つかったのはこれで三回目だ。もうしばらくここへは来られないな。


そんなわけで我が家は困窮の危機に陥っていた。

「第一回ビンボーを脱しよう会議～」

家に帰ってきた僕らは、現状を打破すべく話し合いをするために居間に集まった。僕が会議の開催を宣誓するとドゥガーリンが「よっ待ってました！」と合いの手を入れてくれる。それも竜人族の風習なの？

「えーコホン。魔道具が売れなくなってしまったので、新たな収入源をみんなで考えようと思います。何かいい案のある方は手を挙げて発表してください」

「はい！」

早速元気よく手を挙げたのはドゥガーリンだった。

「ワイが森で肉を獲ってくるから、それを塩漬けにして売ったらええんちゃうかと思います」

「なるほど」

ドゥガーリンは相変わらず動物を狩ってきてくれている。おかげで我が家の食費はかなり助かっているわけだけど、それが商品にもなればさらに大助かりだ。

続いてエルダールが控えめに手を挙げる。

「ぼ、ぼくも森で薬草を採ってくるから、薬やお茶にして売るのはどうかな」

「それもいいね」

エルフのエルダールは植物にものすごく詳しいんだ。森で薬草を採取して薬やお茶を作るだけでなく、香草で入浴剤や石鹸、洗剤、シャンプーなんかまで作ってくれる。おかげでうちは前より衛生的になって、いつもいい香りがするようになったよ。

魔法も自然由来のものに特化していて、植物の成長を促進したり空気や水を浄化したりすることができるんだ。その応用で回復魔法も使える。どの魔法も心優しいエルダールらしいよね。

彼は食事の支度だけでなく掃除や洗濯もよく手伝ってくれてるし、我が家の衛生・清潔担当って感じかな。清潔感に無頓着になりがちな男所帯にはありがた〜い存在だ。

そんなエルダールの作った薬やお茶なら、きっとよく売れると思う！

それから僕も少し考えて案を出してみた。

「森で果実を摘んでジャムにして売ってみようかな。これからの季節ならアプリコットが採れるし」

「ええな！　兄やんのジャムはうまいからなあ、絶対売れるで」

「ぼくも、お兄ちゃんのジャム大好き。甘くて優しい味がするから」

そんなふうにいい感じで話し合いが進んでいると、奥の席に座っていた師匠がおずおずと手を挙げた。

「……私も、新しい魔道具を作るとしよう……ギルドの愚か者が模倣できないような高位の魔道具を作る……」

師匠の頼もしい発言を聞いて弟子たちは「おぉ！」と沸いたけど、僕はふと考えて質問してみた。

「高位の魔道具って、例えばどんなのです？」

「……亜空間を開き邪魔者を無へと還す杖とか、大地を割り地中のマグマを爆発させる剣とか……」

「駄目ー!!　絶対、駄・目!!」

想像以上に物騒なアイディアに、思わず声を張り上げて止めてしまった。師匠は目を丸くしてショックを受けている。

「そういうおっかないのは駄目です！　ただでさえご近所さんからの評判があまりよくないんだか

ら、好感度を下げるようなものはよしましょう」

「……わかった……」

師匠は肩を落としてしょんぼりしてしまった。可哀想だけど仕方ない。だって最近、いやな予感が現実味を帯びてきているんだもん。

平和な生活を送りながらも、僕は師匠が魔王シルバーソーンである疑惑を未だ抱えている。まあ、それ自体はいいんだ。僕は師匠がもし魔王でも悪役でも好きだし、ずっと一緒にいるって決めたんだから。

でもね、師匠が魔王だって噂が広まって勇者に討伐されるのだけはいやだ。こんないい人が誤解で正義の味方にやられちゃうなんて、絶対おかしい。だからそれだけは阻止したいんだけど……どうやらこの城が怪しいって噂が麓の村々には広まっているみたいで。

客観的に見れば確かにうちって怪しいよね。不気味な外見の城、住人は高身長の無表情な魔法使いと、外套で顔以外を全部隠した三人の子ども。おまけにワイバーンがときどき城に出入りしているんだから、恐れられるのも無理ないって。

麓の村へは牛乳を買いにいくぐらいだけど、住民に会ったときはちゃんと元気に挨拶しているんだけどな。好感度ってそんなことだけじゃ上がらないみたい。

師匠が本当に魔王かどうか、それはわからない。けどどちらにしろ変な噂が広まるのは避けたいんだ。真実でも誤解でも討伐されるのは御免だからね。

「どうせならもっと明るい魔道具を作ってください。そうだなあ……夜空に花火を打ち上げる杖とか、甘い蜂蜜が湧き出る壺とか。師匠は天才魔法使いだからできるでしょう？」

僕がそう言うと、シュンとしていた師匠の顔がパッと明るくなった。表情は変わらないけど。師匠って弟子から天才って褒められたり頼られたりすると、すっごく喜ぶんだよね。ドゥガーリンとエルダールもそれをわかっているので、ふたりも口を揃えて師匠を持ち上げる。

「せや！　期待してまっせ、天下一の大魔法使い師匠！」

「ぼくも見たいなあ。天才師匠のすごい魔道具」

すっかり機嫌をよくした師匠は頬をうっすら赤くしてソファーから立ち上がると、「……研究室へ戻る」と早速魔道具の開発をしにいった。彼のこういう単純なとこ、可愛いと思う。

「じゃあ僕らも早速商品の開発に取りかかろうか」

そう言って僕たちも城を出て森へ向かうことにした。新しい商品、うまくいくといいな。


それから一か月後。

僕らの作った食料品や薬は評判もよくそこそこ売れた。おかげで麦や野菜や牛乳も買えるようになったし、弟たちの服を新調してあげることもできたよ。よかった！

やっぱり育ち盛りの子どもがいる家庭にはお金って大事だよね。ふたりがお腹いっぱいご飯を食べたり、新しい服を喜んでくれたりするのを見て、僕も嬉しくなった。

「兄やん～猪ズバーッと捌いてきたで」

「お疲れ様。じゃあ壺に肉入れておいて。このジャム作り終わったら、塩漬けにするから」

「ねえ、お兄ちゃん、ドゥガーリン。塩漬け肉にハーブ加えたら香りがついておいしいんじゃないかな』

「おお、ええやん。さすがエルダール、考えることがハイカラやな」

「いいね！　じゃあ半分は香草漬けにしよう」

今日も今日とて僕たちは厨房でワイワイと商品の仕込みに励む。

みんなで一緒に作業すると楽しいのはいいんだけど、生活の糧を稼ぐためとはいえ、子どもが働くだけの日々を過ごしていていいのだろうかとちょっと心配にも思う。ドゥガーリンもエルダールも賢い子なんだから、もっと勉強とかさせてあげたほうがいいんじゃないかな。

でもまあ師匠曰く竜人は二百年、エルフは五百年以上生きるっていうから、焦らなくていいのかも。これも社会勉強といえば勉強だし。

「よし、今日の仕込み終わり！」

猪肉は全部塩漬けにして、ジャムも瓶詰めした。薬も瓶詰めしたし、あとは街へ売りにいくだけだ。

今日の作業が終わり安心してみんなであと片付けをしていると、後ろからドゥガーリンが凭《もた》れかかるように抱きついてきた。

「兄やん、疲れたわ〜。庭で一緒に昼寝しよ」

僕より全然大きな身体をしていても、ドゥガーリンはずっと甘えん坊だ。すぐに抱きついてくるし、庭の芝生で一緒に寝ているといつの間にか抱き枕にされてしまう。まあそこが可愛いんだけど。

「ぼくもお兄ちゃんと一緒がいい。隣で本読んでもいい？」

そしてエルダールも今ではすっかり僕に甘えてくれている。ドゥガーリンみたいに激しいスキンシップはないけど、服を掴んだり手を繋いだりしてずっとそばにいたがるんだ。可愛いったらありゃしない。

ふたりとも本当ならまだまだ親に甘えたい歳だもんね。僕もまだ十歳だけど、前世の記憶があるから半分大人みたいなもんだし。それに長兄という意識もあってか、ふたりを甘えさせてあげたいという気持ちが強いんだ。

「はいはい。じゃあみんなで庭で日向ぼっこしよう」

そうして僕は右手をドゥガーリン、左手をエルダールと繋いで中庭へと出る。今日はよく晴れていて気持ちがいいな。庭の樫の木陰に腰を下ろすと、裏庭にいた飛雄もやってきて喉を鳴らしながら近くで丸まった。

「は〜平和だなあ」

ふたりと一匹に囲まれ、僕は伸びをしながら空を仰ぐ。快晴の空は真っ青で、輪郭のはっきりした夏の雲がプカプカと幾つも浮かんでいた。

「あの雲、おもしろい形してる。フライパンと目玉焼きみたいだ」

僕が空を指さして言うと、隣に座っていたエルダールがその横を指さす。

「あっちは鳥に見えない？　ほら、あそこが羽で」

「ほならそっちのんは熊や。ガオーってしてんなあ」

ドゥガーリンも空を見上げながら言って、僕ら三人は雲の観賞会を始めた。

「あれは瓶から零れた蜂蜜」

「あっちのは開きかけの本」

「こっちのんは食べかけのソーセージ」

すると突然ドゥガーリンが「あっ！」と叫んで端っこに浮かんでいる雲を指さした。

「おケツや！　ほら、まん丸でふたつに割れとるやつ！」

くだらないことを嬉々として報告するドゥガーリンがおかしくて、僕はたまらず笑いだす。

「あはははは！　本当だ、お尻だ」

「も〜ドゥガーリンてば、下品なんだから」

そう言うエルダールもクスクスと笑いを零している。ドゥガーリンは「ええもん見たわ！　おケツ雲や、ナハハハ！」と愉快そうに大声で笑うと、そのままゴロンと仰向けに寝そべった。

ああ、なんて平和で無邪気で楽しいひととき。ずっとこんな時間が続けばいいのに。

ときどき貧乏に陥ったり細かい問題はあったりするけれど、この暮らしは概ね穏やかだ。大切な家族がいて、みんな仲よしで、かけがえがないほど大切だってつくづく感じる。

「兄やん、昼寝せえへんの？　そんなら膝枕してや」

「あ、いいな。ぼくも膝枕してほしい」

空を仰いだまま座っている僕の腿に、ドゥガーリンとエルダールがゴロンと頭を載せる。思わず目を細めふたりの弟たちの頭を撫でながら、僕は幸せを噛みしめていた。……そのときだった。

「……ん？　なんだあれ——ぅわっぷ!!」

城のほうから水の塊のようなものが大量に迫ってきたと思ったら、塊のうちのひとつが大きく飛び跳ね僕の顔面に飛んできた。

「んぶっ！　んぶぶぶぶぶ！」

何これ、顔にへばりついて離れないぞ。っていうか息できないんだけど！　死ぬ！

「うわぁあああ！　なんやこれ！」

「お兄ちゃーん！　しっかりしてぇ！」

ひっくり返ってジタバタもがいている僕の顔から、ドゥガーリンとエルダールが必死に塊を剥がそうとしてくれている。あやうく窒息死しそうになる寸前、塊は粘っこい液体を残しながらもなんとか剥がされていった。

「ひ〜死ぬかと思った」

世の中ってこんなに油断ならないものだったっけ。のどかな日向ぼっこ中に死に直面するとは、さすがに予測できなかったよ。

僕はハンカチで顔に残ったベタベタを拭いてから、引き剥がされた謎の塊を見た。取り押さえているドゥガーリンの腕の中でおとなしくしているそいつは、クッションぐらいの大きさで丸っこく、透き通った青色をしている。

……僕知ってる、この謎の塊が何か。これって……スライムだ。

「なんやこのブヨブヨ。まるで生き物みたいやな」

「あ、よく見ると目がある。やっぱり生命体みたいだね」

ドゥガーリンとエルダールはスライムを見たことがないのだろう。不思議そうに観察している。いや、僕も実物を見るのは初めてなんだけど。でも前世では定番の魔物としてゲームや漫画でよく見たからさ。……ん？　魔物？

「ドゥガーリン！　そいつ遠くへ投げて！　それ魔物だ！」

「えっ⁉　えぇえええええ⁉」

のんびり観察している場合じゃない、スライムって人に危害を加える魔物だよ！　毒があるかもしれないし、そもそも僕さっき殺されそうになったし。

ドゥガーリンは腕に抱いていたものが魔物だと知り、アワアワしながらも遠くへぶん投げた。さすが怪力の竜人、スライムは遥か遠く、森の奥まで飛んでいく。

しかし城からはまるで波のようにスライムの大群が押し寄せてきて、僕たちは慌てて樫の木に登って避難した。飛雄なんか慌てて飛んで樫の木のてっぺんまで逃げちゃったよ。お前も魔物なんだからスライムと同属だろうが。

「キッショ！　むっちゃおるやんけ！」

「わぁああ！　こいつら木に登ってくるよ！」

「まっ魔法！　魔法でなんとか……って僕、家事魔法しか使えない！　助けて師匠～‼」

スライムの大群に追い詰められ、三人揃って半泣きになったときだった。

「……止まれ。そこから離れろ」

どこからか低い声が響くと、スライムたちはピタッと動きを止めた。そして波が引くようにウゾウゾと樫の木から離れていく。

「「し、師匠！」」

城のほうからゆらりと歩いてきた大きな影を見て、僕たちは安堵で思わず声を合わせた。

「師匠～！　魔物が、魔物が～！」

まだ樫の幹に抱きついて泣いている僕に師匠は腕を伸ばすと、身体を抱き上げてそっと地面に下ろした。警戒したけど、どうやらスライムは襲ってこないみたい。

師匠はドゥガーリンとエルダールも地面に下ろすと、振り返ってスライムたちに言い聞かせるように話しだした。

「……この三人は私の弟子だ。襲ってはいけない。彼らの命令も聞くように」

スライムたちは師匠の言葉がわかるようで、ゼリーみたいな身体をプルプル震わせ「ピキー！」と鳴き声をあげている。その光景を僕たちは目をまん丸くして見ていた。

「え？　スライムって人間の言葉がわかるんですか？　っていうかなんで師匠の命令を聞くんですか？」

「……私が召喚した……からだ。召喚獣は召喚者の命令を聞く……」

「あーなるほどなるほど～。……じゃなくって!!　なんですってえええええ!?」

師匠のあまりの粗忽な行動に、僕は頭を抱えて天を仰ぐ。もうほんとやだ、この人。

「なんでそんなことするんですか!?　僕言いましたよね!?　好感度を下げるようなことはやめてくださいって！　こんなに大量の魔物なんか召喚しちゃって、ご近所さんに見られたらどうするんですか!?　今すぐ返品してくださーい!!」

こちとら師匠に魔王の疑惑がかかってしまわないかと日々ヤキモキしているというのに、どうしてこの人は自ら怪しい行動ばっかりするのかなあ！　こんなスライムの大群、万が一誰かに見られたら言いわけできないよ。

僕に叱られた師匠は表情こそ変わらないものの、ものすごくしょんぼりしたオーラを出している。そのあまりの気の毒さにドゥガーリンとエルダールが「まあまあ、そない怒らんでも」「落ち着いて、お兄ちゃん」と僕を宥める始末だ。

「……返品は不可能だ……。従魔契約を結んだ……このスライムは今日からここで暮らす……」

「じゅうまけいやく!!」

僕はうっかり泡を吹いて倒れるところだった。この大量のスライム！　うちで飼うんだって！　師匠はうちをモンスターパレスにでもするつもりかな!?

言葉を失ってクラクラしている僕を、ドゥガーリンが後ろから支えてくれた。エルダールが困惑した様子で「ど、どうしてこんなにたくさんのスライムを召喚したんですか？」と師匠に尋ねる。

すると師匠はますますしょんぼりと身を縮めながら、ちっさな声でボソボソと言った。

「……きみたちが毎日忙しそう、だから……作業を手伝う者を作ろうと……」

「僕たちのため……？」

もしかして師匠、弟子が家計のために働いていることに責任を感じていたのかな。それで僕らの苦労を少しでも軽減させようと、お手伝い要員としてスライムを召喚した？　スライムが役に立つかどうかはとりあえず置いといて。

僕らを思い遣っての行動だとしたら、頭ごなしに叱れないや。手段としては間違っているし、召喚する前に相談してほしかったけれど、師匠なりの優しさだもんね。

「……どうもありがとうございます、師匠」

お礼を告げると、ドンヨリとしていた師匠の雰囲気がパァッと明るくなった。

「正直、お手伝いが増えるのはありがたいです。いきなり怒鳴っちゃってごめんなさい。このスライムたちはお城の中だけでこっそり飼いましょう」

「せや！　師匠おおきに！　魔物の手も借りたいっちゅーのはこういうことやな」

「ありがとうございます。スライムたちと仲よくなれるといいな」

さっきまでとは打って変わって弟子たちに感謝され、師匠はたちまち上機嫌だ。ほんのり頬を赤くして何度もコクコク頷いている。

「……命令すればなんでも言うことを聞く。案外力もあるし器用だ……便利に使うといい……」

ゴニョゴニョと言って、師匠は身を翻すとそそくさと城の中へ入っていってしまった。感謝されて面映ゆくなっちゃったらしい。

庭に残された僕らは顔を見合わせてから、大量のスライムたちを見渡した。

「命令を聞くってことは言葉がわかるんだよね。どれくらい指示が理解できるんだろう」

魔物にどの程度の知能があるのか見当がつかず頭を捻る。飛雄はすごくお利口だけど、ワイバーンとスライムじゃ比べられないしなあ。

「とりあえずなんかやらせてみようや。せやなあ……よし、お前ら薪割りしてみ？　あそこに玉切りした幹があるやろ、あれをパカーンてみっつよっつに割るんや」

ドゥガーリンがそう言って庭の隅にある薪小屋を指さすと、スライムたちはすぐにピョンピョン飛び跳ねながら向かっていった。

「できるかなあ……」

斧も持てなさそうなのに薪割りなんてできるだろうかとみんなで眺めていると、スライムはなんと身体をみょーんと伸ばして触手らしきものを生やした。二本の触手で斧を振るい、パカパカと薪を割っていく。ほかにも酸を出して幹を三分割する器用なスライムもいて、小屋いっぱいの玉切り幹はみるみるうちに割った薪に変わっていった。

「おお〜、やるね〜」

思った以上に優秀なスライムたちに、僕ら三人は感心して手を叩く。

「じゃあ次は花壇の花にお水をあげられる？　あっちの低木にも」

続いてエルダールが命じると、スライムはすぐさまピョンピョンと井戸へ向かっていった。てっきり水を汲むのかと思いきや、次々に井戸へ飛び込んではまん丸く膨らんで戻ってくる。そして身体に溜め込んだ水を、花壇や低木に向かってシャワーのように散布した。

「へー便利だなあ」

僕はすっかり感心してしまった。スライムって賢いんだなあ。しかも命令に従順だ。中には薪割りに失敗して木を粉々にしちゃった子や、花壇に撒く前に身体から水が漏れちゃった子もいるけど、それもご愛嬌。

「みんな真面目で働き者だね。それによく見ると結構個性があって可愛いや」

仕事を終えた子に手を差し出してみると、まるで褒めて撫でてくれと言わんばかりに擦り寄ってくる。撫でたり抱っこしてあげたりしていると、たちまちほかのスライムたちも集まってきて僕は囲まれてしまった。

「あはは、よしよし。みんないい子だね」

順番に撫でてあげるとスライムたちはプルプルと震え、「ピキィ」「キュイッ、キュイッ」と高い声で鳴きだす。スライムって人懐っこくて感情豊かなんだな。さっきはむやみに怯えて悪いことしちゃった。

「みんな可愛い。魔物だけど怖くないね」

「っちゅうか兄やん、やたら好かれとんなあ。なんかええ匂いでも出とるんちゃうか」

エルダールとドゥガーリンも懐いてくるスライムを撫でている。でも確かに僕の周りだけやけにスライムが多いような。人間が好きなのかな？

すると、庭を囲む塀の向こうから一匹のスライムがポーンと飛び込んできた。葉っぱや泥にまみれたその子は、まっすぐ僕に向かって飛んでくる。

「あれ、きみって……ぅわぶぶぶぶぶぶぶ！」

「兄やん！」

「お兄ちゃん！」

泥だらけのその子はいきなり僕の顔面に飛んでくると、べったり貼りついた。呼吸できなくなった僕から、ドゥガーリンとエルダールが必死にスライムを剥がそうとしてくれる。……ってさっきもやったよ、このくだり。

「ぷはぁっ！　あー死ぬかと思った」

引き剥がされたスライムはちょっと怒ってるみたいだった。ドゥガーリンからその子を受け取り、腕の中でヨシヨシしてあげる。

「きみさっき森の中へ投げられた子でしょ。ごめんね、さっきも甘えてきてたんだね。でも顔にくっつくのは駄目だよ、息ができなくて死んじゃうからね」

やっぱこの子、最初に僕に引っ付いてきた子だ。森へぶん投げられたのを怒っているみたい。

「せやったんか、堪忍なあ」

ドゥガーリンにも撫でられて、ようやく泥まみれのスライムは機嫌を直したみたいだった。プルプルと震えながら僕の懐に擦り寄ってくる。

「魔物って言ってもいろいろだね。スライムがこんなに人懐っこいなんて知らなかったや」

最初はビックリしたけど、可愛い家族が増えたみたい。

こうして我が家にはプルンプルンの小さなお手伝いさんがざっと十匹は増えたのだった。ちなみに名前は全員につけたけど割愛。僕に最初にアタックしてきた元気いっぱいの子が『寒天《かんてん》』ってことだけ記しておく。

それからさらに一か月後のとある夏の日。

「毎日あっついなあ。蒸し竜になってまうわ。竜なんて蒸しても焼いてもうまないのに」

厨房の隅っこではドゥガーリンが床の冷たさを求めて半裸で寝そべっている。非常にお行儀が悪いけど、気持ちはわかるよ。僕もジャムの仕込みをしていて汗だくだし。

「こう毎日暑いと食品の管理も大変だよ。傷まないように気をつけなくっちゃ」

「お兄ちゃん、こっちの塩漬けにもオレガノとクミン加えておくね」

「ありがとう、助かるよ」

エルダールは挽いたばかりのスパイスを塩漬け肉の壺へと足していく。スパイスは風味づけだけでなく防腐剤としても役立つ。こういうとき薬学や香草に詳しいエルフがいるのはありがたい。

それにしても気温は三十度をゆうに超えているのに、エルダールはちっとも暑くなさそうだ。長い髪を束ねているけど、汗ひとつかいていない。自然を愛するエルフにとっては気候の過酷さなんて問題じゃないのかな。

僕はジャムの粗熱を取っている間、塩漬けにした肉を地下の食糧庫に運ぶ。地下のほうが涼しいからね。スライムたちもお手伝いしてくれたから、あっという間に運び終わった。……けれど。

「うーん、地下のほうが涼しいとはいえ限界があるなあ」

連日の暑さで食糧庫の温度も上がっている。保存食品とはいえ傷まないかちょっと心配だ。

「師匠に氷もらってくる？」

「そうだね。もうすぐお茶の時間だし、コーヒー運ぶついでにもらってくるよ」

もとはシンプルな作りだった食糧庫は、僕らが活用するようになってから氷室を備えた。ただしこの近辺に氷を採ってこれる場所はないので、必要なときは師匠に魔法で氷を出してもらうのだ。

僕が魔法を教わるようになって二年。家事魔法は上達したけど、相変わらず火や水は出せない。魔法って相性がかなりあるみたいで、師匠みたいにオールラウンダーなタイプのほうが珍しいんだって。

僕は食糧庫から出るとコーヒーを淹れて、寒天たちと一緒に師匠のもとへ向かった。

「師匠、しーしょーおー。コーヒー持ってきましたあ。あと氷作ってくださーい」

研究室の扉をノックするも、なかなか返事はない。

三食と僕らの授業と何か用事があるとき以外、師匠は基本部屋に籠もりっぱなしだ。魔法の研究が好きなのもあるけど、ひとりで薄暗いところにいるのが落ち着くらしい。虫かな？

それでも淋しがりやなので、フラッと居間にやってきてはみんなの顔を見たり頭を撫でたりして去っていくことがあるんだけど、ここ三日くらいはそれもなかった。食事のときもいつも以上に無口だったし、新しい魔道具の開発に没頭してるっぽい。

「寝てるのかな。それとも実験してるのかな」

扉を開けていいものかちょっと迷う。実験中だったら邪魔しちゃ悪いし。でも氷がないとこっちも困るんだよなあ。

しばらく悩んだけれど、意を決して扉を開けた。生活がかかっているので仕方ない。

「失礼しまーす。師匠、氷――」

部屋に踏み入った僕は目を瞠って固まる。血の気が引いて手からトレーが滑り落ちカップが割れたが、それどころではない。

「うわわわわわわわ何これぇ!!」

室内は黒い炎に覆われていた。どう見ても普通じゃないその光景の中心に立っているのは……多分師匠だ。なぜ〝多分〟なのかというと、シルエットが人間じゃないから。頭になんか生えてるんですけど!?

「えっ？　え、えっ？　師匠なの？　ししょ……えぇぇぇぇぇえええええええええどうしちゃったんですか!?　えええええええええええ」

僕の声に気づいた師匠がゆらりと顔を向けてこちらを見る。いつもの血色の悪い美しい顔。けれど耳は尖ってるし、顔には荊の紋様があるし、なんたって頭にでっかい角が生えてるし！　あっ、よく見たら尻尾みたいなのもある！　先っぽが矢印みたいな悪魔っぽいやつ！　これってもう……

「魔族だー!!　師匠が魔族になっちゃったぁぁぁああああああ!!」

パニックで半泣きになった僕は部屋から逃げ出そうとする。けれど扉が勝手に閉まって閉じ込められてしまった。

「……待て、落ち着くんだピッケ……」

ノブを必死に回している僕に、師匠が呼びかける。その口調はいつもと変わりない。少しだけ冷静になった僕は恐る恐る後ろを振り返った。

「ひぇえ……し、師匠なの……？　魔族になっちゃったの？　僕のこと食べない……？」

「食べない……から、落ち着きなさい。魔族……になってしまったが、中身は変わりない……」

確かに性格はもとのまんまみたい。とりあえずいきなり襲ってきたり食べられたりすることはなさそうだ。

師匠が軽く手を振ると、部屋を覆っていた黒い炎が消えた。室内は特に焼けたり焦げたりしていない。なんか演出的な炎だったのかな。

「どうして魔族になっちゃったんですか？　いったい何が……」

もしかして魔道具を作ろうとして事故が起きたのだろうか。だとしたら大変なことだ。新しい魔道具の開発を提案した僕としては責任を感じてしまう。

すると師匠は自分の角を手で触りながら、少し口ごもって答えた。

「……文献を調べていたら悪魔を召喚する術が載っていたので……興味深いと思い……呼び出してみたのだが……悪魔は口がうまい……」

「……ん？　つまり？」

「悪魔を調べたいと言ったら快諾されたのだが、私が悪魔にされてしまった。『お前が悪魔になって自分を調べればいい』と……。確かに一理あるが……」

もし僕の理性があと一センチ薄ければ、師匠に面と向かって「馬鹿なの!?」と言ってしまっていただろう。しかしそれを鋼の意思でグッと呑み込み、僕はオブラート二十枚ぐらいに包んで言葉を発した。

「どうしてそんな軽率なことするんですかぁ……」

粗忽にも程がある。好奇心で悪魔を呼び出して自分が悪魔にされちゃうなんて、そんなうっかりミスある？　思わず「トホホ」なんて漫画みたいな嘆きの声が出た。

しかもこれは言葉巧みに騙されたとはいえ〝契約〟らしい。悪魔を研究したいと望んだ師匠、望みを叶えたことで召喚から解放されて魔界へ帰った悪魔。それで契約は成立だ。

そして最悪なことに悪魔の契約は成立すると解くことができない。つまり師匠は一生このままってこと。

「……正確には私は半魔だ……見た目と魔力は魔族化したが、思考や習性は変わっていない……ので……特に問題はない」

「大アリですよ！」

僕は確信せざるを得ない。師匠は前世で読んだあの小説の魔王、シルバーソーンだと。だって角が生えた後ろ姿、小説の挿絵にそっくりだったんだもん。

師匠は人間だから魔王じゃないという最後の希望が絶たれてしまい、僕は悲嘆に暮れる。こうなったらもう、一生地下に閉じ込めておくしかないかも。

「ううう……こんなうっかりで魔王爆誕なんて、この世界どうかしてるよ」

その場にへたり込み顔を覆ってさめざめと泣く僕に、師匠はオロオロしながらしゃがんで頭を撫でてくる。

「……泣くことはない……見た目が少々恰好よくなっただけだ……」

「師匠の美的センスどうかしてますね⁉　もおおお！　こんな角、引っこ抜いてやる！」

「痛い……痛い……無理だ、抜けるもんじゃない……やめなさい」

僕と師匠がドタバタしていると、いつまで経っても戻ってこない僕の様子を見に、ドゥガーリンとエルダールが部屋へやってきた。

「お兄ちゃん、氷まだ……え⁉　何⁉　誰それ師匠⁉」

「は？　どないし……はぁあああああ⁉　えらいごっついの生えとるやんけ！」

ふたりも驚愕の表情を浮かべ衝撃を受けている。当然の反応だ。

「大丈夫だ……少々魔族になっただけで何も変わらない……」

「ま、魔族⁉　なんでいきなり魔族になってもうたん⁉　転職⁉」

「じゃあぼくたち、魔族の弟子になっちゃったの？　うわ……」

この城唯一の大人で僕らの保護者で大黒柱である師匠の、突然の魔族化。いったい全体、僕たちはどうなってしまうことやら。そして魔王確定した師匠を、僕は守ることができるのだろうか。

平和で呑気だった夏の日。じつに粗忽な理由で世界に魔王が誕生したのであった。トホホ。

第五章　ストック・フェッチ

それは、師匠が魔族化して一年が過ぎた秋の日のことだった。

「……拾った……」

森へ実験用の植物を採取しに行った師匠は、どういうわけか左右それぞれの手を小さな男の子と繋いで帰ってきた。

「……は？」

厨房で晩ご飯の支度をしていた僕は、何ひとつ状況が理解できずただ目を丸くする。すると。

「うわ、うまそー！」

「このパイもーらい！」

「えっ!?　あ！　ちょっと！」

なんとふたりの男の子は師匠の手から離れると、調理台の上にあったミートパイを丸ごと持ってどこかへ逃げてしまった。

「えっ？　え、え？　し、師匠！　なんなんですかあの子たちは!?」

今夜のご飯が盗まれてしまい、僕はオロオロとしながら師匠を問い詰める。彼は相変わらず動じないというか、ボーっとした様子で「……拾った……」と繰り返した。

師匠のわかり難い説明によると、どうやら森で迷子になっていた子どものようだ。けれど、この森は鬱蒼としていて複雑だし、麓の村からはかなり遠い。人間の子が易々と迷子になるような場所じゃない。

「じゃああの子たちは迷子じゃなく……」

「捨て子だろう……。それと……ひとりは妖精だ。もうひとりは人間だが……魔力を感じる……」

なんとも驚きの情報に僕は目を瞠った。あのふたり、外見そっくりだったけど双子じゃないんだ？しかも片方が妖精って……なんか複雑な事情がありそう。

「とにかく、ふたりを捜さないと」

僕は今夜のメインがなくなってしまったお皿を見て頭を痛めつつ、とりあえずあの子たちを捜すことにした。城の中で好き勝手に食べ散らかされても困るし。

廊下にいたスライムたちが目撃していたおかげで、ふたりはすぐに見つかった。

一階の廊下にある掃除用具入れをそっと開けると、狭い空間の中でふたりはミートパイを食べ終えたところだった。

「あれ、もう見つかっちゃった」

「でももうパイはないよ、ぜーんぶ食べちゃったもん」

ふたりは悪びれることもなく、指についたソースを舐めながら言う。怖がらせないように気をつけなくっちゃと思ったけど、こちらの想像以上にしたたかそうだ。

ふたりは顔立ちも背格好もよく似ていて、小柄だった。確実にエルダールより年下だろう。栗色の髪の毛は癖っ毛で愛らしく、丸い緑色の目は好奇心いっぱいにキラキラしている。師匠は捨て子だろうって言ってたけど、あんまり悲壮感は感じられないな。

けど着ている服は随分とくたびれているし、靴は破れている。身体も汚れているみたいだし、やっぱり何日も森を彷徨ったのかな。

「出ておいで。こんなところで隠れて食べなくても、ちゃんとご飯をあげるよ。ほかの家族にも紹介したいから、きみたちのことを教えてよ」

僕がそう言うと、ふたりは顔を見合わせて頷き合って掃除用具入れから出てきた。うーん、しかし見れば見るほどそっくりだ。片方は妖精らしいけど、どちらも耳の形は少し上部が尖っているだけで、僕には妖精とも人間とも判断がつかない。

「オレはストック、八歳！」

「オレはフェッチ、八歳！」

「ストックとフェッチね。僕はピッケ、十一歳。この城で師匠……さっきのおっきな人と、ふたりの弟と住んでいるんだ。よろしくね」

ふたりの素性が知りたいけどいきなり尋ねるのもデリカシーがないかな、と考えあぐねているとストックとフェッチは肩を組んで自ら身の上を語ってくれた。

「オレたち、チェンジリングされた妖精と人間なんだ！」

「運命をくっつけてわけあった魂の双子なんだ！」

「『何があってもふたりなら無敵なんだぜ！』」

最後は声を合わせて言ったふたりに、強い絆を感じる。捨て子なのに悲壮感がないのは、きっとふたりが一緒だったからだ。互いがいれば何も怖いものはないのだろう。

「……チェンジリングか……珍しくはないが、ここまで姿形が似ているのは珍しい……」

「うわっ師匠、いつの間に」

いつの間にか僕の背後にいた師匠がボソッとつぶやく。ストックとフェッチも一瞬驚いたようだったけど、すぐにニッと笑ってふたり揃ってピースした。本当に逞しいな。

「……いろいろ調べさせてほしいが……まずは風呂だな」

師匠の言葉に僕も賛同する。ふたりとも随分ボロボロだ。身体を洗って綺麗な服を着させてあげたい。

「こっちにおいで、お風呂に入ろう。出たら改めて食事にしようね」

バスルームに案内すると、ふたりは素直についてきた。ただし途中でスライムを見つけて捕まえたり乗っかったり、だいぶやんちゃだったけど。

「入り方はわかる？　湯船のお湯と石鹸で身体と頭を洗って……」

うちのバスルームはそんなに広くない。せいぜい子どもがふたり入れるくらいの銅製のバスタブと小さな洗い場だけ。ただしこの世界では珍しくバスタブで直接お湯を沸かす形式だ。

中世ヨーロッパに近いこの世界では別の場所で湯を沸かしバスタブに注ぐのが一般的なんだけど、それじゃあ大変だからって師匠が改良してくれたんだ。いわゆる五右衛門風呂方式。師匠が魔法で水を注いでくれたら、あとは薪をくべて火をつけるだけ。追い炊きもできて便利。

エルダールが調合してくれた石鹸や入浴剤もあるし、この世界にしてはかなり清潔で文化的なお風呂だと思う。ただし。

「あれ。まだ水張ってなかったや」

準備が必要なのは仕方ない。前世みたいに蛇口をひねればシャワーが出るほど便利なわけじゃないからね。

師匠もさっきまで森に行ってたし僕もご飯の準備中だったから、まだお風呂の準備をしてなかった。水浴びで身体を洗うには寒いし、急いでお湯を沸かさなきゃ。

「ちょっと待ってね。今急いでお湯の用意するから」

そう言って師匠を呼んでこようとしたときだった。

「ここにお湯を入れればいいの？」

「オレたちがやってあげよっか？」

ふたりが思わぬことを言いだし、僕はキョトンとする。

するとストックとフェッチはニッと笑って頷き合い、向き合って手を繋いだ。

「滴れ水、溢れるほどに！」

「灯せ火、燃え上がるほどに！」

声高らかにふたりが唱えると、たちまちバスタブには波打つほどの水が満ち、薪が轟轟とすごい勢いで燃え出した。

「魔法……!?」

僕はビックリしてそのさまを見つめる。僕ら以外で子どもが魔法を使っているの、初めて見た。しかもこんな小さい子が。

バスタブからはあっという間にホカホカの湯気が立ちのぼり、薪の火は勝手に鎮火した。すごい、これだけの魔法の使い手ならふたりだけで森を生き延びたのも納得だ。

「きみたち、すごいね！　魔法は誰に教わ……」

興奮気味に振り返った僕の目に映ったのは、一瞬で服を脱ぎ捨て浴槽に向かってジャンプするふたりの姿だった。

「「ひゃっほーい!!」」

「うわっぷ！」

バッシャーンという派手な音と共に水柱を上げて浴槽に飛び込んだストックとフェッチは、大はしゃぎでお湯をかけあって遊ぶ。近くにいた僕は全身ずぶ濡れになり、力なく笑うしかなかった。

「い……今、誰か魔法を使わなかったか……？」

すると、師匠が珍しく走ってやってきた。ストックとフェッチの魔力を感知したのだろう。運動が苦手で滅多に走らないのに、こういうときは迅速に駆けてくるのがいかにも師匠らしい。

「このふたりが水魔法と火魔法を使ってお風呂を沸かしたんです」

僕がそう説明すると師匠は好奇心に瞳を輝かせ、水飛沫がかかるのももののともせずバスタブに近づいていった。

「きみたちは……元素魔法が使えるのか？」

「使えるよ！」

「オレたち半分妖精だから！」

ストックとフェッチは答えながら指先で水を小さく操り、それを師匠の顔にぶつけてゲラゲラ笑っている。怖いもの知らずだなあ。

しかし師匠も師匠でそんなことには動じず、はしゃぐふたりの手を掴まえて眺めては「……なるほど、ほぼ同じ魔力だ……」と勝手に解析していた。

お風呂に入りながらストックとフェッチが話してくれたのは、赤ん坊のときにチェンジリングされたふたりの奇妙な顛末だった。

チェンジリングとは妖精が自分の子と人間の子をすり替える、いわゆる〝取り替え子〟のこと。妖精の中でも家に住み着き人間の手助けをするブラウニーや、人間に悪戯をするのが好きなピクシーが行うことが多いらしい。ストックとフェッチはまさに、すり替えられた人間と妖精の赤ちゃんだった。

チェンジリング自体はそこまで珍しいものでもない。世界各国に伝承がある。けれどこのふたりがほかと違っていたのは、物心ついたときから交流があったことだ。

普通はすり替えたあと妖精は我が子のことを気にしないものだけど、フェッチの両親は好奇心からか魔法の鏡を使って人間界で育つ我が子を観察していた。やがて両親は観察に飽きて鏡を見なくなったけれど、ストックはこっそりとその鏡を眺め続けていたのだそうな。

ふたりが三歳になったころ、ストックは鏡を通してフェッチと交流できるようになった。おそらくふたりの波長が合致したことで魔法が発動したのだろうと師匠は言った。ストックは本来魔力のない人間だったけど、妖精界で育つうちに身体と魂が妖精化していったんだって。

鏡を通してふたりはいつも一緒だった。運命を分かち合った相手だと理解していたのだろう。ストックが妖精化していったこともあり、成長すればするほどふたりは容姿も性格も魔力も瓜ふたつになっていった。

しかし何も知らない人間の両親は、一日中鏡に話しかける息子を不気味に思っていた。耳の形も奇妙でどこか浮世離れしているフェッチを、両親や村の人は化物なのではないかと訝しみ、ある月のない夜に彼は森へ捨てられた。

それを鏡で見ていたストックはすぐに妖精界を飛び出し、森へとフェッチを助けにいった。

こうして分かち合った運命は再び絡まり、ふたりは硬く手を握り合い魂の双子となったのだった。

「オレはフェッチがいれば無敵なんだ！」

「オレはストックがいれば幸せなんだ！」

お風呂から上がったふたりは僕にバスタオルで身体を拭かれながら、胸を張ってそう言った。

人間と妖精、種族は違うけど紆余曲折あってニコイチになったってことか。

「……妖精は四大精霊と最も関わりが深い……。この子らはふたりで力を合わせるという特殊な方法で、元素魔法を発動できるのだろう……」

「ひとりじゃ使えないってことですか？」

「将来はわからないが、今はそうだ」

魔法にはいろいろあるなあ、と改めて僕は感心してしまった。それから、居場所を失くした経緯も。

僕もドゥガーリンもエルダールも、それぞれ人間や竜人やエルフとしての複雑な事情があって今ここにいる。ストックとフェッチもそうなのだけど、妖精界の慣習っていうのは殊更変わっているとつくづく思った。

「よし、綺麗になった。それじゃ改めてご飯にしよっか……ってメインのパイがなくなっちゃったけどどうしようかな」

お風呂で汚れを落とし新しい服（僕たちのお下がりだけど）を着てサッパリしたストックとフェッチを連れて、食堂に戻る。すると二階から「兄やん、パイ焼けたあ？　ワイ、もう腹ペコや」とお腹をグーグー鳴らしたドゥガーリンが下りてきた。

「うわ！　変なのがいる！」

「うわ！　竜みたいだ！」

「なんや!?　同じ顔がふたりおる!?」

初めての邂逅に、ふたりとひとりは互いにビックリし合っている。続いて階段を下りてきたエルダールは見知らぬ人物がふたりもいたことに驚いて、再び階段を駆け上っていってしまった。

「あー、とりあえず紹介するからみんな食堂に集まって。あと今日の晩ご飯は山盛りマッシュポテトに変更になりました」

僕がそうアナウンスすると、ミートパイを楽しみにしていたドゥガーリンは「なんで!?」と絶叫し、ストックとフェッチは悪戯っ子の顔でクスクス笑っていた。

みんなでマッシュポテトをもりもり食べながら、僕はドゥガーリンとエルダールにことの経緯を説明して不思議なふたりを紹介した。

「は〜そんなことあるんか、おもろいチビたちやなあ」

「エルフの里でよく妖精を見たけど、確かにきみたちは顔立ちや気配が少し違うね。妖精と人間の中間って感じ」

ストックとフェッチのなんとも奇妙な運命に、ふたりも興味津々だ。

けど、誰より好奇心丸出しなのは……

「……妖精界で暮らす人間が影響を受けやすいのは証明されているが、その逆はまだ立証されていない……妖精も個体によっては人間界の影響を受けるのか……それとも長期にわたって通じ合っていたことが関係するのか……興味深い……調べたい」

師匠はストックとフェッチをガン見しながら、ずっとブツブツなんか言ってる。やんちゃなふたりもさすがにちょっと引いてるっぽいよ。

「師匠、観察してないでちゃんとご飯食べてくださいよ」

僕が注意すると、師匠はガン見をしつつも手もとのマッシュポテトを口に運んだ。けれどいっぺんに頬張りすぎたのか喉に詰まったようで、「んっんっ」と苦しそうに胸を叩いている。お爺ちゃんみたい。

「ほら、お水飲んでください。お芋は喉に詰まりやすいんだから気をつけて」

「すま……んっんっ、すまない……」

そんな師匠を見てストックとフェッチはケラケラと笑った。まあ、楽しいなら何より。

ようやく窒息の危機から脱した師匠はひとつ咳払いをすると、気を取り直したように少し真面目な声で言った。

「……それで本題なのだが……私はきみたちを研究したい……し、その魔法の才能を育てたい。もし行く当てがないのなら……ここに住むというのは……どうだろう」

師匠がふたりを連れてきたときからそんな気はしていたけど、どうやらストックとフェッチは僕らの新しい家族になりそうだ。ドゥガーリンとエルダールもそんな予感があったのだろう、特に驚いている様子もない。ただ——

「待ってください、師匠。この子たちの人間の親はともかく、妖精の親は心配してるかもしれません。だってストックはフェッチを助けるために、勝手に家を飛び出してきちゃったんでしょ？」

もし帰るべき場所があるのなら、ここに引き留めるわけにはいかない。両親が心配しているのなら尚更だ。

するとストックとフェッチは顔を見合わせてから、あっけらかんとした口調で言った。

「オレたち、人間の家にも妖精の家にも帰らないよ」

「人間の家はオレたちのことが嫌いだし、妖精の家はふたり一緒にいちゃ駄目って言うから」

「チェンジリングした子どもが一緒に暮らすのは妖精界のルール違反なんだって」

「フェッチと一緒にいられないなら妖精界には帰らない」

「ふたりを引き離す家には絶対帰らない」」

そこまでして一緒にいたいのかと驚くけれど、きっとこれが〝魂の双子〟というものなんだろう。

彼らの絆が特殊なことは、ふたりが力を合わせると元素魔法を使えることからもわかる。きっとストックとフェッチはただのチェンジリングされた子たちではなく、共に在ることを神様に運命づけられた子たちなんだ。

「……妖精は子離れが早い……人間のように親子一緒に行動することはあまりない……」

師匠がボソッと言うと、エルダールも記憶を辿るように考えて「そういえば里で見た妖精も、子どもは子どもだけで行動してました」と同調した。言われてみると確かに妖精って親子や家族で固まってるイメージないな。じゃあストックが家出しても別に捜したりしてないってこと？

「帰る場所も心配する人もいないなら、ストックもフェッチもこの城で暮らしたらいいと僕も思うな。ここにはふたりを引き離す人はいないから」

僕の言葉に、ドゥガーリンとエルダールも笑みを浮かべて頷く。

「ワイも賛成や。そないしてまで一緒にいたいっちゅー根性、ええやんけ。応援したるわ」

「ぼくも賛成。その年齢で元素魔法が使えるなんてすごいよ。師匠に指導してもらえばきっと、もっと伸びると思うよ」

僕たち三人とも、新しい家族を歓迎したい。もちろん本人たちの気持ちが一番大事だけど、もしストックとフェッチがこの城に住むことになったらさぞかし賑やかになると思うとワクワクした。

「オレたちふたり一緒に暮らしていいの？」

ストックの質問に僕たちも師匠も揃って頷く。

「絶対に引き離さない？」

フェッチの問いにも、深く頷き返した。

ふたりは何度か目をしばたたかせお互いの顔を見つめ合うと、それから弾かれたように笑った。

「あはははははは！　変なの！　全然知らない人なのに！」

「あはははは！　おもしろい！　オレたちここに住んでいいんだって！」

そしてまるで合わせ鏡のように一緒に頬杖をついて僕らを見回して、ふたり揃って声を合わせた。

「『気に入った！　オレたち今日からここで暮らす！』」

丸い目をキラキラさせるストックとフェッチは好奇心いっぱいの森のリスみたいで、僕の目にはふたりが秋の日に訪ねてきた小さなお客さんに見えたんだ。


そんなわけで、茨の城の住人は六人になった。

ストックもフェッチも賢くて、僕らがこの城でどんな暮らしをしているかをすぐに把握した。

ご飯は一日三食、お風呂は毎日、自分の部屋のお掃除は自己責任。お布団は毎日干すのが吉。家事は主に僕が魔法を使って担うけど、お手伝いは大歓迎。掃除も洗濯もみんなでやると楽しいからね。

元素魔法を得意とするふたりは、近くの池で水魔法を使って魚を獲ってきてくれるようになった。ありがたい。食卓も潤うし、干したりオイル漬けにしたりすれば商品になる。

お風呂の準備もふたりの仕事になったよ。水魔法と火魔法を操れるふたりにはうってつけだもんね。もっと寒くなったら暖炉の火起こしも任せられそうだ。

魔法の授業はみんなと同じく毎日一、二時間程度。一気にふたりも弟子が増えて、師匠も張りきっているみたい。微妙に嬉しそう。

文字の読み書きや計算なんかは、僕とドゥガーリンとエルダールで教えてあげてる。僕ら三人は師匠から教わったけど、師匠も弟子が増えたことで授業時間が長くなって忙しいからね。それに僕たちもこの春から、自主的に勉強するようになったんだ。師匠の部屋にはありとあらゆる本が揃ってるから、それぞれ興味のあることを学んでる。社会とか歴史とか、難しい計算や天文学、生物学とかいろいろ。

やっぱり学って必要だと思うんだ。僕ら将来はどうなるかまだわからないけど、知識がないよりはあったほうが絶対いいし。それに勉強は嫌いじゃないから、結構楽しい。

ストックとフェッチは本の読み聞かせが大好きなんだ。特に冒険記が好きで、読んで読んでって僕にせがむんだよ。可愛いなあ。

ふたりがこの城で暮らすようになって一か月が経つけど、僕のことをいつの間にか「兄ちゃん」って呼ぶようになったんだ。ドゥガーリンやエルダールが「兄やん」「お兄ちゃん」って呼ぶから真似たんだと思うけど、やっぱ兄として慕ってもらえると嬉しいね。なんだか前より距離が縮んだ気がするよ。

こうしてストックとフェッチもこの生活に馴染んできてホッとひと安心……なんだけれど、馴染みすぎて日に日にふたりのわんぱくぶりが増しているのが最近の悩みだ。

「キュ、キューッ！」

「あはは、待て待てー！」

「こらー！　スライムを虐めちゃ駄目ー！」

最近、城のスライムたちはストックとフェッチを見かけると一目散に逃げだす。なぜなら、ふたりに捕まるとボール代わりに投げて遊ばれたり、お昼寝のとき枕代わりにされたりするからだ。

ふたりの悪戯ぶりにも困ったものだよ。この間は寝てる飛雄の身体に落書きして遊んでたんだから。

「スライムだって僕らと同じ生き物で感情があるんだから、いやがることはしちゃ駄目だよ。わかった？」

怯えて震えている寒天を腕に抱き上げながら言うけれど、ストックもフェッチも「虐めてないよ、一緒に遊んでただけだよ！」ってニコニコしていてあんまり反省してる様子がない。うーん、これは生粋のわんぱく坊主だなあ。

「とにかく。遊びでも相手のいやがることはしないで」

「「はーい！」」

ふたりは元気に返事をして走り去っていく。するとしばらくしてから「わぁあああああ！」というエルダールの悲鳴が聞こえた。

「どうしたの!?」

慌てて悲鳴のした厨房へ行くと、乾燥させて詰めた香草の瓶からニョキニョキと蔓が伸び花まで咲いている。なんだこれ！

「ぼ、ぼくの香草が……」

「あっ、薬瓶のほうも！」

スパイス用の香草も薬に精製した薬草も、みんな蔓が伸びて育っちゃってる。エルダールと一緒に呆然としていると、背後から「きゃははは！」と走り去っていくストックとフェッチの笑い声が聞こえた。

「あのふたりの仕業だな、まったくもう～！」

土魔法を使えば植物を蘇らせたり急成長させたりできるって師匠に教わった。だからって元素魔法の力を悪戯に使うなんて、筋金入りの悪戯っ子すぎない？

しょんぼりしているエルダールの肩を叩き、「一緒にもう一回作ろう」と励ます。すると今度はドタドタと階段を降りてくる重い足音が聞こえ、目を爛々と輝かせたドゥガーリンが厨房へ飛び込んできた。

「どこ⁉　ワイのためのスペシャルミートパイどこ⁉」

「へ？」

ワケのわからないことを言いながら調理台や石窯の中を覗いていたドゥガーリンだったけど、僕がポカンとしながら見ていることに気づくと「おわぁッ！　なんでおるん⁉」とビックリして飛び跳ねた。

「なんでって……なんで？」

「だって兄やん、今二階におったやん」

「ん？　僕ずっと一階にいるけど？」

「おん？」

どうも話が噛み合っていない。ドゥガーリンが首を捻りながら言うには、たった今僕が彼の部屋にやってきて『きみのためにスペシャルミートパイを厨房に用意したよ』と言ったらしい。

当然僕はそんなことしていないし、ミートパイもない。突然の怪奇現象に青ざめていると、階段のほうからまたもや「きゃはははは！」と爆笑する声が聞こえた。……まさか。

「あの子たち、変身魔法も使えるの⁉」

怪奇現象の謎は解けたけど、今度は度を超えた悪戯に青ざめる。

「妖精は人間に化ける魔法が使えるらしいけど……特定の個人に変身できるなんて、相当器用な魔法の使い手だよ」

「か～ッ、タチ悪ぅ！　人をガッカリさせたうえ兄やんに化けるとか、超えたらあかんラインっちゅうもん考えんかい！」

さすがにこれは看過できない。僕の姿を使ってまた悪いことをされたら大変だよ。

「すぐに捕まえてお説教しなくちゃ。ふたりもストックたちを捜して！」

僕たちは急いで厨房を飛び出し、手分けをしてそれぞれの階を捜す。一階を捜していた僕は、地下へ向かう階段のほうから声が聞こえて、慌ててそちらへ向かった。

「師匠、これさっき庭で見つけたんです。なんだろう？　開けてもらってもいいですか」

「ん……」

階段を降りた先で見つけたのは、廊下で師匠と会話している僕の姿だった。うわ、本当にそっくりだな。めちゃくちゃ気味が悪い。

偽物の僕は得体の知れない箱を師匠に渡して開けさせようとしている。多分ビックリ箱の類だろうけど、僕の姿を使ってそんなことしてほしくないと思い止めようとした。――ところが。

「……おかしなことをするんじゃない。ストック、フェッチ」

師匠はそう告げると偽ピッケの額に指をチョンとあてた。その途端、ポワンという音と共に変身が解けて、ストックとフェッチの姿に戻る。……ふたりでひとりの姿になっていたのか。

「あれ、バレちゃった」

「うまく化けたと思ったのに」

正体がバレたふたりはキョトンとしていた。きっと今まで誰かに変身して正体を見破られたことがないのだろう。実際ドゥガーリンはまんまと騙されたし、僕本人でさえ鏡の前に立たれたら騙されると思う。師匠はどうしてわかったんだろう、魔力を感知したとかかな。

不思議そうにしているストックとフェッチを見て、師匠はフーっと呆れたようなため息をついた。……ちょっと怒ってる？　珍しいな。

「……侮るな。どれほどガワを取り繕っても、私がピッケを間違えるはずがない」

そう言った声はボソボソと小さかったけど、低く廊下に響いて僕の耳にもはっきり届いた。

……わ。なんだろう。今の、なんか、ちょっと嬉しかった。自分でもよくわかんないけど、嬉しくてちょっと恥ずかしいような気もして、顔が熱くなる。……師匠って僕のこと間違えたりしないんだ……へー、ふーん。

「ちぇーしっぱーい」

「しっぱーい」

ストックとフェッチはつまらなさそうに踵を返すと、師匠の前から走り去っていった。途中ですれ違った僕にビックリ箱を押しつけて。

「……師匠」

廊下の角からおずおずと出てきた僕に、師匠はためらわず「ピッケ」と呼びかける。

すごいな、本当に見抜いてるんだ。僕がもう一度変身したストックたちとも限らないのに。

「師匠が騙されなくてよかったです。あのふたり、あっちこっちで悪戯してるんで」

押しつけられたビックリ箱を開けると、中からギュウギュウに詰められたスライムたちが飛び出してきた。解放されたスライムはみんなあちこちに逃げていく。

「……困ったものだな……」

師匠は少し悩ましそうだ。ストックとフェッチにお説教したいんだろうけど、そういうのは得意じゃないもんね。知ってた。

「ふたりが伸び伸び過ごしている証拠だから大目に見たいんですけどね。危ないことや人を悲しませる悪戯は注意するようにします」

弟の面倒を見るのは長兄の僕の役目でもある。しっかりしなくちゃと自分に言い聞かせていると、ふと大きな手が頭にふれた。

「……ピッケは立派だな。……だがきみもまだ子どもだ。背負いすぎてはいけない……。私も都度、注意をするようにしよう……」

師匠はそう言って僕の頭を軽く撫でる。

……やっぱり師匠に撫でてもらえると嬉しいや。さっきの気持ちも相まって、なんだか胸の奥がソワソワする。顔が熱くなってきちゃった。

「えへへっ」

照れくさくてはにかんだ笑みを浮かべると、師匠もかすかに口角を上げた。そのとき。

「コラー！　つまみ食いすんなあ！」

「あぁっ栗が！」

階上からドゥガーリンたちの騒ぐ声が聞こえてきて、僕はハッとすると慌てて階段へ向かう。どうやら悪戯っ子たちが厨房へ突撃したようだ。

「ストック！　フェッチ！　その栗食べちゃ駄目！　おやつのマロンパイにするんだから！」

おちおち師匠とほんわかもしてられないやと思いながら、僕は厨房へと駆けだした。

そんなふうにてんやわんやと一週間が過ぎた。ストックとフェッチは相変わらずちょこまかと悪戯を繰り返している。

「はー、今日はいいお天気だなあ。このまま晴れてくれますように」

ある快晴の日。僕は六枚のシーツとたくさんのシャツや脚衣《きゃくい》や靴を全部洗って干し終えて、額の汗を手で拭った。ここ数日雨だったから、今日は溜まっていた洗濯物を全部片づけられて嬉しい。大量だから大変だったけどスライムたちもよく働いてくれたし、それに魔法で洗濯物を大空に干すのはすっごく気持ちいいんだ。

「それじゃあ、風に飛ばされないようしっかり干しててね」

宙に浮かぶ洗濯紐にそう告げて、僕は青空にはためく真っ白いシーツを満足げに眺めてから城内へ戻った。

「兄やん、お疲れさん」

「うん、ドゥガーリンもお疲れ様」

途中で薪割りを終えたドゥガーリンとスライムたちと合流した。彼も汗だくだ。今日はお天気がよすぎてちょっと暑いくらいかもしれない。

「は~ええ汗かいた。喉カラカラや」

「秋って意外と熱中症になりやすいからね、気をつけないと。しっかり水分補給してね」

「ねっ……しょって何？」

「えーと、暑くて身体が壊れちゃう症状のことかな。水不足でもなりやすいんだ。だからちゃんと水飲んでね」

「ほーん、兄やんは物知りやなあ」

いけないいけない、ふとしたときに前世の用語が出てきてしまう。この世界では熱中症とはいわないんだっけ。そもそも竜人って熱中症になるのかな。

そんな会話を交わしながら僕たちが城へ戻ると、厨房からエルダールがピョコンと顔を出して手招きした。

「ふたりともお疲れ様でした。栄養満点のハーブ水作ったから、これ飲んで休んで」

厨房へ行くとエルダールはそう言って、水差しからグラスへ爽やかな匂いのする水を注いでくれた。ミントにレモングラス、カモミールだろうか、いろいろ入った水は薄く色づいている。

「さすがエルダール、気い利くなあ」

「どうもありがとう」

僕らは揃ってグラスを受け取り、それを飲もうとした。……その瞬間、ドゥガーリンが何かに気づく。

「……ん？　ストップ兄やん！　エルダールはこの時間、師匠の授業や！」

え？　……ってことはこの目の前のエルダールは……偽物？

そう気づいたときにはグラスの水は僕の渇いた喉を通りすぎており、妙に喉の奥がカッカすると感じた刹那、頭がグルグルして立っていられなくなった。

「兄やーん！」

「「あははは！　大成功！」」

耳に聞こえるのはドゥガーリンの叫ぶ声と、ストックとフェッチの笑い声。それから自分が床に倒れたバターンって音。そして遠い記憶から思い出したのは、たった今飲んだ水の懐かしい味。これ、アルコールだ。多分料理用に買っておいた白ワインかな。

酩酊する頭でそんなことをグルグル考えているうちに、僕の意識はフッと途切れた。


前世ではビールが大好きだった僕だけど、さすがにまだ十一歳の身体じゃアルコールは受けつけなかったみたい。気を失ってしまった僕が目覚めたとき、最初に感じたのは右手の温かさだった。

「ん……。僕どうして……あいてて」

瞼を開けると同時に頭痛が襲ってくる。懐かしい痛み、これ二日酔いだ。

すると起き上がろうとした僕の肩を、スッと優しい手が押さえた。

「……急に起きるな、眩暈を起こす……」

再び寝かされた僕の目に映ったのは、ベッド脇の椅子に座り僕の右手を握っている師匠の姿だった。っていうかここ、師匠の部屋だ。

「師匠……」

「……きみはストックとフェッチに騙されて、酒を飲んで倒れてしまった……だいぶ時間は経ったが完全にアルコールが抜けたわけではない……まだ寝ていたほうがいいだろう……」

「そうだったんですか……」

だんだん思い出してきた、倒れる前のこと。いつもの悪戯とはいえお酒を飲ませるなんてひどいや。あとでうんと叱ってやらなくちゃ。

「今何時ですか？」

「……もうすぐ十六時だ……」

僕が洗濯物を干し終えたのが十時前だったから、六時間も経っちゃったのか。お昼ご飯とかみんなどうしたんだろう。あ、そろそろ洗濯物取り込んで晩ご飯も作らなくっちゃ。

「雨降らなかったですか？　僕、外にシーツとか干しっぱなしだ。急いで取り込まなくっちゃ」

やらなくちゃいけないことが次々と頭に浮かんできて、慌てて起き上がろうとする。しかしまた師匠に押し戻されてしまった。

「……まだ寝てなさい……。洗濯物はほかの兄弟とスライムたちが取り込んで畳んだ……から。食事の支度も……みんなでやっている……」

「そ、そうなんだ……。でもやっぱみんなにやらせるのは悪いから」

もはや骨身にまで沁みついた習性なのだろう、家事を休むとソワソワしてしまう。だってみんなまだ小さいのに食事の支度やあれやこれやをやらせるなんて、可哀想だし心配だよ。すると。

「ピッケ」

師匠が繋いでいないほうの手で、僕の頬を撫でてきた。

「何も悪くない。きみは今は休むべきだ。弟たちもみんなそう思っている。……家族とはそうあるべきだろう？　誰かがつらいときは支え合う、私は家族とはそうであってほしい」

いつになく真剣な師匠の言葉は、僕の心にじっくりと沁み込んでいった。頬を包むように撫でる手が、焦燥感を消していってくれる。

確かに師匠の言う通りだ。僕、またちょっと気負いすぎてたかも。洗濯だってご飯の支度だって、任せられないほど弟たちは頼りなくないのに。

僕たちはそれぞれの得意なことを活かして、できないことは助け合ってきた。僕はひとりじゃないんだ。頼って任せたっていいんだ。そう思うと気持ちが穏やかになっていく。……きっと、家族がいるってこういうことなんだね。

「……はい」

小さく返事をしながら、僕はジッと見つめてくる師匠の瞳を見つめ返した。

……綺麗だな、師匠の瞳は。夜空に浮かぶ月みたいだ。……師匠の目に僕はどんな子に映っているんだろう。

繋いだ手に少しだけ力を込めると、師匠も同じくらいの力で握り返してくれた。大きくて温かくて、僕を大切にしてくれる人の手。大好きな手。

「……具合は悪くないか……？　水を飲むか……？」

「お水は今はいいです。具合は……頭がちょっと痛いけど、寝れば治ると思うから。それより、手を放さないでいてくれると嬉しい」

頬を包む手に僕の左手を重ねると、師匠は「ん」と小さく頷いてそのまま動かないでいてくれた。

ゆっくりゆっくり流れる、とても静かな時間。師匠の部屋は研究で使う植物のいろいろな匂いがして、魔石のランプが不規則にあちこち並んで部屋を照らしていて、ときどき風もないのにカーテンが揺れる不思議な空間で。けれどもなぜだかとても心地よかった。

「師匠……」

久々に彼とゆっくりふたりきりになった気がする。魔法の授業でもふたりきりになるけど、そのときは学ぶことに一生懸命だからのんびりって気分じゃないし。そもそも僕、最近あんまりのんびりしていなかった気がするな。

心が寛いだせいか、なんだか少し甘えた気持ちが湧き上がってくる。頬に添えられた手にスリスリと頬擦りすると、師匠はそれを受けとめながら優しく僕の頬を揉んでくれた。

嬉しくなって繋がれていた手も頬にあてると、師匠も両手で頬を包んでくれる。なんだろう、この気持ち。もっともっと師匠にふれられたい。

「師匠……」

自分でも驚くほど甘ったれた声で呼びかけてしまった。けれど師匠は笑うでもなく、まるで心を読んだみたいに僕の身体を起こしてそのまま胸に抱き寄せてくれた。

「……よしよし……。ピッケは可愛いな……」

そんなことをつぶやきながら頭まで撫でてくれるもんだから、僕はもっと嬉しくなって思いっきり師匠を抱きしめて彼の懐にグリグリと顔を擦りつけたんだ。

甘えるってすごい。温かくって安心して胸いっぱいの多幸感に満たされる。赤ちゃんみたいで恥ずかしいのに、それを受けとめてもらえると思うともっともっと甘えたくなっちゃうよ。

「……ピッケはいつもみんなのよき兄でいて、とても偉い……が、ピッケ自身もまだまだ子どもだ……もっと大人に……私に甘えていい……。誰も笑ったりしない……。もし恥ずかしいのなら、こっそり部屋に来ればいい……私はいつでもピッケを受けとめよう……」

「うん……」

言われて気づく。僕ってそういえばまだ子どもなんだって。まだまだ大人に甘えていい歳なんだ。こうやって師匠に抱きついて、頭を撫でてもらってもいいんだよね？

でもやっぱりみんなの前で甘えるのはちょっと恥ずかしいかも。

「ときどき……こうして師匠のお部屋に来てもいいですか？」

「毎日だって構わない」

「毎日は甘えすぎかな。週に一度こっそり来るから、みんなには内緒にしてください」

「わかった」

それからギュウギュウ抱きつくことに疲れて僕が離れると、師匠は水と晩ご飯を持ってきてくれた。僕はそれを食べて、師匠とのんびりお喋りして、夜が更けたら師匠と一緒に眠った。

少し狭いけどひとつのベッドで眠るぬくもりはとても幸せで、その日僕はこの城に初めて来たときの夢を見たんだ。


翌朝、すっかり元気になった僕はいつものように厨房で朝食の支度にとりかかった。

「兄やん、無理せんと寝とってええのに。朝メシはワイがスペシャルサンドイッチ作ったるで」

「ドゥガーリンのスペシャルメニューはお肉使いすぎだからやめてよ……。それはともかく、お兄ちゃん本当に無理しないでね。今日のご飯もお洗濯もぼくたちがやっておくよ」

心配して手伝いにきてくれたドゥガーリンとエルダールに、僕は明るい笑顔を向ける。

「もう大丈夫だよ、本当だよ。それにやっぱ僕って家事が好きなんだ。ご飯作りたくてウズウズしてるんだから」

そう言って手にお玉を持つと、ドゥガーリンもエルダールもようやく安心したように笑みを浮かべた。ふたりとも本当に僕を心配してくれてたんだね。優しいなあ、大好きだよ。

「せやけど、せっかく早起きしたんやしなんか手伝うわ」

「ぼくはサラダ作るの手伝うよ」

「じゃあお願いしようかな」

賑やかな朝の厨房も悪くないね。そんな気持ちで三人揃ってエプロンをつけていると、小さな影がふたつおずおずと厨房に入ってきた。

ストックとフェッチは僕の前までやってくると、朝の挨拶より先に揃って頭を下げた。

「「昨日はごめんなさい」」

ふたりは昨日までとは打って変わってすごくしょんぼりしているうえに、おでこに何か赤い印が付いている。僕が休んでいるうちに何があったのか聞くと、ふたりは俯いたままゴニョゴニョと話しだした。

「師匠にすごく叱られた。怖かった」

「反省するまで魔法禁止だって、魔力封じられた」

僕は目を丸くした。師匠が？　コミュニケーション能力皆無でお説教すら苦手な師匠が、ふたりがこんなに落ち込むほど叱ったの？　っていうか師匠が誰かを叱るとこ見たことないよ。

「『お前たちが片割れを失いたくないように、私たち家族もピッケを失いたくない』って
『もしピッケに何かあったら許さない』って」

「……そっか」

どうやらストックとフェッチは、自分たち以外の人の大切さも学んでくれたみたいだ。

師匠が彼らにしっかりお説教したことは驚きだけど、それでふたりが成長したのなら喜ぶべきことかな。

「ストックもフェッチもちゃんと反省したなら、もういいよ。怒ってない」

そう言って頭を撫でてあげると、ふたりの曇っていた顔に安堵が浮かんだ。よく見ると彼らの目もとが赤い。もしかしてストックもフェッチも厳しく叱られたのが初めてで、ショックのあまり昨夜はいっぱい泣いいちゃったのかな？

今までのやりたい放題ぶりを考えるとあり得るな、と僕は思った。だとしたらやっぱり喜ぶべきことだ。だって彼らに初めて真剣に向き合って叱ってくれる大人ができたのだから。

「その代わり約束して。誰かを傷つけたり悲しませたりする悪戯は二度としないって。ストックもフェッチも誰かを大切に思う気持ちを知ってるんだから、それがいけないことだってわかるよね」

僕がそう説くと、ふたりは力強く頷いて「「約束する！」」と声を合わせた。

「あとはまあ……悪戯はほどほどにね。取り返しのつかないことはしないでほしいかな」

「それ以外の悪戯はしてもいいの？」

「だってきみたちは悪戯が好きなんでしょ？　好きなことを全部取り上げるのはよくないから」

それを聞いたふたりの顔がパァッと明るくなる。本当にこのふたり、生粋のやんちゃ坊主だ。

「サンキュー兄ちゃん！」

「兄ちゃんいいやつ！」

ストックとフェッチはそう言ってギュッと僕に抱きついてきた。そして飛び跳ねるように厨房を出ていくと「師匠起こしにいこ！」「封印解いてもらお！」と地下へ向かって駆けていった。

「今日も賑やかな一日になりそうだな」

遠ざかっていく声を聞きながら、僕は朝日の射し込む窓に目を向ける。

本日も快晴。洗濯日和。今日も一日頑張らなくっちゃ。

長兄の顔に戻った僕はいつものように朝食作りに取りかかる。思い出すと頬が緩んでしまうような昨夜の幸せな余韻は、胸の奥にしまって僕だけの宝物にすることに決めた。

第六章　アルケウス

一番弟子で長兄である僕、ピッケ。二番弟子のドゥガーリン、三番弟子のエルダール。四番、五番弟子のストックとフェッチ。そして我が家の大黒柱である師匠・ソーン。

計六人という大家族になった僕らはときどきなんやかんや問題が起こりつつも、平穏に楽しく暮らしていた。

師匠が、魔法ギルドには解析できない魔道具――どんな天気でも花火を打ち上げられる杖を開発したり、僕らの作る商品も売り上げが安定してきたりして、家計もどうにかこうにか困窮せずに済んでいる。

師匠は僕らに授業をする傍ら、さまざまな研究を進めている。それは僕らには理解できないような複雑な魔法だったり、新たな魔道具の開発だったり。あるいはドゥガーリンの角の治し方だったり、エルフ狩りに遭ったエルダールの里の生存者の行方を探ったりとさまざまだ。

僕ら弟子は、魔法も上手になって、背も大きくなって、生きる力が強くなって、少しずつ成長していった。ここに来たときはそれぞれ色んな意味でボロボロだった僕らだけど、今ではちょっと逞しくなって毎日笑顔で暮らしているんだ。

そうして僕がこの城に来てから六年、十四歳になった冬。三年ぶりに我が家に新しい家族が加わる事件が起きた。――え？　なんで〝事件〟なんて物騒な言い方をするかって？　だって新しい家族は今まで以上に一筋縄じゃいかなくて、それはもう〝事件〟と呼ぶのに相応しいほどの大騒ぎだったんだもん。


「こんにちはー。牛乳買いにきましたー」

「こんちゃー。おばちゃんおるー？」

とある冬の日、僕とドゥガーリンは麓の村へ牛乳を買いにやってきた。

食品は基本的に週に一回街へ買い出しにいくんだけど、牛乳は別。傷みが早いし、なんたって育ち盛りが五人もいるからあっという間になくなっちゃうんだ。週に二、三回はこうして交代で麓の村へ買いにきている。この村は小さいけど畜産が盛んで牛乳が安いから助かるよ。

「はいはい、こんにちは。いつものでいい？」

牛舎の入口で待っていると、三角巾とエプロンをつけた四十歳くらいの女性が奥からやってきた。

牛乳を売っている牧場や牛舎は多いけど、ここは値段もそこそこだし営んでいるご夫婦も優しいから僕たちの行きつけになっている。

「はい、五ガロン缶ひとつお願いします」

「ちょっと待ってね。お昼に搾ったのがあるから」

女主人のチサさんは一旦裏に引っ込み、すぐに台車に載せたミルク缶を僕たちの前まで運んできてくれた。

「どうもありがとうございます。これお代」

僕が料金を払ってドゥガーリンがミルク缶を持ち上げると、チサさんは手に持っていた包みをニコニコしながら差し出した。

「こんな重いモン持って森の奥まで帰るんだろう？　いつも偉いね。ほら、これ余ったチーズ。これでも食べて元気つけな」

「わあ、ありがとうございます！」

「おおきに！　さすがおばちゃん、村一番のべっぴんさんは心もべっぴんやなあ」

嬉しいお駄賃に、僕もドゥガーリンも頬を染めてはしゃぐ。チサさんは買い物にきた僕らを褒めてくれるだけでなく、こうしてときどきナイショのおまけをくれるんだ。大好き！

……ところが。

「おい！　おめえ、余計なことすんじゃねえよ！」

キャッキャしている僕らの空気を冷やすような大声が、牛舎の奥から飛んできた。

苦々しい顔でこちらへ駆けてくるのは、チサさんの旦那さんでここの牧場主のサカマさんだ。

「なんだい、別にいいだろう？　売れなかったチーズなんてどうせ捨てちまうんだ。子どもにお使いの駄賃をやったくらいでゴチャゴチャ言うんじゃないよ」

気の強いチサさんが反論すると、サカマさんはどうにもバツの悪そうな顔をしながら僕とドゥガーリンを見て小さく舌打ちした。

「けどよお……村の連中に知れたらいい顔されねえぜ」

「何言ってんだい！　まだこの子らの仕業だって決まってないだろう！　大体こんな素直で可愛い子らが、あんな惨いことするわけないさね！」

「いや、俺もこいつらだとは思っちゃいねえよ。子どもがひとり、ふたりでできることじゃねえ。けど……なあ、おめえらんとこの〝師匠〟とやらはおっかねえ魔法が使えるんだろう？」

「「へ？」」

突然話を振られて、僕とドゥガーリンはなんのことかわからず目をしばたたかせた。

チサさんとサカマさんは「おやめよ、犯人と決めつけるんじゃないよ」「そうは言ってもよお」とゴニョゴニョ揉めている。いったいなんの話だろう。サカマさんだって愛想はよくないけど普段は牛乳をちょっと多めにくれたりする、いい人なのに。

「あの……何かあったんですか？」

差し出がましいかなと思いつつも、僕はふたりに尋ねてみた。だってなんか師匠が疑われているみたいだし。そんな不穏な事態、放っておけないよ。

するとサカマさんは気まずそうに口を噤んでしまったが、チサさんは眉尻を下げながら「じつはね……」と話してくれた。

なんでもここ数日、村の家畜が襲われる事件が相次いでいるそうだ。初めは森の野生動物の仕業だろうとみんな思っていたけど、昨夜、村人のひとりが家畜が襲われる現場を目撃して事態が一変したらしい。

その村人が言うには、家畜を襲ったのは人間だというのだ。しかも、魔法を使って！

「こうね、地面から紐だか蔓だかがニョキニョキ～っと伸びて、それで牛をふん縛ったんだってさ。で、動けなくなった牛をそいつが貪り食ってたんだって」

「うう、おっかねえ。人間のすることじゃねえよ。そんなことできるやつは魔物だ、魔物」

話を聞いた僕とドゥガーリンは唖然とした。魔法が使える人間なんてそういないし、それなら師匠が疑われてもおかしくないかも。もっとも、師匠は生きた牛に齧りつけるようなタフなメンタルは持ってないけど。

「顔は見てないんですか？」

「夜だったからねえ、そこまではわかんなかったらしいよ。ただ、マントだか外套だかを羽織ってたらしいけど」

僕たちは頭から足まですっぽり外套に収まっている自分たちの姿を見回し、それからブンブンと首を横に振った。

「あはは、あんたたちじゃないってことはわかってるよ。安心おし」

チサさんはそう笑ってくれたけど、それなら確かに僕たちが疑われるのも仕方ないや。現にサカマさんは懐疑的だし、ほかの村人もきっとそうだろう。

誓って師匠でも僕たちでもないけど、この事態は非常にまずい。このままでは師匠が魔物だとか魔族だとかいう噂が広まりかねない。ましてやそれが王様の耳に入れば討伐対象にされてしまうかもしれない。

師匠が魔王になって勇者に討伐される未来を阻止したい僕としては、非常によろしくない状況だ。なんとかしなくてはと内心密かに焦る。

「あんたたちも道中気をつけるんだよ。おっかない犯人が襲うのは牛だけとは限らないからね」

優しいチサさんは僕たちが帰るときそう言って手を振ってくれた。

村を出てひと気のないところまで歩いていくと、ドゥガーリンが怪訝そうに首を傾げながら口を開く。

「いったい全体何者なんやろな。村の大事な牛襲って、ワイらまで疑われて、ええ迷惑や。めっけたらとっちめてやらんと」

「紐だか蔓だかでグルグル巻きって言ってたね。蔓だとしたら草魔法、紐なら僕みたいな家事魔法かな。牛を押さえつけられるくらいだから、かなり強い魔力を持ってるのかも」

「人間や言うてたけど、要は人型っちゅーことやろ？　人型の魔物の可能性もあるなあ。っちゅーか人間はあんま牛の丸齧りはせんやろ」

「同意」

僕とドゥガーリンは揃って首を傾げる。本当に何者なんだろう？　ただどちらにせよ、このままでは師匠への疑いが強くなる一方だ。我が家の安寧のためにも村の人たちの平和のためにも、一刻も早く解決しなければ。

「とりあえず帰ったら師匠に報告しよう。何か解決の手立てがあればいいんだけど」

そう言って僕はもらったチーズを自分とドゥガーリンの口に入れてから、城への道を急いだ。

その日の晩ご飯の席で今日聞いたことを話すと、師匠はとても興味深そうに身を乗り出して聞いてきた。

「……魔法を使える者がこの付近を彷徨っているということか……」

じつに魔法オタクらしい反応である。問題はそこじゃないんだけどな。

「僕たちで捕まえられませんかね。村の人たちも困ってるし、それにこのままじゃ師匠のせいにされちゃいますよ」

僕が具体的に問題を提起すると、エルダールとストックとフェッチも頷きながらそれに続いた。

「確かに、魔法使い相手じゃ村人が捕獲するのは難しいよね」

「魔法使いじゃなくて魔物かも！」

「でっかくておっかない魔物かも！」

師匠はスプーンを握りしめたまましばらく考え込むと、やがて独り言つようにボソボソと言った。

「……今夜、捕獲に行くとしよう……どのような生態か解析してみたい……」

人助けや保身というよりは純粋な好奇心っぽいけど、まあいい。どちらにせよ師匠ならおっかない魔法使いでも魔物でも捕まえられるだろう。

「僕もお手伝いします」

「ワイも行くで！」

「じゃ、じゃあぼくも」

「ズルい！　オレたちも行く！」

「絶対行く！」

　僕をはじめテーブルからは続々と手が挙がったけれど、師匠は静かに首を横に振ると「子どもは夜更かしをしてはいけない……」とすげなく断った。


　そうして夜の零時をしばらく過ぎたころ。

　自室のベッドで眠っていた僕は、突然城を揺らすようなドカン！　という衝撃で飛び起きた。

「なっ何⁉」

　地震？　というよりは城の外壁に何かがあたったような振動だ。驚いて窓辺へ駆け寄りカーテンを開けると、なんと城の壁が一部焼け焦げているのが見えた。そして階下の庭にいたのは――

「……城を攻撃するのはよせ。中には子どもがいる」

「うるせえ！　てめえもそいつらもみんな殺してやる！」

　向かい合って睨み合う師匠とボロボロの外套を着た少年だった。

「え？　誰？　もしかして例の牛を襲ってた犯人？」

　師匠は牛襲撃事件の犯人を捕まえるために、三時間ほど前にひとりで麓の村へこっそり行った。帰りがいつになるかわからないから僕らは先に寝ちゃったんだけど……犯人を捕らえてここまで連れてきたってことかな。けど。

「あの子どもが魔法を使って牛を丸齧りしてたの……？」

師匠と向かい合って殺意満々で睨んでいるのは、魔物でも屈強そうな魔法使いでもなく子どもだ。多分十歳くらい？　ストックやフェッチと同い年くらいに見える。

伸びっぱなしの黒髪はボサボサで、外套も靴も汚れたり破けたりしてボロボロだ。明らかに普通じゃないのがわかる。そして何より気になったのが赤い瞳だった。

右目はアイパッチで隠しているのでわからないけど、左目は夜闇でもわかるくらい赤く爛々と輝いている。……どう見ても人間じゃない。

「なんやあれ!?」

「お、お兄ちゃん！　怖いよ！」

同じ階の窓からドゥガーリンがひょっこり顔を出し、エルダールが枕を抱きしめながら僕の部屋へ飛び込んでくる。

「大丈夫だよ、窓から離れてて」と震えるエルダールを宥めていると、「すっげー何あれ！」「見にいこ見にいこ！」と階段を駆け下りる音が聞こえたので、僕は慌てて部屋を出てストックとフェッチの首根っこを掴まえた。

「……私はきみに害をなす気はない。家畜を襲うのをやめると誓うのなら食事を与える。だからおとなしくするんだ……」

「誰がてめえの言うことなんか信じるかよ！　死ね！」

吠えるような少年の声が庭に響き渡ると、薪小屋に積まれていた数百本の薪が弾丸のように師匠に襲いかかった。

「何あの魔法!?」

僕は家事魔法が得意だけど、家事道具をあんなふうに武器にして使う方法なんて知らない。思わず目を剥いたと同時に、師匠の大ピンチに「師匠逃げてー!」と窓の外に向かって叫んだ。

しかし師匠が落ち着いたまま片手を上げると、今にも降りかかろうとしていた薪がピタリと止まりそのまま地面にバラバラと落ちる。

ホッとしたのも束の間、少年は手の中に火球を生み出すとどんどんそれを大きくして師匠に向かって放った。

「ひぇっ」

直径三メートルは超える巨大な火球の眩しさに僕はたまらず目を瞑ったけど、その光はシュっという音と共に消えた。開いた目に映ったのは、一歩も動いていない師匠が上げた片手を下ろすところだった。

二回とも攻撃が効かなかったことに、少年は悔しそうに歯ぎしりしている。彼はさらに大風を起こしたり影を操ったりして師匠にダメージを与えようとしたけど、師匠はすべて軽く片手を上げるだけでそれをいなしていた。

そのとんでもない魔法の攻防戦を、僕らは目も口もまん丸く開けたままポカンと見つめる。いつの間にか弟たちは全員僕の部屋に集まっていて、揃って庭での戦いを見ていた。

「な、なんやあいつ。ほんまに人間か?」

「師匠以外であんなに色んな魔法を使いこなせる人、初めて見た……」

「あいつすげえ。オレたちと同い歳くらいなのに」

「師匠もすげえ。攻撃全然効いてないじゃん」

僕は言葉もなく、ゴクリと唾を飲み込む。なんなんだこの状況。ほのぼのスローライフな日常から、いきなり魔法バトルが始まっちゃったんですけど？

さすがに連続で魔法を使ってくたびれたのか、少年はハァハァと息を乱している。するとその一瞬の隙を衝いて、影から現れた荊の蔦が少年の身体を搦め捕った。

「く……っ！　ちくしょう！　放せてめえ！　ぶっ殺してやる！」

身動きを封じられた少年はジタバタともがいては罵声を浴びせている。それにしても口が悪いなあ。

荊には魔力を封じる力もあるのか、少年は魔法を使えないみたいだ。ひたすらもがき続ける少年に、師匠は近づいてしゃがみ込むとジッと彼の顔を見つめて言った。

「きみ……ホムンクルスか……」

それを聞いた僕たちは一斉に瞬きをして「ホムンクルス？」とつぶやく。なんだっけそれ、確か授業で習ったような……

「人造人間！　師匠に習った！」

「フラスコの小人！　習った！」

ストックとフェッチが意気揚々と言うのを聞いて、僕もようやく思い出した。そうだ、錬金術師が作る人造人間のことだ。滅多に成功例はないって聞いたけど、どうしてこんなところに？

さっきから師匠を睨んでいた少年だけど〝ホムンクルス〟という単語を聞いてさらに表情を険しくさせた。眼力を込めた視線は、まるで射殺そうとしているみたいだ。

「だったらなんだ、てめえなんかぶち殺してやる。魔族も人間も、この世に生きるヤツは全員死ね」

もはや罵声を通り越して呪詛のような言葉を吐く少年を見て、僕はブルっと身震いする。あの子は単に口が悪いんじゃない、何に対してかわからないけど尋常じゃない憎悪を抱いているんだ。

「ホムンクルスってことは……どこかの実験施設から脱走してきたのかな……」

ポツリとつぶやいたエルダールの言葉を聞いて背筋が冷たくなった。……そうか、人造人間ってことは生まれたときから実験と研究の対象なんだ。

なんとなく彼の生い立ちが見えてきた僕らは、さっきとは違う緊張感を持って少年に視線を向けた。ただ恐ろしかっただけの少年が、なんだかひどく弱々しく見える。

「……ホムンクルスのことはあまり詳しくないが……人間と同じように飢えるし、怪我をすれば命にかかわることは知っている……。とりあえずうちに入るとしよう……きみを死なせたくはない……」

師匠はクルリと背を向けると城の中へと入っていった。蔦に縛られた少年は宙に浮き、師匠の後ろをプカプカとついていく。もっとも、彼は「ふざけんな！　どこへ連れてく気だ！　放せ！」とずっともがいていたけど。

「し……師匠」

慌てて一階へ向かった僕は、階段の陰からおずおずと声をかける。その途端、少年の赤い目に睨まれ、ビクッと肩を竦めた。

「ピッケ……起こしてしまったか……すまない」

「いえ、いいんです。それより着替えとご飯、用意しましょうか。あとお風呂も」

「……時間が遅い。私がやるからきみは寝ていていい……」

「でも師匠じゃご飯作れないし、服のサイズとかもよくわからないでしょう？」

「……すまない……頼む……」

師匠の許可を得た僕は、さっそくバタバタとご飯とお風呂の準備を始めた。すると。

「兄やん、手伝うわ」

「ぼくも」

「『オレたち風呂沸かすね！』」

弟たちも揃ってゾロゾロと二階から下りてきた。そうだよね、みんなすっかり目が冴えちゃって眠るどころじゃないもんね。

総出で取りかかったおかげで、お風呂もご飯も着替えもあっという間に支度できた。

あとは彼が素直にそれらを受け入れるかが問題だ。

「ほどけ！　こいつら全員食い殺してやる！」

とりあえず居間に連れてこられた少年は、相変わらず手負いの獣のように喚き散らしている。虚勢だとは思うけど、実際牛を丸齧りしていたことを思うとあながち脅しでもないかもしれないな。

そんな状態で蔦をほどいて風呂に入ってもらうわけにもいかず悩んでいると、師匠が彼の額にスッと指をあてた。その途端、元気いっぱいに喚き散らしていた少年は糸が切れたようにコテンと眠ってしまう。

「……今のうちに、風呂と着替えを済ませてしまえ……」

「えぇ……いいのかなあ」

なんかプライバシーの侵害的なものになるんじゃないのかなと心配した僕は、弟たちの手は借りず、自分とスライムたちだけで眠っている少年をお風呂に入れることにした。

「あ……」

浴室へ運び、ボロボロの服を脱がせた身体は人間のそれとまったく同じだったけど、あちこちに切開と縫合の痕があった。顔を洗うときに外したアイパッチの下の右目はもっと悲惨で、彼が生粋の〝実験体〟だったことが窺える。

「……そりゃ生まれてきた世界丸ごと恨みたくもなるよな……」

僕はなんともいえない気持ちになりながら、彼の身体の汚れを落として用意した綺麗な服を着せてあげると、右目に元の通りにアイパッチをつけた。

「髪切っちゃったらさすがに怒るかな。とりあえず括っておこう」

伸びきったボサボサの髪が気になるけど、切るのはそのうち彼が許可してからにしようと思う。

それから僕はエルダールを呼ぶと、少年の全身にあちこちある怪我の治療をお願いした。

「靴の底が抜けてたみたいで足の裏がボロボロなんだ。あと両膝も擦りむいてるし、口の中も切れて膿んでる。あ、たんこぶもあるや」

「過酷な旅をしてきたんだろうね、可哀想に」

エルダールは彼を慈しむように、ひとつひとつの傷を魔法で丁寧に治癒していった。生傷がそのままだったところを見ると、この少年はあんなに魔法が達者なのに治療系の魔法は使えないみたいだ。なんだかそれって、残酷な気がする。

そうこうしているうちに治療も済み、すっかり身綺麗になった少年を食堂まで運ぶと、椅子に座らせてから師匠が再び蔦でグルグル巻きにした。

「……それでは、起こすとしよう……」

食堂には家族全員が集まっている。みんながジッと見守る中、師匠が手をパンと叩くと眠っていた少年の目がパチリと開いた。

「……っ⁉　な……？　なんだてめえら⁉　おい！」

いきなり眠らされた少年は、目が覚めたら椅子に座っていて、五人もの子どもに見つめられていたことに随分驚いたみたいだ。僕は興奮気味の彼を落ち着かせるように、なるべく穏やかな声で話しかける。

「初めまして、僕はピッケだよ。師匠……さっききみが戦ってた人と、四人の弟と一緒にこの城に住んでいるんだ。僕もみんなも怪しい者じゃないよ。魔法の修業をしながらのんびり暮らしてるだけだから」

「……はあ？」

ずっと殺意剥き出しだった彼だけど、突然子どもが安穏とした挨拶をしてきたことに少々面食らっているようだった。するとみんなも、次々に彼に自己紹介をしていく。

「ワイはドゥガーリン、竜人や。珍しい者同士、仲ようしよや」

「ぼ、ぼくはエルフのエルダールだよ。あの……よろしくね」

「オレ、ストック！　妖精界で育った人間！」

「オレ、フェッチ！　人間界で育った妖精！」

さすがに竜人にエルフに妖精まで揃っている面子に驚いたのだろう。少年は「なんだここ」と怪訝そうな顔をしている。

「みんなそれぞれ事情があるけど、帰る場所がない、帰れない子どもたちなんだ。そんな僕らの面倒を師匠が見てくれてる。師匠はこう見えてもとは人間で、すごい魔法使いなんだよ。僕らは師匠に魔法を教わっている弟子なんだ」

僕の説明を少年はおとなしく聞いていたけど、奥に座っている師匠に目を向けると再び忌々しげな表情を浮かべた。

「だからなんだ。てめえ俺をどうするつもりだ。あとでまとめてギタギタにしてやるからな」

うーん、手強い。彼の警戒心を解くのは簡単なことじゃないみたいだ。

「とりあえずご飯食べてよ、お腹空いてるでしょ？　牛の丸齧りよりはおいしいと思うよ」

果たしてホムンクルスの味覚が人間と同じなのかは謎だけど、とりあえずできたての料理を魔法でテーブルに並べる。大麦のミルク粥にレンズ豆とソーセージのスープ、塩漬け豚のボイルとイチジクのコンポート。これだけあれば口に合うものがあるでしょ、多分。

師匠は彼の拘束を右腕だけ解いた。縛りが掛かっているらしく〝飲食〟をする以外には使用できないらしい。要は右腕は自由になったけど、だからといって暴力をふるったりはできないってこと。……こんな器用な魔法がかけられるなんて、師匠ってやっぱり魔法使いとしては超一流だ。

微妙に不自由な右腕にされて少年は師匠をめちゃくちゃ睨みつけていたけど、湯気を立てた料理が目の前に置かれるとフッと表情を緩めた。

「さあ召し上がれ」

僕がそう言うと少年は一瞬唇を噛みしめこちらを睨んだけれど、次の瞬間カトラリーも使わずすごい勢いで料理を食べ始めた。やっぱりお腹空いてたんだなあ。

「どや、兄やんのメシはうまいやろ？」

「慌てて食べると火傷するよ」

「いいなあ。オレもお腹減ってきた」

「兄ちゃん、オレも食べたーい」

ワイワイと賑やかな声もまったく気に留めず、少年は一心不乱に食べ物を口に詰めていく。ときどきむせて咳き込みながらもあっという間にお皿を空っぽにし、指についた粥の残りまで綺麗に舐め尽くした。

「おい、もっとあるなら寄越せ」

少年はカツカツと木皿でテーブルを叩きながら言う。初めて彼からまともなコミュニケーションを引き出せたことに嬉しくなるけど、僕は微笑んで首を横に振った。

「今日はもう時間も遅いし、それくらいにしておこう。いきなりたくさん食べたら消化不良を起こすからね。その代わり明日の朝またおいしいご飯を用意するって約束するよ」

量は十分にあったし、彼の身体の大きさを考えるとこれ以上は食べすぎになると思う。

おかわりを断られて不機嫌になるかなと心配したけど、少年は違うことに異を唱えた。

「あぁ？　明日ってなんだよ。食ったらこんなとこすぐ出ていくに決まってんだろ、そこのバケモンをぶっ殺してな」

彼はまだ師匠をギタギタにして逃げることをあきらめていないようだ。けどさっきよりほんの少し声音が柔らかくなった気がするのは、お腹が満たされたからかもしれない。

「……ん？」

すると彼は何かに気がついたように自分の身体をキョロキョロと見回した。縛られた状態のまま足をゴソゴソと動かし、不思議そうな顔をしている。

「ごめん、勝手に身体を綺麗にさせてもらったよ。それから怪我をエルダールに治してもらった。エルダールは治癒魔法がうまいからね」

少年は顔を上げると目を丸くして僕とエルダールを交互に見つめた。少し唖然としていた様子だったけどやがて顔を歪め、視線を落として舌打ちする。

「余計なことするんじゃねぇよ」

きっと彼の中ではさまざまな感情が葛藤しているのだろうな、と伝わった。僕らを信頼できず怪しむ気持ちもあるだろうし、勝手に裸にされたことや解剖痕を見られたことに恥ずかしさや屈辱を感じているのかもしれない。けれどその一方で、身体が痛くなくなった喜びもきっとあるはずだ。

野生の獣が荒ぶるのは、手負いのときと空腹のときだと決まっている。そのふたつが癒やされたことで、彼の心も穏やかになることを願いたい。

「とりあえず今夜はもう寝よう。子どもに睡眠は大事だよ」

事態が少し落ち着いたことで、弟たちも欠伸を零し始めた。僕も眠い。ホムンクルスが人間と同じように定期的な睡眠をとるのかは謎だけど、できれば夜は寝てほしい。

「……」

まだ反抗するかなと思ったけど、少年は意外にも何も言わなかった。もしかしたらみんなが寝静まったころに脱走を企てているのかな。それとも彼も眠かったので素直に従ったのかはわからないけど、二階の部屋に案内すると無言のままベッドに入っていった。

念のため蔦の拘束は外していない。睡眠の邪魔にならないよう蔦が柔らかい素材に変換されているのは、師匠の気遣いだ。

「それじゃあおやすみなさい。ゆっくり寝てね。明日の朝もとびきりおいしいご飯を作るから、楽しみにしててね」

おやすみの挨拶に返事はなかったけど、布団にくるまった背中からは少なくとも殺気のような荒んだ雰囲気は感じられなかった。


翌朝。

「おはよう、よく眠れた？」

少年を起こしにいくと彼は相変わらず返事はしないものの、いやがることもなくベッドから起きた。

「なあ、これ外せよ。小便したい」

「トイレに行けば勝手に外れるんだってさ。トイレから出たらまたグルグル巻きになるらしいけど」

「……」

どうやら本当にトイレに行きたかったわけじゃなさそうだ。不貞腐れた表情で黙ってしまった彼の顔を、僕は濡れたタオルで拭いてあげた。

「……俺を捕まえてどうするつもりなんだ。村人に差し出して殺させるつもりか」

あまりにも物騒な懸念を抱いていた少年に、僕は思わず「そんなことしないよ！」と首をブンブン振ってしまった。

「きみがもう家畜を襲わないって約束すれば、拘束を解くって師匠が言ってたよ」

「わかった。もう家畜は食わねえよ。ほら、これでいいだろ。さっさとほどけ」

「いや、僕じゃなく師匠に言ってよ。師匠がかけた魔法なんだから」

「……」

少年はまたしても不機嫌そうに眉をひそめてしまった。僕は苦笑いを浮かべてタオルを畳むと、「さあ下に行こう。すぐに朝食を作るから食堂で待ってて」と部屋を出ようとした。ところが。

「なあ。あのバケモン、ソーンだろ。ソーン・アルギュロス」

意外なことを尋ねられ、僕は足を止めると目を丸くして彼のほうを振り返る。

「あれ？　僕まだ師匠の名前教えてなかったよね？　なんで知ってるの」

ビックリしている僕に、彼は片方の口角を上げると「やっぱり」と嘲るような笑みを浮かべた。

「魔界を三年間無傷で旅した伝説の魔法使い、通称〝シルバーソーン〟。魔法使い界隈じゃ知らないやつはいいねえ。あいつの魔力を欲しがってる研究者はごまんといるからな」

「まっ魔界を無傷で⁉　え⁉　何それ初耳‼」

界隈では超有名とされる伝説を、僕は師匠と六年間一緒にいてまったく知らなかった。なんで⁉　……いや待てよ。そういえば僕と出会うちょっと前まで、魔法の研究や資料集めのためにあちこち旅してたって言ってたな？　え？　あれって魔界だったの？　うわあ。

僕はなんだかクラクラして頭を抱えてしまった。魔法に関しては師匠は天才だと思ってたけど、天才どころか伝説級だったとは。魔界ってあれでしょ、魔物がウヨウヨどころか魔物しかいない場所でしょ。そこで三年間無傷ってどういうこと？　全勝？　魔物に全勝したの？　楽々と？

以前、師匠がギルドに行ったら注目されたから帰ってきちゃったって言ってたけど、理解したよ。そりゃ見ますわ、伝説の魔法使いシルバーソーン様を。

「お前、知らないで一緒に暮らしてたのか？　なんにも考えてないんだな」

結構盛大にショックを受けている僕に、少年が追い打ちをかける。

「いや、考えてないわけではないんだけどね……考えてるよ、晩ご飯のこととか家計のこととか」

少年は再び「はっ」と嘲笑うと顎を上げて言った。

「俺はすぐにわかったぜ。銀色の髪、桁外れの魔力、属性問わず使える魔法、俺を拘束できるほどの荊魔法。世界に並ぶ者がいないと言われてるシルバーソーンだってな。俺のような魔法使い型のホムンクルスはな、錬金術師にこう言われて生み出されるんだよ。『私が新たなシルバーソーンを造る』って。生まれる前からその存在を叩き込まれてるんだよ」

自嘲にも見える笑みを浮かべて話す彼に、僕はなんて返事をしたらいいのかわからなかった。気の毒だと同情すれば彼は憤慨するだろう。けれどそれを称賛や肯定するのも間違っている。

考えあぐねたけれど僕は肩の力を抜いて微笑むしかなかった。

「そっか。師匠あんまり自分のこと喋らないから、伝説なんてちっとも知らなかった。うちではぼんやりしてるのに、よく魔界で三年も生き延びられたなあ。今度詳しく聞いてみよっと」

そして手を伸ばして、グルグル巻きの荊の隙間から見える少年の指先を握った。

「とりあえず一階に行こう。朝ご飯作らなくっちゃ。今朝は小麦団子のスープを作るよ」

ちょびっと手を繋いで歩き出すと、彼は一瞬足を止めたけれどすぐについてきた。やっぱり昨夜師匠が連れてきたときよりは、ずっと素直になっていると感じる。

廊下を歩きながら、僕の頭の中は朝ご飯の調理手順とさっきの話がグルグルしていた。僕、師匠のことよくわかっているようで、まだまだわかってないのかも。……なんだか知るのがおっかない気もするけど。

それにこの子、捕まったことを怒ってるだけじゃなく、出生にも関わってくるなら尚更〝シルバーソーン〟が恨めしいだろうな。うーん。これ以上揉めませんように。

「ここで待っててね。トイレに行きたくなったら廊下を出て左のつきあたりだよ」

少年を食堂の椅子に座らせ、僕はパタパタと厨房へ急ぐ。お喋りしてたらちょっと遅くなっちゃった。湯を沸かしながらチミチミと小麦団子を作っていると、「お兄ちゃん、おはよう。手伝うよ」とエルダールが厨房にやってきた。

「わかった、まかせて」

「おはよう。ありがとう、助かるよ。今日はジャガイモのオムレツをお願いできる？」

ふたりでセッセと朝食作りにいそしんでいると、食堂がだんだん賑やかになってきたのを感じた。ドゥガーリンとストックとフェッチも起きてきたみたい。話し声が聞こえる。

「おはよーさん。なんや、まだグルグルのままなんか」

「あははっ、捕獲中〜」

「あははっ、手も足も出ない〜」

「うるせえ、殺すぞ」

なんかみんなも、あの子と結構打ち解けている感じがする。とてもいいことだよね。

「あ、そうだ。エルダールは、師匠が無傷で魔界を三年間旅したことのある伝説の魔法使いだって知ってた？」

「え？　何それ知らない。……っていうか無傷で魔界を？　本当なの？」

さっきの話を早速エルダールに聞いてみたけど、案の定な反応だ。多分ドゥガーリンたちも知らないだろうな。

「うーん、多分本当だと思うけど……あの子が教えてくれたんだ」

「そうなの？　真相はともかく、そんな話ができるくらい打ち解けたんだね。よかったね」

確かに、昨夜のことを考えれば今朝は随分コミュニケーションが取れた。これもまたとてもいいことだなと気づき、顔が自然に綻ぶ。

「さ、できた。みんなお待ちかねだ、急いで運ぼう」

会話をしているうちに朝食ができあがり、僕はパンと手を打って呪文を唱える。

「♪　寒い朝、窓の外は凍えそう。でも大丈夫。あったかい朝ご飯が味方だよ。さあたくさん食べて、身体ポカポカ元気を出そう」

歌うように唱えれば、寸胴も食器も宙を行進しながら食堂へ向かっていく。温かい湯気といい香りを漂わせるそれに、食堂にいた弟たちはうっとりしながらお腹を鳴らした。

僕は呪文の続きを鼻歌で歌いながら、食器のあとに続いて食堂に入る。すると、意外にもあの少年が僕の魔法に見入っていた。……目がキラキラしてる。家事魔法、初めて見たのかな。年相応の無邪気な顔をしていて、なんか可愛いな。

「はい、みんなお待たせ」

朝食をテーブルに着地させると、弟たちも一斉にテーブルについた。魔法に見入っていた少年は僕の顔を見てハッとした表情を浮かべると、たちまち口角を上げて皮肉気な笑みを浮かべる。

「なんだよその魔法。赤ん坊でもあやしてんのか？　初めて見たぜ、幼稚だな」

うわ、なんたる減らず口。待望のご飯を前にケチをつけられたからか、弟たちはみんなムッと眉を吊り上げて少年を見る。でも僕は怒らないよ。魔法の形は人それぞれ、そんなこと彼が一番よく知っているんじゃないかな。

「僕は家事魔法が得意なんだけど、調理器具や食器の精霊は楽しい呪文が好きなんだ。掃除道具や洗濯道具もそう。だからこうして歌うように呼びかけるんだよ」

僕が説明すると、少年はフイとそっぽを向いて「んなこた知ってんだよ」と小さくつぶやいた。やっぱりね。

多分だけど彼、自分の気持ちを罵倒や嘲りでしか表現できないんだろうな。今のもきっと〝家事魔法は楽しそう〟って気持ちをうまく表現できなかっただけだと思う。こういうのツンデレっていうんだっけ？　……デレがないな？

「ワイは兄やんの魔法、いっちゃん好きや。馬鹿にしたら許さへんで」

「ぼくも……お兄ちゃんの魔法好きだから悪く言うのはやめてほしい」

「こんなにウキウキするのに」

「こんなにワクワクするのに」

弟たちは気が治まっていなかったのか、続々と僕を庇ってくれる。その気持ちはすっごく嬉しいけど、あんまり少年を責めないでほしいな。悪気はないんだから、多分。

「みんな、ありがと。彼もちょっと言い方間違っちゃっただけだから、そんなに怒らないで。さ、それよりご飯食べよう。お腹が膨れればみんなご機嫌になるよ」

なんとか場をとりなして、お皿にスープをよそっていく。今朝のメニューは小麦団子と羊肉と玉ねぎ入りのあったかいスープ。ジャガイモのオムレツに、カッテージチーズの糖蜜がけもあるよ。

みんなに怒られた少年が機嫌を損ねていないか心配だったけど、あまり気にしていないようだった。そっぽを向きつつも、置かれた料理を横目で見ている。

そしてスープをよそい終えるころ、ちょうどいいタイミングで師匠がフラフラと食堂に入ってきた。

「……おはよう……今朝もいい匂いだ……」

師匠の寝起き姿は相変わらずひどい。シャツのボタン、二個しか嵌まってないよ。

「おはようございます、師匠」

食堂には僕をはじめ、弟子たちの「おはようございます」が飛び交う。まだ半分寝ぼけている師匠の顔をテキパキと濡れタオルで拭き、シャツのボタンをサクサク閉めてから僕は少年の隣の椅子に座った。

「師匠、この子の右腕だけ拘束解いてください」

「ん……？　ああ……」

師匠が軽く手を上げると、グルグル巻きの蔦が右腕だけほどけた。少年は軽く手を振って感覚を確かめている。

「それでは、いただきまーす」

僕が号令をかけると、みんなもそのあとに続く。そして待ってましたと言わんばかりに賑やかな食器の音が食堂を満たした。

「んまいわあ。兄やん、おかわりええ？」

「もちろん。いっぱいあるから慌てないで」

「兄ちゃん、チーズにもっと糖蜜かけて！」

「オレも！」

「はいはい」

我が家で特に食べ盛りなのはドゥガーリンとストックとフェッチだ。エルダールはみんなに比べたら少食だけど、昔と違って肉や魚も食べられるようになったから偉いと思う。

「おい、俺にももっと寄越せ」

そして今日は食べ盛りがもうひとり。あっという間に料理を平らげた少年は隣の席の僕にグイグイと器を押しつけてくる。

「はいはい、ちょっと待って。順番だよ」

昨日は手づかみで食べていた少年だけど、今日は落ち着いているせいかきちんとスプーンを使っている。まあ小麦団子のスープは手じゃ食べづらいしね。

「……うまい……身体が温まる……」

寝起きはいっそう青白い顔色の師匠だけど、ご飯を食べているうちに多少血色がよくなっていく。朝ご飯の重要さを目視確認できるのちょっとおもしろい。

やがて各々のお皿も寸胴も空っぽになった。みんなの満足そうな顔を見て、作り甲斐があるなあとしみじみしていた僕は、完璧に無防備な状態だった。だから突然髪を掴まれ首筋に噛みつかれても、すぐには何が起きたのか理解できなかったんだ。

それはみんなも同じで、笑っちゃうぐらい全員の目が点になっていた。

「おい、バケモン。お前〝シルバーソーン〟だろ。こいつを食い殺されたくなかったら、俺の言うことを聞いて俺の命令に従え」

「……へ？　ってあいたたたたたたたたたた⁉　え⁉　噛まれ……え⁉　僕食べられたの⁉」

ようやく僕は首筋の痛みを知覚し、目を白黒させながら傷を触る。……どうやら噛み千切られてはいないみたい。でも歯形をつけられたのか、少し手に血がついた。

唖然としていたみんなもようやく理解が追いつき、一瞬で顔色を変える。悲鳴のような声で「お兄ちゃん！」「おいコラ放さんかい！」「「兄ちゃんを放せ！」」とみんな口々に叫ぶけど、少年が見ているのは師匠ただひとりだ。

これって僕、人質にとられてるってこと？　でもなんで？　食事以外はできない縛りの魔法がかかってるんじゃないの？　と疑問に思ったけど、先ほど彼が『食い殺されたくなかったら』と言っていたのを思い出して納得した。

なるほどね、縛りはこれを加害ではなく食事と認識しているわけだ。この子、頭いいな。……って感心している場合じゃないよ！　僕食い殺されちゃうじゃん！

少年は人質をとったことで勝利を確信しているのだろう、不敵な笑みを浮かべて僕の髪を右手で掴んでいる。ホムンクルスだからか、華奢に見えてこの子めちゃくちゃ力が強い。振りほどける気がしない。てか無理に逃げたら僕の髪が大量に抜ける。ハゲる。

絶体絶命のピンチ。……なんだけど、僕は不思議とそれほど怖くはなかったんだ。

「おい、聞いてんのかよバケモン。こいつを食い殺されたくなかったら――」

少年が再び脅しの言葉を紡ぎ終える前に、その身体が後ろの壁まで吹き飛ばされた。

風なのか影なのか荊だったのか、何が彼を攻撃したのかもわからなかった。ただ僕の目に映ったのは、こちらに向かってかすかに指を上げた師匠の姿だけだった。

「え……何？」

「ま、魔法……だった？」

「見えなかった」

「あいつ、ひとりでに吹っ飛んだ」

みんなも呆然としている。

少年は壁に強く身体を打ちつけ、呻きながらその場に倒れている。よほど強い衝撃を受けたのだろうけど、髪を掴まれていた僕は風ひとつ感じず気がついたら彼の手は離れていた。

事態が呑み込めず全員が固まっていると、師匠がゆっくり口を開いた。

「……ピッケが貴様に何をした。貴様を一番慮ってやったのはピッケだ。その真心を貴様は仇で返すのか」

低く重く、冷たい声。師匠のこんな恐ろしい声を聞くのは初めてで、一瞬で全身に鳥肌が立つ。

僕は守られた立場のはずなのに恐怖で心臓がバクバクして、まるで部屋に死神が入ってきたような重苦しさと緊張を感じた。

弟たちもみんな強張った顔のまま動けなくなっていて、恐怖に敏感なエルダールはガタガタと震えている。僕を含めこの場にいる全員が大魔法使いソーンの殺気に中てられ、我を失わないように必死だった。

師匠は少年から視線を外すことなく、正面に向けている手の人差し指を軽く持ち上げる。すると倒れている少年の身体が強く壁に押しつけられ、そのままジリジリと上に持ち上げられていった。

「ぐ……ぅ、うぐ……っ」

目に見えない何かが少年の首や胴体を圧迫しているようで、顔色がどんどん悪くなっていく。僕は慌てて椅子から立ち上がると、両腕を広げて少年の前に躍り出た。

「師匠やめてください！　これ以上やったら死んじゃいます！」

けれど魔法は僕の存在を貫通し、なおも少年を苦しめ続ける。

「どけ、ピッケ。そいつはきみを殺しかけた。私が間違っていた、そいつを城に入れるのではなかった。責任をもって私が処分する」

内臓に不快に響くような重い声に、うっかり身を縮めてしまいそうになる。けれど僕はギュッと手足に力を込めると、大きく息を吸い込んで吐き出した。

「駄目!!　そんなことしたら許さないから!!」

怒鳴った僕に師匠は虚を突かれたのか、目を丸くして手を引っ込める。すると高く壁に押しつけられていた少年の身体がドサッと床に落ちてきた。僕は慌てて彼の身体を抱き起こし、背中を撫でる。

「大丈夫？　ゆっくり呼吸をして」

「ゲホッ、ゲホッ……ちきしょう……」

振り返ると師匠は眉根を寄せこちらを見つめていた。納得のいっていない顔だ。僕は少年の背中をさすりながら師匠に訴える。

「こんな小さな子に乱暴しちゃ駄目です。あなたのそんな姿、僕は見たくない」

それは心からの願いだった。

僕も、弟たちも、みんな師匠の優しさに救われて生き延びている。口ではだらしないとかコミュ障とか言っても、本当は全員が師匠に感謝し尊敬し、最後の希望のように思って生きているんだ。だからどうか裏切らないでほしい。この世界も捨てたもんじゃないって思わせてくれた、あの日の気持ちを。

「……すまない。目の前でピッケが傷つけられて頭に血が上ってしまった……」

師匠は自分の右手を掴むと、申し訳なさそうな顔で俯いた。よかった、冷静になってくれたみたいだ。部屋に漂っていた圧のような殺気もすっかり消えている。

僕はホッと息をついて安堵の笑みを浮かべると、自分の首を指さして言った。

「大丈夫です、軽く噛まれただけですから。もう血も止まってる。この子、最初から僕を殺すつもりも傷つける気もなかったんだと思いますよ。だってやろうと思えば首の肉を食いちぎれるのに、軽く噛みついただけだったんだから」

生きた牛を貪り食える歯と顎の持ち主なら、もっと残酷な傷をつけて脅すこともできただろう。そちらのほうがよほど危機感を煽れる。けれどそれをしなかったのは少年の良心だ。彼は師匠を脅すという目的がありながら、本気で僕を傷つけなかった。これが優しさ以外のなんだというのか。

こちらへ近づいてきた師匠が僕の前で屈み、首筋の傷をマジマジと見る。そして手のひらで包むようにして傷を治してから、まだ膝をついて息を乱している少年を見た。

「……すまなかった。やりすぎた……」

その声からは素直な後悔が感じられて、本気で反省しているのが伝わった。

そうだよね、師匠が子どもを傷つけるのをよしとするわけがないもの。……けれど。

「……っ、ふざけんな！　安い同情するんじゃねえ！　殺せよ、俺を殺せ！」

少年は顔を上げると喚くように叫んで、右手で師匠を強く突き飛ばした。けれどウエイトの差がありすぎるせいか、逆に彼の身体が後方へ転んでしまう。それでも強く師匠を睨みつける赤い瞳には、涙が滲んでいるように見えた。

「俺はあんたには敵わねえんだ、あんたを模して造られたってのによ！　生きてる意味もねえ。このまま拘束されて惨めに生きるのも、人間なんかに罪人扱いされるのも御免だ。だったらいっそここで殺されたほうがマシだ！」

少年はまた手負いの獣に戻ってしまった。きっと師匠には絶対的に敵わないことを痛感してショックを受けたのかもしれない。傷だらけになったのは身体じゃなく心だ。……いや、心にもともとあった深い傷がショックで開いてしまったんだろう。

けれど、取り乱して喚く少年の姿を見ても、師匠も弟たちも誰も冷ややかな目を向けたりしない。もちろん僕も。だって生きてる意味を見失う痛みは、ここにいるみんなが知っているものだから。

「もー、すぐ『殺す』とか『殺せ』とか言わないの。きみは極端だよ」

僕は尻もちをついたままの少年を抱き起こすと、正面からまっすぐ顔を見つめた。まだまだ幼い子どもの顔だなと思う。

「きみも僕らも生きてていいと思うよ。そりゃこんな世界だから絶望することが多いのもわかるけどさ。でも生きてれば笑える日だってあるよ、少なくともここでは」

少年は半べそのままキョトンとして僕を見ている。けれどすぐに眉を吊り上げ、「綺麗ごと言うな！」と吠えた。淋しくて駄々を捏ねる幼児のような顔を、僕は両手で包む。

「ご飯おいしかったでしょ？　お昼も夜も食べよう。今夜は暖炉の前でトランプ大会をしようよ、温かいミルクに蜂蜜を入れてあげる。明日から雪が降るらしいから、雪かきを手伝ってほしいな。きみの魔法があればきっと早く終わると思う。みんな大助かりだ」

「な……なんで俺がそんなことしなくちゃ……」

「僕がきみともっといたいから。生きて僕と出会ってくれてありがとう。だからこれからも僕たちともっと生きてみない？」

少年の目がまん丸く見開かれる。そのとき、彼を拘束していた荊の蔦がハラリとほどけた。

「……選べ。ここにいると言うならいればいい。出ていきたいなら止めない。きみの生きる道はきみが決めろ……」

蔦がほどけても、彼はもう逃げも攻撃もしない。自由になった自分の身体を見つめ、少し不安そうな顔をしている。

「ここは師匠とワイら弟子が愉快に暮らしとる城や。まあ兄弟みたいなもんやから、お前は末っ子っちゅーとこやな」

こちらへ歩いてきたドゥガーリンが言うのを聞いて、少年は驚いたようにパッと顔を上げる。

「ぼくも……ここで暮らしたらいいんじゃないかなって思う。ここには怖い人間はいないから安心できるよ」

「オレたちに弟ができるの？　やったー！」

「乱暴しなければオレたちが遊んでやるからな！」

エルダールもストックとフェッチもやってきて、みんな少年を囲むように腰を屈めた。

「何か目的があって先を急いでるなら無理に引き留めはしないけど、そうじゃないならこの城でのんびり暮らしてみない？　魔法の授業を受けたり、みんなで商品を作って売りにいったり、お掃除や洗濯したり、スローライフってやつだよ」

戸惑いの表情を浮かべていた少年はみんなの顔をグルリと見ると、恥ずかしそうにパッと俯いてゴニョゴニョと口を開いた。

「……別に急いじゃいねえよ。力を蓄えて、俺を造った錬金術師をいつかぶっ殺そうって思ってただけだ」

「なら尚更だよ。僕らみんな師匠に魔法を教わってるんだ。きみも教わればもっと強くなれるよ」

錬金術師への殺害予告は褒められたものではないけど、まあ彼の境遇を思えばぎゃふんと言わせるくらいならいいと思う。少年は「ソーンに？」と驚いた顔をしていたけど、師匠が小さく頷くと不敵な笑みを浮かべた。

「おもしれえ。いつかてめえに教わった魔法でてめえをギタギタに殺してやるよ」

向上心か反骨精神か、それはわからないけど少年の心に火がついたようだ。そしてそれは、彼の生きる道しるべとなる。

「また『殺す』って言う～。物騒だなあ」

「うるせえ、殺すぞ」

もはやこれは口癖だと思ってあきらめたほうがよさそうだ。

だって乱暴な口をききながらも、少年が僕に向ける顔は楽しそうに笑っているのだから。

「じゃ、きみもここで暮らすってことで決まりだね。やった！　今夜は歓迎パーティーを開かなくっちゃ！」

そう言って両手を上げると、弟たちも「やったー！」と飛び跳ねて喜ぶ。久しぶり、三年ぶりの新しい仲間だ。

みんなが「パーティー！　ご馳走！」とはしゃぐ中、少年は僕の袖を引き「今夜はトランプ大会じゃなかったのかよ」と意外にもまともなツッコミを入れる。

「両方やればいいじゃん。今夜はきみの歓迎トランプ大会だよ」

成り行き任せな返答をした僕に、少年は眉尻を下げて吹き出すと「馬鹿みてえ」と笑った。

六人目の弟子の仲間入りは大騒動で、まごうことなき〝事件〟で、この冬初めての雪が降る前日のことだった。

——トランプ大会は中止となった。

なぜなら少年をこの城に迎えるにあたって重大な課題が発覚し、早期解決のため話し合いが行われたからだ。

「えーでは、第一回みんなで弟の名前を考えよう会議を始めます」

全員が集まった居間で僕が開会を宣言すると、ドゥガーリンが「よっ待ってました！」と合いの手を入れる。僕の隣の席に座っている少年は「なんで『第一回』なんだよ、二回目はないだろうが、クソが」と呆れたようにつぶやいていた。この子ツッコミ適性あるな。

というわけで、僕らは至急少年の名前を考えなくてはいけない。なぜなら彼には名前がなかったからだ。研究所では『実験体』とか『アレ』とか呼ばれてたんだって。ひど。

名前がないのは非常に不便なので早々に決めたいところだけど、これがなかなか簡単ではないのだ。

「いい案のある人は手を挙げて発表してください」

早速案を募ると、すぐに手を上げたのはストックとフェッチだった。

「パンプキンパイ！」

「ミンスパイ！」

「それはきみたちの好物でしょ。ペットじゃないんだから食べ物の名前はどうかと思うよ」

「え～可愛くていいじゃん～」

「え～愛情持てそうなのに～」

いきなり先行き不安な提案に、たちまち少年の顔が曇る。

「ジャスミンはどうかな……。今、森でウィンタージャスミンが満開になっていて綺麗なんだ」

次に手を挙げたのはエルダールだった。花の名前とは彼らしい優美な提案だけど、人にはイメージってものがあるんだ。『殺す』が口癖で牛を丸齧りできる少年に、そんなプリンセスみたいな名前は如何なものか。

「そんな女みてえな名前ふざけんな」

ご本人から却下され、エルダールは「そっか……」としょんぼり肩を落とす。

「せやったらニャンニャンヘソノゴマはどうや？　竜の里に伝わる偉人の名前や、将来大物になるでえ」

ドゥガーリンは真面目に提案してるのだろうか。いや、そんなことを思ったらニャンニャンヘソノゴマさんに失礼だな。けど。

「死んでもいやだ。てめえふざけてんのか？　殺すぞ」

はい、物騒な口癖いただきましたー。全力で拒否されて、自信満々だったドゥガーリンはちょっとヘコんでいる。

「やっぱさあ、僕が最初に提案した六助がいいと思うんだよね。六人目の弟子だから六助」

晩ご飯時に僕が提案して速攻で却下された名前はやっぱり駄目だろうか？　すごくいい名前だと思うんだけど。これが却下されたせいで揉めに揉めて会議を開く羽目になったんだよね。

けれど少年は和風テイストな名前は気に入らないようで、苦々しい顔で「だからそれはいやだっつってんだろ」と訴える。うーん駄目かあ、六助。

名付けって難しい。飛雄や寒天たちのときはあっさり決まったんだけどな。魔物は和風ネームでも気に入ってくれるからありがたいよ。

するとずっと置物のようにスンとしていた師匠が、控えめに手を挙げてボソボソと発言した。

「……アルケウス……」

「え？」

みんなが一斉に注目すると、師匠はコホンと咳払いをしてから小さく身ぶり手ぶりをして説明した。

「魔法学でいうところの……高次の非物質世界の側面であり物質世界のある特殊な、例えば火、金属などのエネルギーの生成にも起因されるが、西方の学者が八百年前に打ち立てた仮説によると」

「師匠、ひと言で」

「……肉体を動かす原動力、生命のことだ」

居間にいる全員から「へーっ」という感嘆の声が上がった。アルケウス、生命。……うん、素敵な名前だと思う。

師匠はチラリと少年を見やると、さっきより少しきっぱりとした口調で言った。

「……きみは自分の生い立ちに、喜びばかりではない感情もあるだろう。だが……造られた器に生命を宿したきみの存在は奇跡だ……誇りを持ってその命を大切にしてほしい……」

師匠から真摯な言葉を贈られて、少年はグッと唇を噛みしめた。赤い瞳に光が生まれたように見えたのは、きっと気のせいじゃない。

「どう？　アルケウスだって。僕は素敵だと思うけど」

「ワイもナイスやと思うわ。師匠にしてはええセンスや」

「ぼくも賛成かな。きみに合ってると思うよ」

「いいじゃん、アルケウス！」

「カッコいいじゃん！」

果たしてこの名前がお眼鏡にかなうのか、みんなが少年に注目する。彼はどこか気恥ずかしそうに口をモゴモゴさせると、プイとそっぽを向いてつぶやいた。

「……てめえらがいいと思うなら勝手に呼べばいいだろ。好きにしろ」

なんというツンデレな回答。要は気に入ったんだね。

僕らはみんな満面の笑みになると一斉に拍手をした。今日はなんておめでたい日だろう、新しい家族が加わったうえ新しい名前まで決まるなんて！

「おめでとう、アルケウス。改めてこれからよろしくね」

アルケウスに向かって手を差し出すと、彼は再びそっぽを向いてしまった。さすがに握手はしてくれないか。まあ、手を叩かれなかっただけいいかな。……と思っていたら。

「言っとくが俺はてめえを『兄ちゃん』なんて反吐が出る呼び方はしねえからな、ピッケ」

吐き捨てるようにそう告げて、アルケウスは僕の指先を一瞬だけ握った。もしかしてこれってツンデレのデレの部分じゃない？　デレあった！

兄ちゃんって呼ばれなくても、口癖が物騒でも、僕はこの新しい弟のことをとっても可愛いなって思ったんだ。

第七章　ポンちゃん

「あ～極楽ぅ～。今日も疲れた身体に沁みるな～」

ある日の夜。僕はお風呂に入ってジジくさい感嘆を独り言《ご》ちていた。

今日も一日忙しかった。ご飯の支度にお掃除洗濯、商品の仕込み、街へ買い物、魔法の授業。ドタバタしているうちにあっという間に過ぎちゃった。

家事やら仕込みやらもみんなでやれば楽しいし、そもそも嫌いじゃないけど、それでもやっぱり疲れる。それに七人の大家族になった我が家は超賑やかで、とっても楽しい反面、気の休まる暇がない。

常に誰かが話しかけてくるし、そばにいる。スライムたちも懐いてくるから本当に僕ひとりのときって皆無だ。たまーにひとりになったときに限って誰かが兄弟喧嘩を始めるものだから、僕は慌てて仲裁に入らなくてはいけない。

そんなわけで僕がひとりになってホッと息がつけるのは、トイレとベッドとお風呂の時間だけなのである。

「我ながら働き者だなあ。お疲れ様、僕」

今日もよく頑張った自分を褒めてあげる。自己肯定感を高めることは大切だからね。

湯船からはエルダールが調合してくれた入浴剤の爽やかな匂いが香る。バスタブに背中を預け思いっきり足を伸ばすと、反対側の縁に爪先がぶつかった。

子どもならふたりはなんとか入れるサイズのバスタブ、いつの間にか僕にはちょっと小さくなっていたみたい。半分大人になった自分の身体を眺め、大きくなったもんだと感慨深く思う。

アルケウスが我が家に来てから一年が過ぎた。つまり僕がここへ来て七年、十五歳になったってこと。

ちょっと整理しておくと、ドゥガーリンが十四歳でエルダールが十三歳、ストックとフェッチが十二歳で、アルケウスは……多分作られてから四、五年だって。師匠の見立てによると外見や知能は十二歳前後らしい。ホムンクルスは人間と成長曲線が違うんだ。ちなみに、師匠は二十五歳になったよ。

僕も大きくなったけどみんなも大きくなったよね。ドゥガーリンなんか大人並みの体格だし、エルダールの身長も僕を抜かしそうだ。ストックとフェッチはよく食べるけど小柄なほうかな。あとから伸びるタイプかもしれない。アルケウスも来たときに比べれば順調に大きくなってる。

「みんな元気に大きく育って何よりだよ……」

成長を振り返ってたらなんだか嬉しくてホロリと来ちゃった。兄っていうよりもはや親の気分かも。だってみんないろいろな事情を抱えてここに来たんだもん。心身ともに健康に育って、毎日笑顔で過ごせていることが僕は本当に嬉しいよ。

けど、成長が嬉しいからこそ、先のこともちょっと考えてしまう。

「……僕たちって大人になったらどうなるのかな」

思い出すのは前世の弟妹のことだ。成長すれば子は巣立つ。弟たちもいつかは自立したり……伴侶を見つけて結婚したりするのかな。それが喜ばしいけどちょっと切ないってことを僕は知っている。……と思ったけど。

「この城にいて結婚できるのかな？　出会いとか皆無だけど。ってか順番から言えば弟より僕が先じゃない？　年上だし寿命の短い種族だし」

このままでは僕は再び独身を貫いてしまうのではないかという懸念が湧いた。この世界の人間の結婚適齢期は早い、十八歳から二十二歳くらいが男女ともにピークだ。結婚のことを考え始めるのに十五歳は決して早い時期ではない。

じつは僕、前世で一回も彼女がいたことないんだよね。弟妹を育てるのに必死で恋愛なんてしてる暇なかったもん。モテなかったわけじゃないよ、ないからね。

だからってわけじゃないけど、さすがに今回はお嫁さんが欲しいかも。赤ちゃんも育ててみたいし。でも考えてみたらこの人生で女の人と喋ったのって、母親と、買い物のときのやり取りしかないや。わりと絶望的だな。

「ん～婚活したほうがよさそう～。というか恋愛してみたいなあ」

十五歳という思春期真っただ中な精神がそうさせるのか、無性に恋がしてみたくなった。素敵な出会いないかな。できれば物静かな美人タイプがいい。

などとあれこれ考えているうちに僕はすっかりのぼせてしまい、赤い顔をしてお風呂から出たのであった。恋人欲しいなあ。


「はひ~のぼせた……」

いつまでも身体の火照りが冷めない僕は、シャツのボタンをみっつ開け胸もとをパタパタと扇ぎながら廊下を歩いた。厨房で冷たい水を二杯も飲んでから、居間へと向かう。

「お風呂空いたよ。まだ入ってない人いる?」

晩ご飯のあとは大体みんな居間で過ごしている。お風呂の順番は決まっているわけではないので、入りたいときに入ったもん勝ちだ。

「ワイは一番風呂もろたで」

「ぼくももう済ませたよ」

「オレたちも入ったー」

「入ったー」

「俺は最後でいい」

次々に答えが返ってきたけど、僕は眉根を寄せて年下三人がトランプをやっている暖炉の前に向かった。

「ストック、フェッチ。まだ入ってないよね? 騙されないからな。きみたち走り回って埃っぽいんだからちゃんと毎日入って! アルケウス、この前もそう言ってサボったよね。きみも毎日入りなさい！」

男子あるある、お風呂サボりたがる。遊びに夢中で面倒くさいのはわかるけど、新陳代謝が活発な年頃なんだからちゃんと入ってほしい。

僕に嘘を見抜かれたストックとフェッチは「ちぇ～」とものすごく渋い顔をする。ところが。

「風呂かったるいんだよ。ピッケ、お前一緒に入れ。お前が俺を洗うってんなら入ってやらないこともない」

「は？」

アルケウスは開き直ってなんとも傲慢な命令をしてきた。僕を召使いかなんかだと思ってらっしゃる？

「お風呂くらいひとりで入りなさい、赤ちゃんじゃないんだから」

とことん呆れてお断りした僕だったけど、なんとストックとフェッチがキラキラした目でこちらを見つめていた。

「いいな、それ！」

「オレも兄ちゃんと入りたい！」

「ええ～、やだよ。大体、僕もう入っちゃったし」

「じゃあ明日から！」

「一緒に入ってくれるならサボらない！」

僕はほとほと困ってしまった。

ストックとフェッチに限らず、弟たちはみんな甘えん坊だ。長兄としてはそれを受けとめてあげたいし可愛いとも思っている。……けど、最近思うんだ。みんなちょっと僕に甘えすぎじゃない？　って。

「あかん、あかんって。兄やんはもう大人の男や。大人はひとりで風呂に入るもんや。なあ、兄やん」

そう言ってストックたちを窘めてくれたのはドゥガーリンだ。頼もしいし有難いと思うけど、彼も彼で弟たちを窘めつつ後ろから僕に抱きついてくる。説得力ないぞ。

ドゥガーリンはスキンシップが好きだ。それは昔から変わっていない。けど師匠や弟たちにはそれほどでもないんだよね。抱きついたり膝枕したり肩を組んだりするのは僕にだけだ。きっとこれって彼なりの僕に対する甘えなんだと思う。

「お兄ちゃんだってひとりの時間が必要だよね。お風呂くらいゆっくり入らなくっちゃ」

エルダールはじつに気の利くことを言ってくれながらも、僕の近くの椅子に移動してきた。

彼はベタベタくっついてきたりしないいし、ワガママを言ったりもしない。けれども気がつくとそばにいる。居間で、厨房で、庭で。香草の採取や買い物へも僕と行きたがるし、とにかく離れたくないみたい。『ひとりの時間が必要』と言うけれど、僕をひとりにさせないのは圧倒的にエルダールなんだよね……

少し臆病な性格がそうさせているのかもしれないと思ってたけど、城の中にいるときは関係ないのでは？　と最近気づいた。単に僕と一緒にいたいだけっぽい。これもやっぱり甘えの一種なんだろうな。

「じゃあ一緒にお風呂入るのはあきらめるから、明日オレたちと遊んで」

「かくれんぼしよう。あと馬乗りと魚獲りも」

ストックとフェッチはとにかく僕と遊んでもらいたがる。ふたりで遊んでても十分楽しそうなんだけど、僕の姿を見るたび遊びに誘ってくるのだ。これも、ほかの兄弟にはそうでもない。

まあ子どもらしい甘え方で微笑ましいとは思うけど、さすがに全部は付き合っていられないよ。

そんなふうにみんながワイワイ言うのを「チッ」と舌打ちで一蹴したのはアルケウスだ。

「てめえらうぜーんだよ。いちいちこいつに構うな。おら、行くぞピッケ」

そう言って彼は僕の手を掴むと強引に引っ張っていく。これもまた、いつものパターン。

アルケウスは独占欲が強いみたいで、僕を自分だけの兄とでも思っているみたい。僕がみんなとワイワイしていると拗ねるし、すぐに連れ出そうとする。これもアルケウスなりの甘え方だとはわかっているけど、ちょっと困りもんだ。

「行くってどこに？　お風呂は入らないってば」

「じゃあ俺が入るのを黙って見てろ」

「何それ」

アルケウスに腕を掴まれ仕方なく廊下を歩いているときだった。

「……ふたりでどこへ行くつもりだ？」

ちょうど正面の角から師匠が現れて、僕たちを見て足を止めた。

「うるせえ、風呂だ」

アルケウスはそう言って通りすぎようとしたけれど、師匠は腰を屈め僕の頬を両手で包む。

「……ピッケはさっき入っただろう……まだ顔が赤いな……のぼせたのか」

「はい、少し……」

「……涼しいところで休みなさい……」

師匠の言葉を聞いて、アルケウスは渋々といった様子で手を放した。彼なりに、のぼせている僕を浴場へ連れていくのはよくないと判断してくれたのだろう。

それから師匠は、みっつ開いていた僕のシャツのボタンのうちふたつを閉めて「シャツの開きすぎはよくない……」とつぶやいた。普段服装に無頓着な師匠に言われちゃったよ。

「チッ、クソが。ソーンてめえいつか殺す」

僕を独り占めしたいうえに師匠に対してあたりの強いアルケウスは、とても不機嫌になって物騒なセリフを吐いて行ってしまった。やれやれ。

ふたりきりになった廊下で、僕は安堵の息を零すとはにかんだ笑みを浮かべて言った。

「師匠。今夜はお部屋に行ってもいいですか?」

じつは十五歳になった今でも週に一回程度、みんなには内緒で師匠と寝ている。

だってひとりの時間はもちろん、それ以上に僕が誰かに甘える時間は皆無なのだから。ときどきは充電してもらう側に回らないとくたびれちゃうよ。

「もちろん構わない……」

淡い笑みを浮かべ頭を撫でてくれる師匠の手が嬉しくて、僕は肩を竦め「えへへ」と照れ笑いする。なんだかこれだけで元気が出そう。

「じゃあ歯を磨いたらお部屋に行きますね」

踵を返し、弾む足取りで洗面所へと向かった。居間にはもう行かないでおこう、またみんなに捕まっちゃいそうだし。今日の〝お兄ちゃん〟はもう閉店です。


師匠の部屋は仄暗い。魔石のランプがいっぱい灯っているけど室内に物が多いせいか、全体がどことなく陰っている。

けれど僕は師匠に甘えにくるたび、この雑多で静かな仄暗さがとても心地いいと感じていた。

「昨日作ったジャム、すっごくおいしくできたんですよ。だからみんなにナイショで三回もつまみ食いしちゃった」

「……そうか、よかったな……」

ベッドで向かい合わせに寝ながら、師匠は僕のたわいないお喋りにいつまでも付き合ってくれる。言葉少ない相槌だけど退屈しているわけではないと思う。なぜなら穏やかに耳を傾けてくれる表情は淡く微笑んでいて、ほんのり幸福を味わっているように見えるから。

「明日は苺を摘みにいきます。この冬最初の苺ジャムを作るから、師匠が一番に味見してくださいね」

「……わかった……楽しみにしている……」

そう言って師匠は軽く僕の頭を撫でてくれた。ふれられたことが嬉しくて、僕は彼にギュッと抱きついて胸に頭を擦りつけてしまう。

「えへへ。師匠大好き」

どうして師匠のぬくもりってこんなに気持ちいいんだろう。弟たちとはどこか違う。すごく安心するし、胸の奥がギュッとなってもっともっとふれたくなるんだ。

「僕もう十五歳なのに、師匠とふたりでいると小さい子に戻っちゃうな。こんなに甘ったれで恥ずかしい」

モジモジしながら言うと、師匠は「……そんなピッケを私は可愛く思う……もっと大きくなっても甘えて構わない……」なんて抱きしめ返してくるものだから、ますます嬉しくなってなんだか身体までソワソワしてきちゃった。

……もし将来恋人と抱き合うことがあったら、やっぱりこういうムズムズ嬉しい気持ちになるんだろうか。それとももっと違う感じ？

ふと、さっきお風呂で考えていたことが頭をよぎった。婚活とかしたほうがいいのか悩んでたのに、今の僕はてんで子どもだ。やっぱり僕には結婚はおろか恋人なんて早いのかな。それに、まだ見ぬ恋人と師匠に甘える時間、天秤にかけたら後者のほうが大切かもって思ってしまう。うーん、僕って非恋愛体質なのかも。でも。

「ねえ、師匠。師匠って結婚とか考えないいんですか？」

「え……考えていないが……」

師匠のほうが筋金入りの非恋愛体質だと思う。だって女性どころか僕ら以外の人とはまともにコミュニケーションをとろうとしないんだから。

困った大人だなあと普段は思うけど、彼にお嫁さんができないことにちょっと安心もしてしまう。だってなんか、師匠が僕たち以外の人のものになるのは淋しい気がするし、こうして甘える時間がなくなったら僕はきっと元気を失くしちゃうと思う。

我ながら勝手だなとは自覚している。自分はさっきまで恋人が欲しいなんて願ってたくせに、師匠には独身でいてほしいなんて。

「ん～……僕はワガママだな」

眉間に皺を寄せてつぶやけば、師匠が「どうかしたか？」と尋ねた。

「師匠が結婚しないことにホッとしちゃった。師匠の幸せを願うなら積極的に結婚を勧めるべきなのに。いつまでもこうして僕らと暮らしてほしいって思っちゃうんです」

罪悪感を素直に吐露したけれど、師匠は怒るでも笑うでもなく僕をさっきより強く腕の中に包みこんだ。

「……私の幸せは今ここにある……ピッケと……弟子たちと平穏に暮らせることが、私の何よりの望みだ……」

もう、そんなこと言われたら師匠のことますます好きになっちゃうよ！

僕は満面の笑みになると、温かくて魔法の匂いがする胸に顔をうずめた。

「師匠は家族が大好きですね。これからも弟子を増やすんですか？」

「……いや、もう十分だ……これ以上増やすとピッケの取り合いが激化するからな……」

「僕の？」

「きみは四六時中、弟に囲まれているだろう。……ここまで好かれるとは予想外だった……」

「あはは。確かにみんな慕ってくれてるけど、取り合いは言いすぎですよ。けどさすがに六人の弟の面倒は見きれないかな」

弟たちのことはみんな大好きだし、我が家が賑やかになるのは嬉しい。でもこれ以上ひとりの時間がなくなるのは、確かにちょっと大変かもと思う。

「じゃあもう弟子は増やさないいんですね」

「……ああ。拾わないし買ってこない……」

僕と師匠は顔を見合わせて頷く。我が家は七人家族ってことで最終決着になりそうだ。

そんな家族計画を師匠と話し合った夜——三日後に早速覆るなんて、誰が予想できただろうか？


「……拾ってしまった……」

「えええええええええ〜？」

雨の中ワイバーンで三時間かけて実験用の鉱石を山に採りにいっていた師匠は、帰宅するなり外套の下から小さな生き物を取り出して見せた。

それは師匠の両手に載ってしまうほど小さい、白と青灰色の毛皮を持つオスの猫の赤ちゃんだった。

「うわ、小さい！　可愛い！　ニーニー鳴いてる！」

目は開いてるけどまだ全然赤ちゃんだ。まさか捨て猫を拾ってくるとは驚いたけど、気持ちはわかる。こんな小さな猫ちゃんが捨てられてたら見過ごせないよね。

するとほかの弟たちも玄関へ駆けつけてきて、師匠の抱っこしている子猫を見て歓声を上げた。

「師匠、おかえり……ってなんやそれ！　うわっエグい可愛い！」

「可愛い！　オレも抱っこしたい！」

「オレもオレも！」

子猫はあっという間に大人気になった。すると、子猫の頭を撫でながらエルダールが意外なことを言った。

「サーベルタイガーなんて珍しいですね。幼体は初めて見ました」

「え？　猫じゃないの？」

小さくてフワフワでニーニー鳴いてるそれは、僕の目には子猫にしか見えなかった。けれどエルダールは子猫の口角をちょっと捲ると「うん、サーベルタイガーだよ。ほら」と小さな口から覗く大きな牙を見せてくれた。

「ほえ〜、サーベルタイガーかあ。さぞかし大きくなるんだろうなあ」

サーベルタイガーの成体って確かライオンや虎並みに大きかった気がする。可愛いだけではない、逞しくなること確定なペットの成長に、僕は苦笑を浮かべた。……ところが、アルケウスはもっと驚くことを言うではないか。

「この大陸じゃサーベルタイガーの獣人は絶滅したはずだろ。てめえ、こんなもんどこで拾ってきやがった」

「……北方の火山島で拾った……先日の噴火で麓の村が壊滅したようで親は死んでいた……おそらくこの子が最後の個体だ……」

師匠の話も衝撃的だったけど、耳を疑ったのはその前のアルケウスの言葉だ。じゅ、獣人？　このちっこい子猫ちゃん、獣人なの？

みんなは「可哀想になあ」「オレたちで育ててあげよう」と子猫を哀れんでいる。誰も子猫が獣人であることに驚いていない。あれ？　気づいてなかったの僕だけ？

「す、すみません、師匠。この子……サーベルタイガーの獣人なんですか？」

おずおずと手を挙げて質問した僕に、師匠は子猫の身体をクリンとひっくり返すと手足の形をよく見せてくれた。

「ピッケは獣人を見るのは初めてか……ほら、足の形が四肢動物とは違う形をしている。手指もだ。いずれ手は毛が抜けて人間と同じようになる。成長すれば二足歩行になるが、背骨の数は人間より多く鎖骨と肩の関節は自在に外せるので人間より身体が柔軟だ。サーベルタイガーの獣人の寿命は四、五十年といわれ十二年くらいで成体となる。種類にもよるが成体の平均身長は百八十センチから二百センチといったところで大型の人間とさほど変わりないものの、全身の筋力量は圧倒的に人間を上回る。獣人は魔法が使えない属がほとんどだが、サーベルタイガーの獣人は元素系の魔法が使える珍しい亜属だ」

いきなり始まった獣人族についての授業に、僕は納得しつつ子猫の身体を観察する。言われてみれば確かに体つきが普通の猫とは違うや。とはいえパッと見はやっぱり猫の赤ちゃんで、このニーニー鳴いて身体を振っている可愛い生き物がいずれ大柄な獣人になるとは想像がつかない。

「……というわけでピッケ……」

「はい？」

師匠は手に子猫獣人を抱いたままジッと僕を見る。

うん、そうですね。ついこのあいだ、これ以上は弟子を増やさないって話し合ったばかりですもんね。それにまあ、この小ささじゃお世話だって簡単な話じゃないよね。でも。

「拾っちゃったものはしょうがないですね。親がいないんじゃ放っておけば野垂れ死んじゃうし。うちで引き取りましょう」

今さら捨てにいくなんて、そんな人でなしなことできないでしょ。孤児院に預けたところで、絶滅種の生き残りなんて悪い奴に売られる未来しか見えないし。だったらこの子が自分の生き方を決められるくらい成長するまで、責任もってうちで育てるのがきっと最善だ。

僕の許可が下りて、弟たちが「やったー！」と諸手を挙げる。みんなすでにこの子の虜になってたみたいだ。師匠も無表情ながら、安堵した気配を漂わせている。

「みんなで協力して育てましょう。赤ちゃんを育てるって大変なんだから、各自必ずお世話に携わること」

僕が言うと弟たちは「はーい！」と元気よく答えた。アルケウスだけは「なんで俺まで」ってブツブツ文句を言ってたけど。

「そうと決まれば、名前つけたらんとなあ」

「その前にミルクをあげたほうがいいんじゃない？」

「身体が汚れてるからお風呂だよ！」

「洋服を着せてあげないと！」

「獣人は逞しいんだから勝手に育つだろ。その辺に転がしとけ」

弟たちは早速ワイワイとお世話について話し合う。子猫獣人は自分が話題の渦中にいるなどちっともわからないといったふうに、大きな欠伸をするとチュッチュと自分の指を吸いだした。そのあまりの可愛さにみんなメロメロになったのは言うまでもなく、彼はあっという間に我が家のアイドルになったのだった。


「第二回みんなで弟の名前を考えよう会議を始めます」

「よっ待ってました！」

その夜、子猫獣人にミルクを飲ませ寝かしつけてから、僕らは居間に集まり会議を開いた。まさかの命名会議第二回だ。前回の会議を思い出しているのか、アルケウスは苦々しい顔をしている。

「はい！　トラウトフィッシュパイ！」

「はい！　ワイルドベリーパイ！」

「うん、きみたちは一旦パイから離れようね」

ストックとフェッチが早速提案するけど、僕はそれをすげなく却下した。命名のたびにこのくだりやるの面倒だな。

とりあえずプリンセスっぽい花の名前やニャンニャンヘソノゴマさんの名前を禁止すると、話し合いはたちまち暗礁に乗り上げた。ちなみに僕の提案した玉吉《たまきち》は反対多数で否決された。猫っぽくていい名前だと思ったのに、玉吉。

「ナッツタルト！」

「カスタードプディング！」

「ちょっと変化球で来ても駄目。っていうか食べ物の名前禁止ね」

「ロビンは？　最近森で巣を作ってるのをよく見るんだ」

「カッコいい名前だけど猫獣人に鳥の名前をつけるのは……」

「ウキウキオヤシラズイタタはどうや？　竜人の里に伝わる英雄の名前や」

「竜人族のネーミングセンス本当どうなってんの⁉」

みんな次々に案を出すけどいつまで経っても決まらない。ちなみに僕の入魂の提案、三毛彦《みけひこ》も否決された。いい名前だと思ったけど、よく考えたらあの子は三毛じゃないから仕方ないか。

喧々囂々と話し合うがまったく決まらない。ちなみにアルケウスは「くだらね」と欠伸をしてそっぽを向いている。

埒が明かなくなってきたころ、みんなの視線が師匠に向けられた。第一回命名会議では素晴らしい提案をして採用された師匠に期待が集まる。

「師匠、何かいい案はありませんか？」

突然話を振られて悩まし気に眉根を寄せた師匠は、熟考ののちに口を開いた。

「……ポントスミルス……」

「おお！　それってどんな意味があるんですか⁉」

「……あの子の正式な種類名だ……獣人類ネコ科マカイロドゥス亜科メタイルルス族ポントスミルス種という……」

「それって僕にホモサピエンスって名づけるようなもんですよね」

どうやら今回の師匠はあまりあてにならないみたいだ。ところが。

「ナハハ！　ええな、それ！　『ポン！　とスミるす』って感じでなんかおもろいわ。あのチビに合ってるんとちゃう？」

ドゥガーリンがよくわからないおもしろさを見出して主張してきた。ドゥガーリンって擬音好きだよね。というか『スミるす』って何？

「でもそのままじゃまるっきり種類名だよ。ちょっとアレンジするとか」

「ポント！」

「ポンス！」

どうやらポントスミルスをベースにするのは確定みたいだ。だからといってポントもポンスも安直すぎな気がするけど。

すると、ずっとそっぽを向いていたアルケウスがボソッと独り言のようにつぶやいた。

「スミス・リゥポント」

「え？」

「ポントスミルスのアナグラムだ。ポントとかポンスよりマシだろ。てめえらセンスなさすぎて聞いてられねえんだよ、殺すぞ」

まさかのアルケウスからの発案、しかもかなりカッコいい。なんかイケメン貴族みたいな名前だ。

「それいいね、カッコいい！」

僕が称賛すると弟たちからも次々と賛成の声が上がった。

「ええやん！　アルケウス、お前しゃれとんな！」

「ぼくもいいと思うな。きっと成長してからも似合いそう」

「リゥポント、ポンちゃんって呼ぼう！」

「大人になったらリゥポント、赤ちゃんのときはポンちゃん！」

改めて、とてもいい名前だ。リゥポントはカッコいいし、ポンちゃんって愛称も可愛い。

「……では、決定だな……」

師匠もどことなく満足そうにつぶやき、居間からは拍手が沸いた。するとスライムたちが数匹、慌てた様子で部屋へと入ってくる。二階で眠っているポンちゃんを見守ってくれていた子たちだ。

「ん？　ポンちゃん起きちゃったのかな？　今行くよ」

スライムの言葉ははっきりとはわからないけど、伝えたいことはフィーリングでなんとなくわかる。僕は二階へ駆けつけると、ベッドの上でフニャフニャ泣いているポンちゃんを抱いて居間へと戻った。

「お、主役が来たで」

「夜泣きかな？　よしよし」

「ポンちゃーん、ベロベロバア！」

「ポンちゃーん、いないいないバア！」

「うるせえな、赤ん坊はすぐ泣きやがる」

オムツも濡れていないし、怖い夢でも見たのかな。僕はなかなか泣きやまないポンちゃんを胸に抱き、ちっちゃな鼻に自分の鼻をくっつけて微笑む。

「おめでとう、きみの名前が決まったよ。スミス・リゥポント。素敵な名前でしょう？　六番目のお兄ちゃん、アルケウスが考えてくれたんだよ。きみは幸せ者だね。この城にいるみんながきみを愛してる」

くっつけた鼻がくすぐったかったのか、ポンちゃんは泣くのをやめるとキョトンとしてこちらを見ていた。宝石のように綺麗で丸い目が可愛くてたまらず頬を摺り寄せれば、たちまちご機嫌になってニッコリ笑った。

「可愛いね、きみは。大好きだよ」

ポンちゃんは懐かしい匂いがする。まだこの世界に染まりきっていない新鮮な命の香り、それからミルクの匂い。この匂いって人の庇護欲とか愛おしい気持ちを目覚めさせる気がする。なんていうか……母性本能が目覚める香り？　僕、母親でもなければ女性でもないけど。

すると、師匠と弟たちがジッとこちらを見ていることに気がついた。みんなもポンちゃんを抱っこしたいのに独り占めしちゃったかなと思い、ハッとする。ところが。

「おい、そいつばっか可愛がってるんじゃねえよ」

椅子から立ち上がったアルケウスが僕の肩を引き寄せる。と同時に後ろにいたドゥガーリンがいきなり僕の身体にガバッと抱きついた。

「なんや、尊いなあ。兄やん、女神様みたいや。ワイもちょお仲間に入れてほしいわ」

「へ？　何？　女神？」

ドゥガーリンが何を言ってるのか理解できず目をしばたたかせていると、今度はストックとフェッチが纏わりつくようにお腹に抱きついてきた。

「兄ちゃん、オレも抱っこして」

「オレにも大好きって言って」

「ん？　んん？」

なんだなんだ？　なぜだかみんな甘えんぼモードに入ってる？　ポンちゃんを見て赤ちゃん返りしちゃったのかな。って、そんな歳でもないと思うんだけど。

エルダールもいつの間にか隣から僕の服の裾を掴んでいる。ジッと見つめてくる瞳はほかの弟たちと同じく甘えた色を浮かべていた。

一斉にみんな寄ってきたからか、ポンちゃんの機嫌がまた斜めになっていく。フニャフニャと泣き始めたポンちゃんを抱っこで揺らしながら、僕は弟たちの腕の中から抜け出した。

「あ、オムツ濡れてる。お腹も空いたのかも。みんな、手分けしてオムツとミルクの用意してくれる？　それからブラッシングしてあげると機嫌が直るからブラシも」

そう指示すると弟たちは素直にそれぞれの用意に向かった。アルケウスも不満そうに唇を尖らせながらも、ブラシを取りにいってくれる。居間から弟たちがいなくなって、僕はちょっとホッとした。さっきのいったいなんだったの？

するとと奥の席に座っていた師匠がゆらりと立ち上がってこちらへやってきた。泣いているポンちゃんを受け取り、ゆらゆらと腕の中であやす。

「……リゥポントを抱くピッケは美しいな……」

「へっ？」

突然突拍子もない褒められ方をして、耳を疑ってしまう。う、美しい？　誰が？

目をまん丸くしていると、師匠はポンちゃんを抱きながら指先で軽く僕の髪を撫でた。

「……弟たちの気持ちも理解できる……私も見入ってしまった……」

「ほへっ!?」

さらにとんでもないことを言われ、素っ頓狂な声が出てしまった。いったいどういうことなのか。理解できないのに、顔と頭がどんどん熱くなっていく。

「かっ、かっかっかっからかわないでください……！　こ、この城で僕だけ平凡な顔してるって自覚ぐらいあるんですからね！　てか超美形の師匠がそんなこと言ったら嫌味になっちゃいますって」

「からかってなどいない……それに私はピッケを平凡などと思ったことは、一度もない……。出会ったときからピッケは……ずっと私の特別だ……」

「え……あ、あ……え、えっと……」

熱い。頭が熱くて沸騰しそうだ。僕、今世でも前世でも誰かに『特別』なんて言われたことないよ。大好きな師匠にそんなこと言われて、眩暈がしそうなほど嬉しくて照れくさくなる。心臓がものすごくドキドキしていて、師匠の目が見られないや。

どうしていいかわからず赤い顔をしたままソワソワしていると、バタバタという足音と共に弟たちが居間に戻ってきた。

「オムツ持ってきた！」

「お尻拭きも！」

「ミルク作ってきたよ」

「ん？　兄やん顔真っ赤やで。どないしたん？」

「おい、ブラシ……なんだてめえその顔は」

顔の赤さを指摘された僕は、焦ってぎこちなく笑いながら「なんでもない！　今日ちょっと暑いね！」と誤魔化す。外は寒風吹き荒ぶ冷え込みなのに。

「さ、早くポンちゃんを寝かしつけなくちゃ」

弟たちの怪訝そうな視線に気づかないふりをしながら、僕はテキパキとポンちゃんのオムツを替え、ミルクをあげブラッシングをした。


こうして僕たちの暮らしに、新たにちっちゃい仲間が加わった。

もう増えない予定の弟子だったけど、ポンちゃんが加わったことに文句を言う人なんてひとりもいない。だってポンちゃんてばすっ……ごく可愛いんだもの！

赤ちゃんで子猫みたいなポンちゃんは、我が家の人気者だ。誰もが率先してお世話をしたがるし四六時中構いたがっている。

「ほーれ高い高いやで～。わはは、そうか嬉しいか」

「ドゥガーリン、飛んだら危ないよ。それにオムツ替えなくっちゃ。ほら、ポンちゃんおいで」

「ポンちゃんボール投げしよ！」

「ボールの投げ方教えたげる！」

朝食が済むなりポンちゃんの取り合いである。アルケウスだけはそっぽを向いて興味なさそうな顔してるけど、誰も見ていないときはポンちゃんのお腹や尻尾を撫でていることを僕は知ってるよ。

「はいはい。みんなポンちゃんのお世話もいいけど自分のお部屋の掃除もしてね。それが終わったら今日は森へ薪用の木を伐りに行くよ」

僕が魔法で食器を片づけながら言うと、名残惜しそうにしながらもみんな部屋へと戻っていった。

僕は、みんな行ってしまってキョトンとしているポンちゃんをおんぶ紐で背負う。

「ポンちゃんはしばらくおんぶだよ。遊ぶのはちょっと待ってね」

二階へ上がるとまずは自分の部屋の掃除にとりかかる。手をパン！　と打てば、箒と雑巾がピョコンと目を覚ました。

「♪　朝が始まった。僕の寝床は今日も綺麗さ。ご機嫌な箒と雑巾のおかげでね」

詠唱に合わせ掃除道具が踊りだすと、背中のポンちゃんが楽しそうにニャアニャアと声を上げた。

「ポンちゃんも家事魔法好き？　一緒に踊りたくなっちゃうよね」

箒たちと一緒に僕もクルクル回ると、背負われているポンちゃんも大はしゃぎだ。なんだか僕まで楽しくなって、魔法にも興が乗ってしまう。

「よーし、この調子で廊下の掃除も始めちゃおう」

クルクルと廊下に踊り出れば、城中の掃除道具も目を覚まして踊りだす。僕はリズミカルにパン、パン、パンと手を打つと大きな声で呪文を唱えた。

「♪　おはよう、みんな。掃除の時間だよ。素敵なダンスを見せておくれ。一等賞には僕の子猫が拍手を贈るよ」

廊下も厨房も食堂も居間も玄関も、次々に箒と雑巾たちが綺麗にしていく。あまりの賑やかさに弟たちも部屋からひょっこり顔を出して、「なんや、兄やんの魔法絶好調やな」と感心していた。

……ところが。

「ニャ……ニャ、ニャ……」

「ん？」

さっきまではしゃいでいたポンちゃんは急におとなしくなったかと思うと、か細く小刻みに鳴きだした。直後、カカカッと硬いものを打ち鳴らすような音が聞こえる。

「何これ、ポンちゃんの歯の音？」

異常を感じ取り、背中側を見た瞬間だった。

「ウニャッ‼」

僕の肩に爪を立てたポンちゃんが、飛び出さん勢いで前方の箒に向かって吠えた。その雄叫びは氷点下の波動となり、狙った箒を氷漬けにする。

「ま……魔法⁉」

「氷結魔法だ！」

「氷結魔法のブレスだ！」

廊下から見ていた弟たちの驚愕の声が聞こえる。そういえばサーベルタイガーは元素魔法が使えるって師匠が言ってたな。でもこんな赤ちゃんのうちから使えるとは思わなかった、すごいなポンちゃんは。

なんてことを思いながら、僕は前のめりに倒れた。背中から肩越しに発せられた氷のブレスに当然僕も被弾し、肩から首筋、顔の半分を氷漬けにされてしまったのだ。つべたい。

「兄やーん！」

ドゥガーリンの叫ぶ声が聞こえる。それからほかの弟たちの声も。

「このクソ猫、何してんだ！　殺すぞ！」

「ふみゃぁあああ！」

背中から誰かがポンちゃんを掴み出した感触がした。多分アルケウスだ。

「ポンちゃんを叱らないで～……」

震える声で言うも、僕は身体の熱がみるみる奪われていくのを感じながら意識を遠のかせていった。

「……獣人は幼体のうちは動物の本能が強い。おそらく動き回る箒を見て狩猟本能を刺激されたのだろう……ピッケが聞いた『カカカッ』という音も、クラッキングといって獲物を見て興奮しているときの行為だ……」

「はあ。つまりポンちゃんには、あまりチョコマカするものを見せないほうがいいってことですね」

あのあとすぐに師匠とエルダールに治療してもらった僕は、居間のソファーで横になりながらそんな説明を聞いた。は～狩猟本能ね～。僕、猫とか飼ったことないから知らなかったよ。

「サーベルタイガーってこんな小さなうちから魔法が使えるんですね」

そう尋ねたエルダールに、師匠は静かに頷く。

「個体にもよるが……。サーベルタイガーは獲物を氷漬けにして捕らえる……リゥポントは狩猟の能力に長けているのだろう……」

「ポンちゃんつえー」

「ポンちゃんかっけー」

サーベルタイガーの獣人の中でも、ポンちゃんはなかなか優秀な個体のようだ。しかしストックとフェッチに褒められても、ポンちゃんは師匠の腕の中でシュンとしている。

「なんや、いっちょ前に落ち込んどるんか？　アルケウスにしこたま怒られてたしなあ」

「けっ。魔法の躾ができるまで、そのガキどっか閉じ込めときやがれ。もし俺に向かって吠えたら殺すからな」

アルケウスは相手が赤ちゃんでも容赦ないな。でもきっと僕のことを心配してくれたからだよね。さっき僕が倒れたとき、一番に駆けつけてくれたのも彼だったし。

けどポンちゃんは悪くないから、もう怒らないであげてほしいな。

「ん」

身体を起こした僕はポンちゃんを受け取ろうと両手を伸ばす。何か勘違いした師匠が「ん」と片腕を伸ばしてハグしてきたけど、僕が「違います。ポンちゃんください」と言うと、ちょっと頬を赤らめてポンちゃんを手渡した。

「うみゅ……」

赤ちゃんなりに自分が失敗してしまったことがわかっているのだろう。小さな耳をペシャンとさせて、悲しそうな顔をしている。

僕はそんなポンちゃんの頭を撫でると、ギュッと胸に抱きしめた。

「落ち込まなくていいんだよ、ポンちゃん。失敗は誰にでもあるからね。ポンちゃんは狩りが上手だね、きっとお父さんとお母さんが教えてくれたんだろうね。今度はお庭で箒を動かしてあげるから、またポンちゃんの上手な狩りを見せてほしいな」

そう言って小さな背中を宥めるように叩いてあげる。ポンちゃんは僕の服をギュッと掴み、首を伸ばしてさっき凍らせてしまった顔の片側を舐めてきた。

「心配してくれてるの？　どうもありがとう」

ザリザリの舌で舐められるのはちょっと痛くてくすぐったい。それでもポンちゃんのいじらしい思いが愛おしくて、僕はとろけるような笑みを浮かべてしまう。

「ふふふ、優しいねポンちゃんは」

すると、くっついている僕とポンちゃんを師匠がまとめてギュッと抱きしめてきた。

「え、なんです？」

「……私も交ざりたくなった……」

師匠の淋しんぼって唐突に発動するよなと思いつつ、ポンちゃんにペロペロしてほしくなる気持ちも理解できる。誰だってこんな可愛い子猫ちゃんに舐めてもらいたいって。

「ほら、ポンちゃん。師匠のお顔もペロペロしてあげて？」

そう言って促してみたけれど、ポンちゃんは前足を突っ張って師匠の顔をグイグイと遠ざけた。

「……いや、別にリゥポントに舐められたかったわけでは……」

師匠がゴニョゴニョ言っていると、さらに僕たち三人にドゥガーリンが抱きついてきた。

「ええなあ！　ワイも入れてーな！」

それを見たエルダールとストックとフェッチも、おしくらまんじゅうのようにくっついてくる。

「ぼくも仲間に入れて」

「オレも兄ちゃんにギューされたい！」

「オレはポンちゃんにギューしたい！」

うちの弟たち、甘えん坊でなんて可愛いんだろう。もとはみんな他人でひとりぼっちだったのに、こんなに仲のいい家族になったんだなあとしみじみ幸せを感じる。

「アルケウスもおいでよ」

離れたところにポツンといる六男に手招きをすると、ツンデレな彼はプイっとそっぽを向きながらも僕の隣にやってきた。

「みゃぁあう」

みんなにもみくちゃにされて、ポンちゃんが嬉しそうな声を出す。

こうして冬のとある日に加わった小さな猫ちゃんは、この城の末っ子で七番弟子になり、みんなをちょっとだけ赤ちゃん返りさせたのだった。

第八章　僕の家族

この世界にはさまざまな種族が存在している。エルフ、妖精、獣人、ドワーフ、竜人、魔物等々……。しかし世界の七割以上を占めるのは人間だ。昔はもっと均等な割合だったらしいけど、他種族に比べて人間の繁殖力が圧倒的だったことでバランスが崩れたんだってさ。ちなみに妖精と魔物の正確な数は不明。基本的に妖精は妖精界に、魔物は魔界に住んでいるからね。

そんなわけで、今や人間以外の種族はまあまあ珍しい。ましてやエルフは今では希少種だし、竜人に至ってはレアだ。ホムンクルスなんて世界にふたりといるかわからないし、サーベルタイガーは獣人の中でも絶滅したとされている。

つまり、我が家はとんでもなくレアリティの高い種族が揃いに揃ってるってワケ。僕以外。

あ、師匠は例外ね。もとは人間で今は半魔なんて、どの種族に属するかわからないし。そもそもそんなケース、この世で師匠ひとりしかいないと思うし。

僕の願いは家族揃ってひっそり平穏に暮らすこと。けど個性派揃いの我が家にとって、これがなかなか難しかったりするのだ。

「いらっしゃいませー、便利な魔道具はいかがですかー」

「今なら安うしとくで！　そこのおっちゃん、どないや！」

「食料品と薬もありますよ。見ていってください」

「ジャムと塩漬け肉と魚のオイル漬けがあるよ！」

「病気に効くハーブのお茶もあるよ！」

「にゃー」

今日も今日とて僕らは街かどで手作りのアレコレを売って生活費を稼ぐ。

普段は二、三人で売りにくることが多いんだけど、今日は品物が多いので兄弟勢ぞろいだ。

「煙の絶えない虫除け香炉？　へー珍しいものを売ってるね」

「あら、お肉もお魚も安いじゃない。買っていこうかしら」

「あたしはハーブのお茶をいただこうかね。あとそっちのジャムも」

少し大きな街だからか、売り上げはなかなか好調だ。僕の背中からポンちゃんが顔を出して鳴くと「あら可愛い」と足を止めるお客さんもいて、看板猫の効果を発揮している。

アルケウスは売り子をしたくないとのことで、代わりに憲兵が来ないようにガードしてくれている。建物の屋根の上から見張って、こちらに憲兵が来そうになると気を逸らす魔法をかけているんだ。おかげで以前のように途中で逃げ帰る事態にならなくて助かるよ。

「お、今週もいたいた。ランプ用の魔石はあるかい？　お前さんとこのが一番長持ちするんだ」

憲兵に追い返されなくなったことで毎週同じ街で商売できるようになり、こんなふうに常連さんもできてきた。ドワーフの炭鉱夫さんはいつもありったけの魔石を買っていってくれる。

「毎度ありがとうございます！」

「にゃー」

袋に詰めた魔石を渡すと、ポンちゃんも僕と一緒に声を合わせた。『ありがとうございます』って言ってるつもりかな？

「ははは、『にゃー』だってよ。いっちょ前に店番のつもりか？　ああ、釣りはいらねえよ。赤ん坊に菓子でも買ってやんな」

ドワーフのおじさんはそう笑って料金より多めの銅貨を僕の手に握らせた。温かい心遣いに僕は笑顔で深々と頭を下げる。

「どうもありがとうございます！　ポンちゃんも喜びます！」

するとおじさんの横で食品を見ていた飲み屋の女将さんが、感心と少しの同情を織り交ぜたような目で頬に手を添えて言った。

「あんたたちいつも偉いわねえ。まだみんな子どもなのに、赤ん坊連れて商売して」

それを聞いて隣でハーブを物色していたお婆さんが驚いたように目を丸くする。

「あらま、大人はいないの？　そっちのおっきいのが店主さんでしょう？」

お婆さんが指さしているのは、僕らの中で一番大きいドゥガーリンだ。身長はもう百八十センチを超えているので、シルエットだけで見ると大人に間違われやすい。僕がお婆さんに訂正しようとすると、先に女将さんが口を出した。

「それがね、あのおっきい子は次男なのよお。ああ見えてまだ十四歳なんだって！　この子たちみんな兄弟で、赤ちゃん背負ってるのが一番お兄ちゃんなんだって！」

「あらあ、大所帯ねえ。あらでも赤ちゃんは獣人なのねえ」

「親のいない虎の獣人の子を引き取ったんだって。偉いわよねえ。商売して弟の面倒見て、赤ん坊の世話までしてて」

こちらが話す隙もなく、女将さんが全部説明してくれた。先週、根掘り葉掘り聞かれたからなー。同じ街に通って常連さんができてくると、こんなふうに僕らの身の上が気になる人も増えてくる。それを聞いて親切にしてくれる人が大体だけど、あまり関心を持たれるのもどうかなと悩ましい。だって僕の弟たちの正体がバレたら悪い人に狙われかねないし、それになんと言っても――

「へえ、立派ねえ。それで、親御さんは？」

「あの、ええと……ち、父は家で商品を作ってるので、売るのは僕たちが……」

――師匠について言及されることが一番困るのだ。

だって「保護者は血の繋がっていない半魔の魔法使いです」なんて絶対に言えないし。半魔ということを隠したとしても、風変わりな伝説の魔法使いというだけで関心を集めてしまうだろう。師匠が魔王だという噂が立つことを懸念している僕としては、師匠の存在はあまり話題になってほしくない。そんなわけで、保護者について言及されたときは適当な嘘をついて躱しているのだ。

十六時。街には教会の鐘が響き、夕餉の買い物をする人で大通りが賑わいだす。

僕らはすっかり空になった木箱と今日の儲けを大事に抱えて、その場をあとにした。

「今日も完売御礼や！　やっぱ大きい街はええなあ」

「常連が増えると売れるのも早くて助かるね」

木箱を抱えながら、ドゥガーリンとエルダールが満足そうに言う。

「憲兵が来ないと楽ちんだよね！」

「憲兵から逃げるのはもう懲り懲り！」

「フン、憲兵なんか魔法も使えねえ雑魚じゃねえか」

ストックとフェッチとアルケウスがそんな話をしながら歩く。ポンちゃんは僕の背中でぐっすりお昼寝中だ。

大通りの角まで来るといったん荷物を置き、僕はみんなに銅貨を二枚ずつ渡す。

「はい、今日のお駄賃。おやつを買いにいくならあまり目立たないようにね。フードが外れないように気をつけて」

銅貨を受け取った弟たちは「待ってました！」と大喜びだ。特にドゥガーリンとストックとフェッチは目をキラキラさせてすっ飛んでいく。

街へ来たときは好きなおやつをひとつ買ってもらえるのが昔からの約束。それが楽しみでみんな売り子を頑張ったのだ。

「じゃあ僕らも行こうか」

残っているのはエルダールとアルケウスだ。エルダールは僕から離れたがらないし、アルケウスも一緒にいたがるので、ふたりと手を繋いで歩き出す。ちなみに荷物は道の隅っこに置いてきたけど平気だよ。なぜなら。

「……気をつけて行ってくるように……」

そんな小さな声が聞こえて、僕の影がふたつに分かれる。ひとつはそのまま荷物の影に混じり合った。あれは師匠だ。

半魔になってから人前に出られない師匠だけど、街へ商売に行ったり買い物に行ったりするときは僕の影に隠れて必ず一緒についてきてくれるのだ。

師匠が荷物番をしてくれているので、僕ら三人は安心して屋台や食品店の並ぶ通りへ向かっていった。

「エルダール、アルケウス、何食べる？」

「ぼくはいつもの巣蜜がいいな」

「俺は牛乳がいい」

あまり人間の食べ物に興味がないエルダールは巣蜜みたいな自然な食べ物が好きみたい。アルケウスは牛乳が大好きで家でもよく飲んでいる。師匠曰く、タンパク質の摂取が人間よりもたくさん必要な身体なんだって。

ふたりのおやつを買ったあと、僕は悩んだあげくパン屋で新作と札がついていたパンを買った。

「ん、おいしい。アーモンドパウダーが練り込まれてるんだ。今度うちで作ってみよう」

じつは僕、これといった好物がないんだよね。食べることは好きだけど、自分の好みよりみんなが『おいしい』って言ってくれるほうを優先したい。だからおやつを買うときも、何か新しいメニューの参考になりそうなものを選ぶんだ。

ちなみにドゥガーリンの好物は肉で、おやつにはケバブとか串焼きをよく買ってる。ストックとフェッチはパイとかクッキーとか焼き菓子が大好き。ポンちゃんは干した魚をしゃぶるのが大好きだから、鱈のジャーキーを買っておいてあげよう。師匠は食に興味のない人だけど……とりあえず僕が作ったご飯はいつも『おいしい』って褒めてくれるよ。

おやつを食べ歩きながら荷物の場所に戻ると、先にドゥガーリンたちが帰ってきていた。それぞれ満足そうにおやつを食べている。

「ん〜、労働のあとのおやつは最高や。このために生きとんねん」

「ドゥガーリン、ほっぺにソースついてるよ」

ケバブのソースがついたドゥガーリンの顔を、エルダールがハンカチで拭いてあげる。

「アルケウス、何買ったの？」

「また牛乳？　ひと口ちょうだいよ」

「やらねーよ、殺すぞ」

ストックとフェッチとアルケウスは精神年齢が同じなせいか、なんだかんだ仲がいい。兄弟喧嘩するのもここが圧倒的に多いけど。

弟たちの仲がいいと僕も嬉しい。そんなほのぼのとした光景に目を細めていると、ふと視線を感じた。

もしかして誰かの正体がバレたかと思い、ヒヤリとしながら後ろを振り返る。けれど僕の予想に反して、こちらを見て何かを話していたのは十代くらいの頬を赤らめた女の子たちだった。

最近、街へ出るとこういうことが増えてきた。家族として毎日顔を突き合わせていると麻痺しちゃうけれど、うちの弟たちって客観的に見るとなかなかの美形揃いみたい。

ドゥガーリンは外套を着ていても高身長で逞しいのがわかるし、喋らなければすごく凛々しい。王宮の騎士の制服とか着たら、さぞかし似合うだろうなと思う。エルダールは言うまでもなく超美形だ。昔は中性的だったけど最近は男の子らしさも増して、まさに美少年って感じ。

ストックとフェッチも可愛い顔をしているしアルケウスも整った顔をしているけど、まだ幼い印象かも。やっぱり注目されているのは上のふたりかな。恋に興味津々な年頃の女の子の関心を集めているみたい。当の本人たちはちっとも気づいていないけど。

改めて弟たちの顔面の強さを感じると共に、自分の平凡さが身に沁みる。前に師匠が『綺麗だ』って褒めてくれたけど、客観的に見ればやっぱそんなことはないと思うよ。不細工ではない……だろうけど、十人並みの顔だ。人混みに紛れたらきっと見つからなくなっちゃうモブ顔。

まあ今さらそんなことで凹んだりしないけど、とか考えていたらドゥガーリンがギュッと腕に絡みついてきた。

「兄やん、何買《こ》うたん？　パン？」

「兄ちゃん、オレにもひと口！」

「ひと口ちょうだい！」

続いてワチャワチャと纏わりついてきたのはストックとフェッチだ。アルケウスがそれを「いちいちピッケにひっつくな、殺すぞ」と引き剥がそうとする。エルダールは気がつくと僕の外套をキュッと掴んでいた、

「ああ、もー。外で纏わりつかないの。小さい子じゃないんだから」

さっきの女の子たちがちょっとビックリした顔でこちらを見ている。そうだよね、カッコいいと思ってた男の子がこんなに甘えん坊で驚いちゃうよね。

なんとなく僕のほうが照れくさくなって顔を赤らめていると、なんと地面の影が足元に絡みついてきた。これ師匠だ。

「ほら、おやつ食べ終わったならみんな帰ろう。飛雄が待ってるよ」

そう声をかけるとみんなは「はーい」と素直に返事して、それぞれ木箱や荷物を持った。そして女の子たちのやけに熱い視線を背に浴びながら、街をあとにしたのだった。

「ふにゃ、ふにゃぁぁああ」

「おーよしよし、どうしたのポンちゃん」

その日の夜。みんなお風呂も済ませそろそろ寝ようかというころ、ポンちゃんがやけにグズりだした。オムツは綺麗だし、ミルクと離乳食もさっきお腹いっぱい食べたのに。どこか具合が悪いというよりは、なんだかモゾモゾとむずがっているみたいだ。

「眠いのに眠れないのかな。それとも少し暑いのかな」

ベランダにでも出てみようかなと思って廊下をウロウロしていると、お風呂から出た師匠が僕を見つけてやってきた。

「……どうかしたか……？」

「ポンちゃんが少しグズってて。ベランダで涼んでみようと思ったところです」

すると師匠は窓のほうに目を向け少し考えてから、僕の肩に手を添えた。

「……森へ……散歩に行くか……。まだ時間もそんなに遅くない……し、今夜は月が綺麗だ……」

思わぬお誘いに僕は嬉しくなってコクコクと頷いた。だってこの城に来てから夜に外へ出たことなんてちっともないんだもん。夜の森は危ないから仕方ないんだけどさ。

だから夜の散歩なんてワクワクするお誘い、行かないわけがない！

僕が自分と師匠の外套を取りに行っている間に、師匠はびしょ濡れの髪を魔法で乾かしていた。弟たちに見つかると一緒に来たがっちゃうから、こっそり静かに出ていく。夜に外に出ていいのは大人だけだからね、これは一番年上の僕の特権。

「わあ、なんか昼間とは違う匂いがする」

門を出て大きく息を吸い込むと、しっとりとした緑の香りがした。虫の声や鳥の声が聞こえて、夜の森は案外賑やかだ。木はどれも真っ黒で見分けがつかなくて怖いけど、空を見上げると枝の隙間から大きくて明るい満月が覗いていた。

「……足元に気をつけなさい……」

師匠は魔法で足元を明るく照らしてくれた。よく果実摘みに通る道が、今は全然違う道に見える。

「お日様が出てないだけで、いつもと違う場所に見えますね」

転ばないようにゆっくりとした足取りで進むと、師匠もそれに合わせて歩いてくれた。

「……古代、人は昼と夜でふたつの世界が存在すると考えていたほどだ。実際、野生生物は昼夜で生態がガラリと変わるし、妖精界や魔界と現世《うつしよ》との境目が夜は薄くなる。夜は違う世界であるというのは、あながち間違っていない……」

「そう考えるとなんだか不思議ですね。お城の中はあんまり変わらないのに、今この夜の世界には僕と師匠とポンちゃんしかいないような錯覚に陥ります」

暗闇に目が慣れてきたからか、森の中をチラチラと小さな光が舞っているのが見える。あれは発光する植物？　虫？　それとも精霊だろうか。幻想的な光景がますます世界を隔て、僕らしかいないように感じさせる。

ちょっぴり怖くなってきた僕は隣の師匠にそっと身を寄せた。察してくれたのか師匠は僕の肩に手を回し、抱き寄せてくれる。

「……大きくなったな……」

「え？」

師匠はこちらに視線を向け、しみじみとした口調で言った。

「……初めて会ったころはピッケが小さすぎて、肩に手が回せなかった……」

そういえば、師匠は背が高いから昔は視線を合わせるのも大変だったことを思いだす。あのころはよく、師匠は屈んで目線を合わせて話をしてくれてたっけ。師匠の身長は百九十二センチもあるから、僕がまだ小さかったころは七十センチも差があったんだ。

でも今はそれが二十七センチ差にまで縮まった。もう屈まなくても視線は合わせられるし、歩きながら肩も抱き寄せられる。少しずつ大人になって、師匠に近くなっていってる気がして嬉しい。

「師匠のおかげです。師匠が僕をここまで育ててくれたんですよ。ありがとうございます」

しみじみとした気持ちになり感謝を告げれば、師匠は「……ん」と言ったまま黙ってしまった。

その直後、グスグスと鼻をすする音が聞こえて僕はビックリして彼を振り返る。

「えっ泣いてるんですか？　な、なんで？」

「……ピッケが立派に成長して……感動している……。あのとき……あの冬の日……きみを買って本当によかった……」

師匠ってじつは涙もろいのかな。でも僕も弟の成長に感動することがよくあるから、気持ちはわかるよ。それに僕も、あの日師匠と出会えたことを心からよかったって思うから。

「師匠、僕を買ってくれてありがとうございます。僕ね、師匠のことが一番大好き。今までも、きっとこの先もずっと」

ついこの前まで恋人が欲しいなんて思ってたけど、多分恋人ができても結婚をしても僕は師匠のことが一番好きだと思う。心から尊敬できて、手がかかるところも放っておけなくて、この世界でただひとり僕が心から甘えることのできる人だもの。

師匠は僕から顔を背けると、一生懸命手で涙を拭っているみたいだった。泣き虫だなあ。

……やっぱりこんな優しい人が魔王になるなんて思えない。半魔になっても師匠は師匠だ。勇者に討伐される未来なんてあり得ないと、改めて強く思う。

僕がそんなことを考えていると、抱っこしていたポンちゃんが腕の中でモゾモゾとし始めた。

「どうしたの、ポンちゃん」

「ふみぃ、にぃ」

外に出てからはおとなしくなっていたのに、ポンちゃんはしきりに鳴いて僕の顔に手を伸ばしてくる。

「にぃ、に」

「ん？　お顔を触りたいの？　いいよ」

小さなお手手を僕のほっぺにくっつけてあげると、ポンちゃんはさらに「に、にぃい、にぃ」と繰り返し鳴いた。別にグズってるわけではないみたいだけど、随分お喋りだ。何か伝えたいのかな？

すると涙を拭って目もとを赤くした師匠が、ポンちゃんの様子を見てボソリと言った。

「……呼んでいるのではないのか……？」

「え？　何を？」

「……ピッケを。『にぃ』とは『にいちゃん』の『にぃ』ではないか……？」

「……えっ⁉　えぇえっ‼」

夜の森に僕の大声が木霊《こだま》する。驚いた梟かミミズクが、枝から逃げ去っていくほどの大声だった。

「ポンちゃん僕を呼んだの⁉　『にぃ』って僕のこと⁉」

自分を指さして尋ねると、ポンちゃんは嬉しそうに目を細めて「にぃ、にぃ」と繰り返した。

「わ……わわわわわわっ……！　やったー!!　ポンちゃんが喋った！　僕を『にぃ』って呼んでくれたー！　ばんざーい！」

嬉しすぎる！　ポンちゃんの記念すべき最初の言葉が『にぃ』だなんて！　こんな嬉しいことある!?

僕はポンちゃんを高く抱き上げるとつま先立ちでクルクルと回った。視界にはキャッキャと喜ぶポンちゃんの笑顔と、木々の隙間から覗く満天の星が見える。

「そっか、言葉が出そうで出なかったからもどかしくてグズってたんだね。わかってあげられなくてごめんね。でもよかった、上手に『にぃ』って言えたね。すごいね、頑張ったねポンちゃん」

ただでさえ可愛いポンちゃんが、今夜はいっそう可愛く目に映る。ぎゅうっと胸に抱きしめるとポンちゃんは「にぃ、にぃ」と僕を呼んできたので、そのたびに「はーい、にぃだよ」と返事してあげた。

「獣人って言葉を話すのが早いんですね。二足歩行のほうが先かと思ってました。それともポンちゃんが特別……って、あれ？　師匠、また泣いてます？」

振り返ると師匠は目頭を押さえ俯いていた。なんで？

「……い、一般的には生後十か月から一年半で二足歩行に移行する幼体が多く、言語の習得は生後一年から二年のうちに始まると言われている。リウポントは生後十一か月と私は見立てているが、知能が高く聴覚の情報処理が優れているのだろう……」

「そうなんですか。で、なんで泣いてるんです？」

「……ピッケとリゥポントが尊くて……」

「泣くほど？」

今まで気づかなかっただけで、もしかしたら師匠って僕たちの成長を目の当たりにして結構涙ぐんでたのかな。それとも今夜はとっても月が綺麗だから、心が感動しやすくなってるのかな。

どちらにしても僕はそんな感激屋の師匠のことが好きだし、ちょっと可愛いって思うよ。

「ふふ。次は師匠のこと呼んでくれるといいですね。ほら、ポンちゃん。師匠だよ、しーしょーう」

「ふみゃ」

ポンちゃんを抱き上げて師匠の顔の前に差し出してみたけど、ポンちゃんは前足を突っ張ると「やめて」と言わんばかりに顔を背けてしまった。

「……私は呼ばれなくてもいい……ピッケとリゥポントとほかの弟たちが幸せならそれで……」

「何拗ねたこと言ってるんですか。大丈夫、次に呼ばれるのは師匠ですよ。多分」

大きな満月の下を、僕らは肩を並べて帰る。それは幸せすぎて、ちょっと泣きたくなるような春の夜のこと。

翌朝、ポンちゃんが初めて喋ったことは我が家の大ニュースとなり、次に誰が呼んでもらえるか弟たちが競い合っていたのは言うまでもない。


そんなふうに平和で賑やかな毎日を送っていたある日。

初夏の長雨で土砂崩れが起き、麓の村と街道を繋ぐ山道が塞がってしまうという災害が起きた。

ぶっちゃけ、僕らは街へは飛雄に乗っていくので道が塞がっても困りはしない。けれど村の人々にとっては一大事だし、お世話になってる人たちが困っているのを知らんぷりするわけにはいかない。

「というわけで、土砂崩れで塞がった道を復旧するお手伝いをしまーす！」

「おー！」

僕たちはいつものように外套を纏いシャベルやバケツを持つと、すっかり泥と岩で埋まってしまっている道へと兄弟全員で駆けつけた。

「こんにちは！　僕たちもお手伝いしますね！」

「ん？　あんたら森の城の……」

現場にはすでに村の大人たちが集っていて、せっせと土砂を掻き出していた。力仕事は大人の男の人ばかりで、僕らみたいな子どもはほとんどいない。

「ガキの遊びじゃねえんだ。危ねえからどいてな」

そう言ってくれたのはサカマさんだ。口は悪いけど僕らを心配してくれているのが伝わる。

「大丈夫です。僕らこう見えて力持ちですから」

僕は微笑んで答えると、こっそりシャベルに魔法をかけた。こうすればわずかな力でもモリモリ土が掘れるはずだ。

「おっちゃん、ワイがいっつも五ガロン缶抱えて帰っとんの知っとるやろ。こんなん朝飯前やって、まかしとき！」

力仕事が大得意なドゥガーリンは、大人が三人がかりで退かそうとしていた大岩を軽々と持ち上げる。おおっという歓声が沸き、ドゥガーリンは次々と大小さまざまな岩を運んでいった。

ストックとフェッチはシャベルで山盛りの土砂を台車に載せていく。小柄な身体に似合わず力持ちに見えるけど、じつはこっそり土魔法を使っていて、土砂は勝手にシャベルや台車に移動していってるんだ。

アルケウスは隅っこに座り込んでサボっているように見えるけど、新たな土砂崩れが起きないように結界を張ってくれている。

本当はストックとフェッチとアルケウスの魔法があれば土砂崩れも簡単に片付くんだけど、さすがにそんな派手な魔法は人前で使えない。あまり目立ったことをすると悪い憶測を呼びかねないからね。特にアルケウスは家畜を食べちゃった前科があるので、村人の前で魔法は使わないほうがいい。

そしてもちろん僕とエルダールも目立つような真似はせず、魔法のかかっているシャベルで黙々と道の土砂を取り除いていた。

「ふう、すごい土砂の量だね。なかなか減らないや」

「そうだね。思ったより手強い——わっ！」

足元の土を掬っていた僕は、ぬかるんでいる場所に足を取られ尻もちをつきそうになった。けれど腰をしたたかに打ちつけそうになる直前、影がクッションになって僕の身体を支えてくれた。

「……気をつけなさい……」

「ありがとうございます、師匠」

僕は影の中に隠れている師匠にこっそりお礼を言った。人前に出られない彼は今日も影の中から見守ってくれている。ちなみにポンちゃんも今日は師匠と一緒に影の中だ。さすがに背負いながら作業はできないからね。

土砂は道を完全に塞いでいたけれど、みんなが力を合わせたおかげで日没までに開通させることができた。汗と泥まみれの顔を手で拭い、ホッと安堵の息をつく。

「よかった。これで村の人たちが街道に出られそうだね」

「崩れた斜面に柵も作っといたから、安心やろ」

そう言って笑うドゥガーリンの顔も汗びっしょりだ。ドゥガーリンは一番働いてたし暑がりなのに、外套を脱ぐことも腕まくりをすることもできなくて大変だったと思う。

「お疲れ様、いっぱい頑張ってくれたね」

タオルで汗を拭ってあげると、ドゥガーリンは口角をめいっぱい上げてニッコリ微笑んだ。身体は大きいけど無邪気な笑顔はいつまでも子どものままで可愛らしい。

「おぉ、あんちゃんたちよく働いてくれたな。おかげで作業が早く進んだよ」

最初は僕らが参加することに反対していたサカマさんが、上機嫌で水の入った皮袋を渡してくれた。ありがたくふたりでそれをいただいていると、ほかの村人たちも笑顔でやってくる。

「おっきいにいちゃん、いい働きしてたな！　頼もしかったぜ！」

「そっちの小せえにいちゃんも、細いわりに力あるじゃねえか」

「ほら、うちで作ったチーズやるよ。あっちのチビたちもよく頑張ってたからな、一緒に食いな」

村の人たちから優しい言葉をかけられ、思わず顔が綻ぶ。こうやって助け合うことで信頼ってできていくのかも、嬉しいなあ。

「どうもありがとうございました。もしまたお手伝いできるようなことがあれば、いつでも言ってください！」

ほかにも野菜や木の実をくれる人もいて、僕らは山盛りのお礼の品を抱えて帰路についたのだった。

「ああ、疲れた。もう外套脱いでええか？」

「あつーい、脱ぎたーい」

「汗びっしょりだよー」

「うん、もう脱いでも大丈夫だよ」

村から離れ森の道に入った僕らは、辺りを見回して誰もいないことを確かめてから外套を脱いだ。

竜人の角と尻尾と鱗、エルフの耳、妖精の耳、ホムンクルスの赤い目、隠していたものがみんな露わになる。

「師匠も、もう出てきて平気ですよ」

そう声をかけると影からニュルリとポンちゃんを抱いた師匠が出てきた。

「……みんな、ご苦労だった……よく頑張ったな……」

師匠は片手で順番に頭をポンポンと撫でていく。褒められてみんな嬉しそうだ。

「はよ風呂入りたいわあ、汗と土でベタベタや」

「今日はオレたちが一番に入る！」

「今日の一番風呂はオレたち！」

「ふざけんな、てめえら風呂で遊んでなかなか出てこねえんだから最後に入れ」

「お兄ちゃん、もらったお礼の中にイチジクがあったよ。珍しいね」

「本当だ。わあ、嬉しいな、何を作ろう。コンポートもいいしサンドイッチにしてもおいしいし」

「みゃうみゃう」

「……リゥポントはまだ食べられない……」

みんなでワイワイとお喋りしながら森の道を歩く。なんてことのないひとときなのに胸の奥が温かくなって、こんな時間がずっと続けばいいのにって思う。

「あれ？」

そのときふと、持っているシャベルがひとつ足りないことに気づいた。

「シャベルが一個足りないや。置いてきちゃったかも。僕、ちょっと戻って取ってきますね」

城はもう目と鼻の先だったけど仕方ない、僕は慌てて踵を返す。

「明日でええんちゃう？」

「魔法がかかったままなんだ。放っておいたらひとりでに動き出しちゃうかもしれないから。みんなは先にお城に帰ってて」

置いてきぼりのシャベルを迎えにいくべく今来た道を逆戻りすると、ドゥガーリンにポンちゃんを預けた師匠が再びニュルリと僕の影に入った。

「ひとりでは危ない……私もついていこう……」

「ありがとうございます、師匠」

日の暮れかけている道を駆けていく僕の背中に、弟たちの「先帰っとんでー」「気をつけてね」という声が聞こえた。


「あった、あった。よかった！」

僕のシャベルはさっき作業をした道の隅っこに立てかけられていた。どことなく淋しそうに背中を丸めていたシャベルを、ヨシヨシと撫でてあげる。

「ごめんね、置いていっちゃって。淋しかったよね。一緒にお城へ帰ろうね」

空はもうすっかり紫色だ。東の空は紺色に染まっていて、夜が近づいている。

さっきはたくさんの人で賑わっていた道が、今は人っ子ひとりおらず不気味なくらい静かだ。なんとなく焦燥感が募って、僕は腕にシャベルを抱えると再び森への道へ向かおうとした。そのとき。

「……気持ちが悪い……」

「おかしい……やっぱり……」

「……魔物……」

何やらいい雰囲気とは言い難い話し声が聞こえてきて、思わず足を止めて耳をそばだてた。

どうやら作業現場に人が残っていたようだ。道が曲がっているので死角になっていて気づかなかったけど、村の男性が三人ほどいるっぽい。

「昔からおかしいと思ってたんだよ、あんなとこに子どもが集まって暮らしてるなんて。いっつも気味の悪い揃いの外套なんか着て、怪しまないほうがどうかしてるぜ」

「やっぱり普通の子どもたちじゃねえよなあ。見ただろ、一番デカいやつなんて大人の三倍以上の力がありやがる。ほかの小せえガキも大人以上の腕力だ」

「ひとりサボってるガキがいただろ。おれはアイツの目が赤いのを見たぜ。ありゃあ人間じゃねえよ。獣人やドワーフでもねえ、魔物に違いねえ」

　村人の会話の内容を聞いて、僕の顔は一瞬で青ざめた。え、嘘。僕たち疑われてるの？

　魔王の噂を払拭しようと善行に励んだつもりだったのに、逆に妙な懸念を抱かれることになってしまった。僕の頭は俄かにパニックになり、心臓がバクバクといやな音を立てる。

「けど一番怪しいのはあいつらの〝師匠〟ってやつだ。いつも子どもだけ働かせてちっとも人前に出てきやしねえ」

「子どもらが言うには妙な魔法の研究をしてるって話じゃねえか。もしかしたらあの子どもら、そいつが生み出した魔物なんじゃねえのか？　おお、おっかねえ！」

「やっぱりあの城にいるのは噂通り〝シルバーソーン〟とかいう魔王か。このままじゃ村が危ねえ。王様に言って早く退治してもらわねえと」

　なんでそうなるの!?　僕らめちゃくちゃいいことしたよね!?　それなのに魔物だの魔王だのひどいや、バッドエンド回避の難易度が高すぎる！

　最悪の方向に転がっていく会話に、僕は居ても立ってもいられず彼らの前へ飛び出していった。

「ちょっと待ってください！　僕らは魔物じゃないし、師匠は魔王じゃありません！　王様に言うのはやめてください！」

突然現れた僕の姿に村人はビックリして慄いたあと、困惑と敵意を浮かべた顔でこちらを見る。

「いつからそこにいやがったんだ、まったく気味の悪いガキだぜ」

「シャ、シャベルを忘れたから取りにきただけです！　たまたまです！」

「ふん、どうだか。そうやっていつもおれらを監視してたんじゃねえのか」

「やっぱりこいつは魔物だ！　捕まえて王宮へ突き出してやる！」

いたいけな子どもを本気で捕らえようとしている村人を見て僕は思い出したのだ。そういえばこの世界の大人ってなかなかクズだったなって。最近師匠の優しさにばかりふれてたから、ちょっと忘れてたよ。

「なんだよバカ！　ろくでなし！　僕らみんないい子にしてたのに！　憎まれる筋合いないぞ！」

捕まえてこようとする三人の手を躱しながらブンブンとシャベルを振り回す。それでも本気であてちゃいけないって手加減してしまう僕は、我ながら常識人だななんて心の隅で思う。けれど。

「うわっ」

残った土砂の泥で足を滑らせた僕は、その場に転んでしまった。そんなチャンスをやつらが見逃すはずもなく、三人の手が一斉に襲いかかってきた。――そのとき。

「うわっ!?」

「な、なんだ!?」

「か、影が……」

三人の身体が足元から伸びる影に捕らえられた。その影はだんだんと荊の蔦に変わり、ギチギチと村人の身体を締め上げる。

「……汚い手でピッケに触るな」

恐怖で慄いている村人の前にニュルリと姿を現したのは師匠だ。影から出てきた高身長の半魔を見て、村人らは目玉が零れ落ちそうなほど目を見開き青ざめている。

「し、師匠！　マズいですって！」

魔王ムーヴ全開の師匠を慌てて止めようとするけど、彼の瞳は厳しく村人らを見据えたままだ。

ガクガクと震えていた村人だったけど、やがて顔を引きつらせながら嘲る笑みを浮かべ、師匠を指さして大声を上げた。

「み、見ろ！　やっぱり魔王じゃないか！　魔王もガキも全員城に突き出してやる！　おおい！誰か来てくれ！」

ひとりがそう言うと残りのふたりもそれに倣い、「おーい！　助けてくれー！」「魔王だ！　魔王が出たぞー！」と叫び出した。これはマズいって！　ほかの村人にまで見られたらもう誤魔化しようがない、一巻の終わりだあ！

「師匠、逃げましょう！」

焦った僕が師匠の袖を引いた瞬間だった。パァン！　という音がして辺りが白い煙に包まれる。

朦々と漂う煙の中に、村人を拘束していた蔦がポトリと地面に落ちたのが見えた。

「⁉　え⁉　む、村の人は⁉　消えちゃったの？　ま、まさか破裂しちゃったの⁉」

さっきまで三人がいたはずの場所には何もない。虚無だ。薄くなっていく煙が村人の残骸の粒子に見えてサーっと血の気が引く。

「ひぃぃ……」

僕が目を回しそうになっていると、師匠はちょんちょんと肩を叩いて「ん」と前方の斜め下を指さした。落ちた蔦の隙間に、小さな蛙が三匹いるのが見える。

「ん？　……もしかしてあれ、さっきの三人？」

「……そうだ……」

破裂させてしまったわけではないとわかってホッとしたものの、どちらにしろ困った状況には変わりなく僕は頭を掻いた。

「どうしましょうね。人間に戻したら僕らのこと喋っちゃうだろうし、このままじゃご家族とかも心配するだろうし」

すると師匠は蛙を前に悩んでいる僕の身体を、後ろからギュッと抱きしめてきた。

「ひとりで……危険な状況に立ち向かってはいけない……」

静かにそう告げる口調には、少しの厳しさが混じっていた。さっき僕が村人の言うことを否定するため飛び出しちゃったことを、きっと注意しているのだろう。

確かに迂闊だったし、結果的に面倒なことになってしまった。それにもし師匠がいなかったら、僕は今頃彼らに捕まってどんな目に遭っていたかわからない。

「ごめんなさい、もうしません。……でも師匠や家族に変な疑いをかけられるのはいやなんです」

僕は胸に回された腕をギュッと握った。反省する気持ちはあるけど、あのまま黙っているのが最適解だったとも思えない。どうしたらよかったのか、今の僕にはわからないや。

僕が俯いてしまうと、師匠は抱きしめる腕に力を込め、頭に顔を摺り寄せて言った。

「ピッケの気持ちは嬉しい……が、自分をもっと大切にしなさい……。きみが私や家族を侮辱されて耐えられないように、私もきみが傷つくことは耐えられない……。それに……変な疑いが広まったとしても……みんなで力を合わせればなんとかなる……私がなんとかする。ピッケを、家族を、必ず守る……から」

「……師匠……」

胸に渦巻いていた不安がシャボン玉のように丸く七色に膨らんで、パチンと弾けた。僕は抱きしめられたまま振り返って、師匠の身体を抱きしめ返す。

僕が師匠を守りたいのと同じくらい、師匠も僕を守りたいんだ。だったら一緒に手を取り合って力を合わせればいいんじゃない？　僕たちはずっとそうやって生きてきた。助け合って乗り越えるのは僕と師匠の、僕たち家族の一番得意なことだよ！

「頼りにしてますからね。僕のこと、家族のこと、守ってください。僕も師匠と弟たちのこと頑張って守りますから」

「……ん」

帰ったら緊急家族会議だ。きっとこの三人以外にも僕らが魔王の一味だって疑ってる人はいる。

どうしたら誤解が解けるか、みんなで考えなくっちゃ。

「あ」

冷静さを取り戻した僕はハッと、自分が汗と泥まみれだったことに気がついた。慌てて師匠の身体を押し離し、腕の中から抜け出す。

「わ、ごめんなさい。汗臭かったでしょ。師匠のマントにも泥がついちゃっ……」

ところが師匠は離れた僕を再び捕まえて腕の中に閉じ込める。それどころか頭に顔を押しつけ髪に鼻をうずめる始末だ。絶対臭いって！

「師匠～やめて～！　僕汚いから！　恥ずかしいよ～！」

「……汚くない。ピッケは綺麗だ……」

綺麗なワケないんだけど!?　てか鼻クンクンしてない？　えっ吸ってる？　めちゃくちゃ匂い嗅いでません!?

「ひぃぃやめてやめて！　なんですかアレですか？　師匠って臭いのつい嗅いじゃうタイプですか？　嗅がれるほうはたまったモンじゃありませんよ！　やめてー！」

コミュ障、引き篭もり、生活能力皆無に加えて、臭い匂いフェチとかさすがに引くんだけど。ちょっといやな属性盛りすぎじゃない？

僕がジタバタするからさすがに身体を離してくれたけど、師匠はしょんぼりした様子で「別に……臭いのが好きというワケでは……」とゴニョゴニョ言っていた。

ひとまず、蛙にした村人は村の草むらに放してきた。そして師匠はその辺にいた別の蛙を三匹、魔法で村人に変身させた。

「……見た目を似せることはできても、中身はあまり似ないものだ……。まあ、こいつらの記憶が消えたら自然に入れ替わるようにしておくか……」

確かに村人の姿に変えられた蛙は両目があっちこっちクルクルしてるし、舌を伸ばして虫を食べようとしてるし、行動がまんま蛙だ。けど人間の姿をしているうちに人間らしく振る舞えるようになっていくんだってさ。

逆に蛙にされた村人は人としての記憶が薄れていくんだって。……それって結構怖いことのような気もするけど、頃合いを見て戻してくれるらしいので師匠にお任せしよう。

「もとに戻るまで頑張って生き延びてくださいね。蛇に食べられないように気をつけて」

ゲコゲコ鳴く村人に背を向け、僕と師匠は帰路につく。余計な騒動があったせいですっかり遅くなっちゃったよ。みんな心配してるかもしれない。

「早く帰りましょう、師匠。もうすっかり日が暮れちゃった。晩ご飯の支度しなくっちゃ」

「……ん」

僕は師匠と手を繋ぎ小走りで森への道を駆けていく。あっという間に師匠が息をきらせてしまったので、あとはゆっくり歩いて帰った。

第九章　荊の城

村での騒動があってから僕らは家族会議を重ね、どうすれば困った誤解が解けるかを話し合った。

そこで判明したのだけど、どうやら麓の村以外でも僕らが怪しいという噂がチラホラあるらしい。付近の集落やよく商売に行く街なんかでも、この城が魔王城だとか、魔王とその弟子の子どもじゃないかって話が広がっているとか。まいったな。けれど何より驚きだったのが。

「……昔から私はよく魔王だと疑われていた……魔界を旅したあとからだ……事実無根なので気にしたことはないが……」

「はぁ⁉」

師匠が告白した衝撃の事実に僕は目を回しそうになった。魔王の噂ってそんなに年季の入ったものだったの⁉　しかも師匠が魔界から帰ってきたのって魔法使い界隈では有名な話だよね？　ってことはその噂、相当広く流れてるってことじゃないの？

唖然としている僕に、アルケウスが追い打ちをかける。

「なんだよ、お前知らなかったのか？　どうりで、なんで今さらソーンの評判なんて気にしてジタバタしてるのかと思ったぜ。魔法使いの半分くらいはソーンが魔王だと信じてるんじゃねーの」

「はっ半分っ⁉」

……なんかもう自分が間抜けすぎて虚しくなってきたよ。必死に麓の村でイメージアップキャンペーンをやってきたのはいったいなんだったのか。

白目を剥いて立ち尽くしている僕を、弟たちが気の毒そうな目で見ている。

「師匠もアルケウスも、そういうことはもっと早く言ったほうがいいと思うよ……」

おとなしいエルダールもさすがにツッコまずにはいられなかったようだ。むしろ一番常識人な彼だからこそ、僕の空回りに一番同情してくれてると思う。

僕は頭を抱えてしまったけど、気を取り直してみんなに向かって言った。

「コホン。とにかく、そんなに噂が広がっているならなおさらだ。もっと師匠と僕らのイメージをよくして、大勢の人に無害だって知ってもらわなくちゃ」

「師匠のこと、下手に隠すからあかんのちゃう？　もっと人前にバーン出して『魔王やないで～』ってアピールしたほうがええやろ」

手を挙げて発言したドゥガーリンの意見に、ストックとフェッチが揃って首を傾げながらつぶやく。

「角と尻尾があるのに？」

「見た目がまんま魔王っぽいのに？」

「問題はそこや」

全員揃って考えあぐねてしまう。今さらながら本当に師匠の粗忽さが憎いよ。半魔じゃなければ事態はまだだいぶマシだっただろうに。

「うーん……師匠のイメージだと僕らと同じように外套で隠すと余計に怪しくなっちゃうんだよなあ。っていうか、師匠の角大きすぎてフードの中に納まらないし」

するとと何かを思いついたエルダールがハッとした様子で手を挙げた。

「可愛くしてみたらどうかな？　毛糸の角カバーとかつけて」

師匠はビックリしたように「え」とつぶやいたけど、それはなかなかいいアイディアだと思い僕も賛同する。

「アリかも！　愛嬌があれば怖いイメージって覆せるもんね。尻尾カバーもつけてみよう」

「なら服も可愛いほうがいいよ！」

「アップリケとかつけてうんと可愛いのがいいよ！」

ストックとフェッチも僕らの意見に乗ってきてくれる。……ちょっと悪戯っぽい顔をしてるのが気になるけど。

「……可愛い恰好……？　したことないが……」

「大丈夫、きっと似合います！　僕に任せて！」

珍しく師匠はたじろいでいたけど、やってみるだけの価値はある。

僕は早速、魔法で角カバーと尻尾カバーを編むことにした。淡い虹色のフワフワなやつに、毛糸のポンポンもつけてみる。エルダールとストックとフェッチも協力してくれて、師匠の黒いマントにアップリケとレースを縫いつけてくれた。ドゥガーリンは「……ワイは人間のセンスはよおわからんから口出さんとこ」となぜか複雑そうな表情で見ている。アルケウスはひたすら苦々しい顔で僕らのすることを眺めていた。

そして二時間後。

「できたぁ！」

僕らの力作でファンシースタイルになった師匠は愛嬌たっぷりで、これなら魔王のイメージを覆せ……

「あはははははははははは！」

「あははははははははははは！」

ストックとフェッチは床を転げ回って涙が出るほど笑っている。エルダールは「あれ？　……あれ？」と何回も首を傾げている。ドゥガーリンは見ていられないとばかりに顔を覆い、アルケウスは「ばーか」とだけ言って居間から去っていってしまった。

「……なんか思ってたのと違うかも。ごめんなさい、師匠」

イメージって難しい。怖いものを可愛いもので覆えば隠せるかと思ったけど、怖いと可愛いが混じり合って混沌を生み出すだけだった。

ある意味もとの姿より化物じみてしまった師匠を見て僕は反省し、どことなく悲しそうなオーラを漂わせる彼からそっとフワフワの角カバーを外したのだった。

そんなふうになんの解決もしないまま数日が経ったある日。

僕とドゥガーリンとアルケウスは牛乳を買うため、いつものように麓の村へと向かっていた。

「めんどくせえ、なんで俺まで。馬鹿力のドゥガーリンがいりゃ充分だろ」

「文句言わないの。きみが一番牛乳飲むんだから」

「せやで。働かざる者食うべからずや」

子どもが成長すれば当然飲食物の消費も増える。今や我が家の牛乳消費量は五ガロン缶ふたつでも三日持たない状態だ。

牛乳を一番消費している自覚があるのか、アルケウスはチッと舌打ちしたもののおとなしくついてくる。そして森を抜け、村へ繋がる道へ出たときだった。

「お前たち、どこから来たんだ？」

「へ？」

突然正面に立ちはだかった人たちを見て、僕らは目を丸くする。それは王宮の制服を着た兵士だった。

「なぜ森から出てきた？　その恰好はなんだ？　ひとりは子どもか？」

「え、あの……えっと」

どうしてこんなところに王宮の兵士が？　嫌な予感がして動揺した僕は、まともな受け答えができない。どうしよう、疑われないようにしなくっちゃ。もし捕まりそうになったらドゥガーリンとアルケウスだけでも逃がさなくっちゃ。

心臓をバクバクさせる僕の前で、兵士たちは訝しげな目を向けてヒソヒソと何かを話している。

そして髭の生えた兵士が若い兵士に何やら命じ、僕らを取り囲ませた。

「怪しいな。こいつが例の魔王城の子どもじゃないのか？　揃いの外套を着ていると聞いたぞ」

うわ、やっぱり！　きっと僕らを怪しんでいた村人があの三人のほかにもいて、王宮に密告したに違いない。一番懸念していた事態になってしまった、最悪だ〜！

「おい、そのフードを取ってみろ」

取り囲んだ兵士がこちらに向かって手を伸ばしてくる。気がつくと僕は彼らに向かって思いっきり体当たりをしていた。

「ふたりとも逃げて！」

ここでドゥガーリンとアルケウスの正体がバレるのはマズい。竜人もホムンクルスも罪はないけど、そんな珍しい種族が茨の城の住人だなんて知れたら魔物扱いされかねない。そうじゃなかったとしても、珍しいからって捕まって王様に献上とかされちゃうかも。

渾身の力を込めた体当たりで隙を作ろうとした僕だけど、鍛えられている王宮の兵士がひ弱な子どもごときに怯むはずもなく、多少よろけただけで誰ひとり倒れることはなかった。むしろ僕がいらん抵抗をしたせいで、兵士たちが一斉に警戒の態勢を取る。ごめん。

「こいつら魔王城の子どもに違いない！　捕まえろ！」

髭の兵士がそう叫んだ瞬間だった。兵士たちの足元の地面がボコボコと盛り上がって小爆発し、見事に全員がひっくり返った。

「無意味なことしてんじゃねえ、馬鹿ピッケ！　逃げるぞ！」

振り返ると片手を地面につけたアルケウスの姿が。どうやら彼が土魔法を発動してくれたらしい。

「ありがとうアルケウス！」

「ほれ、走れ兄やん！」

ドゥガーリンに腕を引かれて僕らはその場から駆けだした。三人で森の道へ戻り必死に走っていると、やがて体勢を立て直した兵士たちが追ってくる。森の道なら慣れている僕らのほうに利があるけど、このまま城までついてこられたら厄介だ。

「城の場所が知られたら困る！　三手にわかれて兵士を撒こう！」

そう提案したけど、ドゥガーリンもアルケウスも僕から離れなかった。

「それはなしや。バラバラになったら、もし兄やん捕まっても助けられん」

「てめえ兵士を撒けるほど足速くねえだろ、馬鹿か」

ふたりの言うことがもっともすぎて、僕は「たはは」と悲しく笑う。

「でもこのままじゃ……」と言いかけたときだった。

「要はあいつら足止めすればええんやろ、まかせえ！」

ドゥガーリンは急停止して振り返ると「すまんなあ、大きゅう育ったのに堪忍な！」と言いながら道の横に生えている樫の大木を手で薙ぎ払うように引き倒した。さらに反対側に生えている樹もあっという間に二本倒す。

轟音を立て倒れた樹は唯一の道を塞いだ。辺りには大量の葉が舞い上がり土埃で朦々としている。

「なっ……!?　ば、化物か？　何をしている、乗り越えろ！　あいつらを逃がすな！」

髭の兵士が倒れた巨木の向こうで喚く声が聞こえる。僕はドゥガーリンに「やるぅ！」とハイタッチすると、一目散に城へ向かって逃げていった。

「……というわけで大ピンチです、どうしましょう師匠！」

城に駆け込んだ僕らはそのまま地下へ向かい、研究しながら寝落ちしていた師匠を部屋から引っ張り出してことの顛末を話した。

突然起こされた師匠はしばらく頭をフラフラさせていたけど、話を聞いているうちに目が覚めてきたのか、ようやく真面目な顔をして考えだした。

「ドゥガーリンが足止めしてくれたけど、樹を乗り越えて追ってきちゃうかも！」

「王宮戻って仲間呼ばれたらマズいで！　この城、包囲されるかもしれへん！」

「ぶっ殺していいってんなら俺が全部片づけてやるよ」

あわあわと僕らが狼狽えていると、師匠は順番に頭をポン、ポン、ポンと撫でて「大丈夫だ」と言い聞かせるようにつぶやいた。そしてマントを翻すと外へ出ていき、僕らはそのあとについていった。

「どうするんですか、師匠？」

「……結界を張る……」

「結界？」

師匠は城を中心に半径およそ一キロメートルの周囲をぐるりと歩いた。その道中、地面に小さな魔石を指で埋めていく。それが済むとスタスタと城へ戻り、最後のひとつを庭に埋めた。

「……準備完了だ。……全員、城内にいるか……？」

「は、はい。誰も城の外に出てません」

「飛雄もスライムたちもおるで」

「ん……。では少し下がっていろ……」

師匠はそう言って僕らを遠ざけると、最後に埋めた魔石を中心に地面に魔法陣を描いた。彼が呪文を詠唱し始めると魔法陣から蔦のような黒い影が伸び、地面を伝って周囲にびっしり這っていく。

「ナ・セネ・ツィポ・レ・ヘイル・ノェ《荊よ鳥籠の扉を閉めよ》」

魔法陣が一瞬光を放ち、どこかで錠の閉まる音が聞こえる。師匠はフゥとひと筋の息を吐き、コキコキと首を鳴らしながら「これでいい……」とつぶやいて城の中へ戻っていった。

「えっ終わり？　何がどうなったんですか？」

「結界張れたっちゅーことか？　これで敵さんらが入ってこれんようになったん？」

いまいちよくわからなかった僕らが師匠のあとを追いかけ質問すると、代わりに呆れたような顔をしたアルケウスが舌打ちしてから答えてくれた。

「さっき城を囲むようにソーンが魔石を埋めたろ。あそこから城を覆う魔法の壁ができたから、内側には何人たりとも入ってこれねえよ。それ以前に目くらましもかかってて、外からはこの城が見えねえ。てめえら一応は魔法使いの弟子だろ、それぐらいわかれよ。馬鹿か」

さすがアルケウス。僕らの中で一番魔法に長けているだけのことはある。僕とドゥガーリンは彼の説明を聞いて「「ほへ～」」と感心の声を上げた。

「アルケウスすごい、見ただけでわかっちゃうんだね。僕、何がなんだかよくわかんなかったよ」

「ワイもや。魔法陣からバーッと影が伸びてピカーって光ったことしかよおわからへんかったわ」

尊敬の目を向ける僕らにアルケウスは「信じられねえ」と言わんばかりの苦々しい表情を浮かべる。すると前を歩いていた師匠が振り返り、「アルケウス……花丸だ……」と彼の頭を撫でた。

「頭触んな！　殺すぞ！」

アルケウスは絶賛反抗期だけど、師匠は気にしない。

とにもかくにもこれでひと安心だとホッとしたものの、次の問題が浮かんできて僕は腕を組んで考え込む。

「とりあえず兵士たちからはこの城を守ることができたけど……」

「せやなあ、これからどないしよ」

兵士たちから逃げたことで僕らは間違いなくお尋ね者になってしまっただろう。こうなったらもう麓の村はもちろん、街へも迂闊に行けないかもしれない。

足を止めて考えていると、居間からエルダールと、ポンちゃんを抱いたストックとフェッチがやってきた。

「さっき外が光ったけど、何かあったの？」

「あれ、兄ちゃんたち帰ってたんだ？　おかえり」

「あれ、牛乳買いにいったんじゃないの？」

「みぅみぅ」

師匠も足を止め僕ら弟子の顔をぐるりと見回すと、顎に手をあて悩ましげに言った。

「……しばらく籠城生活だ……みんなでこれからのことを考えよう……」


というわけで、僕らは否応なしに結界の外には出られない生活になってしまった。

師匠が少しゆとりをもって結界を張ってくれたので、香草や木の実を採りにいったり、池の魚を獲ったりすることはできる。けれど牛乳はもちろん、麦や野菜や卵は買いにいけない。調味料もだ。鳥獣の肉は結界の中にいる獲物が尽きたら終わりだろう。

「牛乳が飲めねえとかふざけんな」

「ミートパイ食べられなくなるの？」

「パンプキンパイも？」

食事の内容がかなり制限されることに、小さい弟たちは不満顔だ。いや、小さい弟だけじゃない。次男なのでかろうじて嘆きを口にしないよう耐えているけど、肉が食べられなくなるドゥガーリンもしょんぼりしている。わりと冷静なのは特に好き嫌いのない僕と、森の朝露でも生きていけるエルダールだけだ。あと師匠。けれど。

「うーん、ポンちゃんにはまだミルクが必要だし、野菜や卵がないのは困るな」

離乳食真っ最中のポンちゃんの食材が不足するのはいただけない。それにやっぱ、育ち盛りの弟たちの栄養が偏るのもよくないと思う。

厨房に集まりこれからの食事についてみんなで話し合っていると、師匠が意外なことを言いだした。

「……自給自足……」

「ん？　なんです、師匠？」

「……自給自足するか。……畑を作り野菜を育てて、牛を飼い牛乳を搾る。鶏を飼えば卵も肉も獲れる……」

師匠の発言に弟子たちは驚いてどよめく。みんなが口々に「そんなことできるの？」と疑問を口にした。

「……城の庭は広い……耕せば畑ぐらいは作れる……。裏庭で鶏を飼い、牛は森で飼う……」

もうすぐ庭の花壇で薔薇が咲くのを楽しみにしていたエルダールが絶望的な顔をしているけど、確かにうちの庭の広さなら畑はできそうだ。裏庭も鶏を放し飼いできるスペースは十分ある。それに結界があれば外敵がこないので、森で牛を飼っても襲われる心配はない。……ありかも。

「おもろいやん！　ワイは賛成や！　ついでに豚も飼おうや！」

「オレ、鶏のお世話したい！」

「鶏が卵産むの見たい！」

乗り気なのはドゥガーリンとストックとフェッチだ。エルダールは悲しそうな顔をしていたけど、師匠が「花壇は残しておく」と言うと、安堵した様子で「ならぼくは野菜のお世話をします」と手を挙げた。

「アルケウスも賛成だよね、だって搾りたての牛乳が毎日飲めるもん」

面倒くさそうな顔をしているアルケウスにそう言ってみると、彼はチッと舌打ちしつつもまんざらでもない表情を浮かべた。

自給自足生活か。これは忙しくなりそうだけど、楽しそうだ。

僕にもみんなにもやる気が漲ってきたところで、一番大切なことを師匠に尋ねる。

「で、野菜の種とか牛とか鶏とかはどこで手に入れるんですか？」

自給自足するにも大本となる素材がなければどうにもならない。すると師匠はハッとした顔をし、考え込んでしまった。え、ノープランだったの？

さっきまでの意気揚々とした雰囲気がみるみる冷めていきそうになったそのとき、師匠はいいことを思いついたと言わんばかりに顔を上げ、どことなく活き活きとした瞳をして口を開いた。

「……私が召喚する……」

「召喚？　牛や鶏をですか？　そんなことできるんですか？」

「……いや、家畜を召喚したら窃盗になってしまう……から、それっぽい魔物で代替する……」

次の瞬間、僕ら弟子全員の「はぁ!?」という大声が厨房に響き渡った。はぁ!?　はぁあ!?

「まっ魔物の肉を食えっちゅーんか!?　ワイそんなんいややや！」

「そんなの食べたらお腹壊しちゃうよ」

「グロい〜絶対マズい」

「キモい〜絶対毒ある」

「ふざけんな、何食わせようとしてんだ。てめえマジで殺すぞ」

「フーッ！」

とんだ大ブーイングである。当然だけど。

さすがにたじろいだ師匠は、焦ったようにワタワタと手ぶりをしながら言葉をつけ足した。

「そ……そのままではなく、私が食用に改良する……もちろん無毒化する……。それに……魔力さえ抜いてしまえば……案外普通の動植物と変わりない……大丈夫だ……」

「大丈夫って、いくら師匠でもそんな保証できるんですか？」

「できる……。実際、私は魔界を旅していたときによく食していた……」

ブーイングの嵐だった厨房が一瞬で静まり返る。張り詰めた空気が流れ、師匠を囲んでいた僕らはものすごい速さであとずさって彼から距離をとった。

「嘘やろ、師匠……変人や思っとったけど一線越えてもうてるやないかい」

「う、おぇっ……む、無理」

「……フェッチ、妖精界に帰ろうか？」

「……オレもちょっとそれ思った」

「ソーン、てめえ正真正銘のバケモンだな」

「フーッ！　シャーッ！」

誰の顔にも「ドン引き」と書いてある。ポンちゃんに至っては尻尾が爆発したように膨らんでいた。気持ちはわかるけど落ち着いて。

かくいう僕もさすがにこれは擁護できない。コミュ障もだらしないのも臭い匂いフェチなのもまだ許容できるけど、魔物食はさすがになあ。……すると。

「……そんなに忌むものではない……。それにきみたちも……食べたことがあるではないか……」

「へ？」

師匠が思いもよらぬ爆弾を落とした。その場にいた全員が理解できず目が点になる中、彼は「ほら……先日のキノコ……あれはモンスターマッシュルームの胞子を改良し繁殖させたものだ……」と驚愕の事実を明かした。その瞬間全員がその場にうずくまり、「おぇぇぇぇぇぇ！」とえずく。

師匠ひどい！　いや、悪気がなかったのはわかるけども！　僕たち知らない間に魔物食わされてた!!

するとボン！　という爆発音が聞こえ、慌てて頭を上げると師匠の周囲の壁が焦げていた。どうやらアルケウスが師匠に向かって爆発魔法を放ったけど躱されてしまったようだ。

「ぶっ殺す！　ソーンてめえ地獄に叩き落としてやる！」

ガチギレしているアルケウスは両手に魔力を溜めて何やらヤバそうな詠唱を始めた。僕とドゥガーリンが慌てて彼の身体を押さえて止める。

「あ、アルケウスっ！　気持ちはわかる、気持ちはすっ……ごくわかるけど落ち着いて！」

「せや！　ワイも心情的にはお前の味方やけど、ここで戦うんはマズいて！　みんなも残り少ない食料品も巻き込まれるやろ！」

もはや話し合いどころではない。場はてんやわんやの大騒ぎである。

とりあえずアルケウスを宥め、泡を吹いて倒れてしまったエルダールを介抱し、みんなの気持ちが少し落ち着いてから、居間で話し合いは再開された。

「人々が魔物食を嫌忌する理由は主に〝得体の知れなさ〟だ。人は防衛本能から正体のわからぬものを極度に恐れる。それは裏を返せば、理解すれば受け入れる余地があるということだ。私が魔物を食すことに抵抗がないのは彼らを研究し尽くしたからだ。魔力を抜き毒にさえ注意すれば一般的な動植物と何も変わりない。あとは慣れの問題だ。俗世にはびこる『魔物は食べられない』という思い込みを打ち消す努力が必要だが、きみたちはすでにキノコを食し、味や食感に抵抗のないことを身を以て理解しているだろう。ならば問題はない」

いつもは言葉足らずで無口な師匠だけど、自分の興味のある分野だと饒舌で早口になる。どうやら僕らが極端に魔物食をいやがったことで、彼の魔物学の魂に火がついてしまったようだ。

師匠は魔物について懇々と解説し、その生態系と肉体を構築する成分の説明から始まり、果ては歴史、伝説にまで話が及んだ。その間ざっと六時間。トイレと水分補給以外で席を立とうとすると止められるし、寝ると起こされるし。めんどくさい。

朦朧としてきた頭で強気な講釈を聞かされていると、段々師匠の言っていることが正しい気がしてくる。そして「一度は食べちゃったんだし、まあいっか」という気持ちになってくるのだった。

「わかりました。その代わり条件はみっつ。ひとつ、限りなく本物の動物や植物に近い見た目にすること。ふたつ、毒などは抜いて絶対に害がないようにすること。みっつ、味も本物の動物や植物に近くすること。とにかく『魔物を食べてる』って意識させないでください」

「わかった。最善を尽くす」

もはや洗脳に近い講釈の結果、僕らはなんとも腑に落ちない気持ちを抱きつつも魔物食を渋々受け入れることにしたのだった。


それから二か月後。

「兄ちゃーん、卵採ってきたよ！」

「すげーいっぱい採れた！　カスタードプディング作って！」

庭の隅で洗濯物を干していた僕の所へ、ストックとフェッチが山盛りの卵が入った籠を持って走ってきた。三十個以上はありそうな卵の山に、僕は感心しつつも苦笑する。

「本当だ、すごい量だね。孵化する前に食べなくちゃ。今日のおやつはカスタードプディングにしよう」

そう言うとストックとフェッチは「やったー！」とハイタッチした。その拍子に卵が籠から幾つか落ちたけど、割れるどころかヒビも入らない。悪魔鳥《カイム》の卵の殻って石並みに丈夫だからね。

始めは魔物を食べることに猛反発した僕らだけど、なんのかんの慣れてしまい今では普通に食卓に上っている。だってほかに食べるものないし。

師匠が頑張って改良してくれたおかげで、魔物は魔力も狂暴性も失くし優秀な家畜になった。ただまあ見た目は一般的な家畜とは少々……いや、かなりかけ離れているけど。でも悪魔鳥《カイム》はアホほど卵を生んでくれるし、ミノタウロスは毎日飲みきれないほど牛乳を出してくれる。ワイルドボアの肉はとってもおいしいし、ジャックオランタンなどの野菜は害虫を寄せつけずスクスク育っている。調味料だって、アルラウネとキラービーが蜜を作ってくれるし、小さなリヴァイアサンを水槽に入れておくと水が海水に変わって塩が無限にとれるんだ。

ハッキリ言って普通の家畜や作物より扱いやすい。おかげで僕らは慣れない自給自足でも問題なくやっていけているというわけだ。……素直に喜んでしまっていいのかは、悩ましいところだけど。

「すごい汗だね。今日は暑いから、ちゃんと水を飲むんだよ」

「「はーい」」

ストックとフェッチの麦わら帽子をとって汗を拭いてあげる。ふたりは嬉しそうに肩を竦め、それからピョンピョンと飛び跳ねるような足取りで卵を厨房へ置きにいった。

「……」

ふたりの後ろ姿を眺めながら、僕は顎に手をあてて考える。畑のほうに目を向けると、作物に水をあげているエルダールの姿が見えた。相変わらず見目美しい彼だけど、着ているシャツはツギだらけだ。

籠城生活が始まって二か月が経ち、食事の問題はおおよそ解決した。けれど人が快適に暮らすために必要なのは食べ物だけではない。

師匠以外は成長期真っ盛りの我が家にとって、服の新調は重要な問題だ。半月ほど前に衣替えをしたのだけれど、当然みんな去年の服は入らなくなった。昔は上の子のおさがりを流用したりしてどうにかなっていたけど、今は人数も増えたしなかなか難しい。

使えるものは繕い直したりツギをあてたりして着ているけど、それにも限界がある。さっき見たストックとフェッチのシャツの丈はつんつるてんで、後ろ姿からはチラチラと背中が見えていた。足に鋭い爪を持つドゥガーリンの靴は破けやすくて、もう何回修繕しただろうか。

「さすがにみすぼらしい恰好ばかりさせるのも可哀想だ。このままじゃポンちゃんが大きくなるころには着る服がなくなっちゃう。なんとかならないか師匠に相談してみよう」

僕は魔法をかけて洗濯紐を空に羽ばたかせると、さっそく地下へと向かっていった。

「――というわけなんです、師匠。蚕系の魔物とかっていませんかね」

部屋でポンちゃんのお守り兼研究をしていた師匠は、おむつ替えをしながら僕の話を聞き最後に深く頷いた。

「……確かに……それはなんとかしなくては……」

そのとき、おむつを替え終わったポンちゃんが足をパタパタさせると、留めたばかりのおむつカバーのボタンがパツンと弾けた。どうやらもうサイズが小さいらしい。

師匠は取れてしまったボタンを見て眉根を寄せると「……早期解決が必要らしいな……」とつぶやいてカバーをピンで留めた。身を以て事態の深刻さを痛感している。

「……まかせなさい……。明日までにはなんとかする……」

「本当ですか、ありがとうございます！」

やっぱり師匠は頼りになる！　さっそく魔物の召喚の準備をするというので、僕はポンちゃんを連れて地下の部屋から出ていった。

「どんな魔物を使うんだろう？　蚕かな、それとも羊とか綿毛のある魔物かな。上手に生地ができたらポンちゃんのおむつカバーも新しくしてあげるからね」

「みゃあう」

みんなの服を新しくしてあげられると思うとワクワクする。新しい魔物の召喚がうまくいくといいなと思い、僕は足取りを軽くするのだった。


その日の夜だった、ご飯も食べず部屋に籠もりきりだった師匠が僕を呼んだのは。

もしかしてもう新しい魔物を召喚して改良できたのだろうかと期待して、急いで地下へと向かう。

「失礼します、師匠。もう魔物の改良終わったんですか？」

ノックをして部屋の扉を開けた瞬間だった。大きな影が「バウバウ！」と吠えながら僕に向かってくるではないか。

「ひぎゃぁぁぁあああ!?」

頭を抱えて身を縮めた僕に何かが勢いよく飛びかかる。重さがあったのですってんころりんと後ろへひっくり返ってしまったが、噛み千切られる衝撃はなかった。その代わりペロベロと顔を舐められる感触と、スンスン匂いを嗅がれるくすぐったさと、鼻を押しつけて甘えてくる犬臭さを感じる。

「は？　え？　何？　何？」

目を開けてみると三匹の強そうな大型犬が、ひっくり返った僕の上に乗って甘えていた。……ん？

いや、違う。頭はみっつあるけど身体はひとつしかないや。

「……離れろ、ケルベロス。ピッケを驚かせるんじゃない……」

師匠の声がして、頭がみっつある犬は淋しそうに僕から離れていく。っていうかこれ、ケルベロスなんだ。

「どうしたんですか、この犬？　生地を作る魔物を召喚したんじゃなかったんですか？」

身を起こしながら尋ねると、ケルベロスはおとなしくお座りしながらも僕を見てか細い声で鳴いていた。

「……これはケルベロスという魔物だ……。番犬が欲しいと思い、ついでに召喚した……が、全然懐かない……」

そう言って師匠はケルベロスの頭を撫でようと手を伸ばしたけれど、一匹はそっぽを向き、一匹は「う〜」と唸り、一匹はいやそうにキュンキュンと鳴いた。ものすごく嫌われている。

「警戒心が強いんですかね？　でも僕にはさっき甘えてたみたいだけど」

同じように手を伸ばしてみると、ケルベロスはちぎれんばかりに尻尾を振り、三匹とも嬉しそうに舌を出して競うように僕の手に擦り寄ってきた。なんだ、めちゃくちゃ可愛いじゃん。

召喚者なのに懐いてもらえない師匠は渋い顔をして、何やら魔法陣の描かれた紙を準備していたけど、僕が「いい子たちですね！　気に入りました！　強そうだし、いい番犬になってくれそう」とケルベロスを撫でながら言うと「……ピッケが気に入ったのなら、それでいい……」と魔法陣を机にしまった。ん？　もしかして自分に懐いてくれないから魔界に追い返そうとしてた？

いきなり我が家に加わった番犬に、僕はそれぞれ太郎《たろう》、二郎《じろう》、三平《さんぺい》と名付けてあげた。ケルベロスは魔界で門番をしているほどなので、番犬にはうってつけなんだって。

「で、肝心の生地を作る魔物はどうしたんですか？」

甘えてひっついてくる太郎たちを撫でながら聞いた僕に、師匠は乏しい表情にわずかに笑みを浮かべた。お、これは成功したってことかな。……ところが。

「ピッケ……これを」

そう言って師匠が差し出してきたのは、蚕でも綿でもなく一着の奇妙な服だった。

「え？　どういうことです？」

「……服が必要なのだろう……？　着衣している魔物から奪った……ゴブリンとかサキュバスとかヴァンパイアとか……」

「ひっどぉい!!　追い剥ぎじゃないですか!?　人でなし!!」

あまりにも想像外の手段に僕は思わず師匠を罵ってしまった。だって、服を入手するのにこんな非人道的な手段を取る人間いる!?　羅生門じゃん！

「しょ、召喚とは……魔力の勝負みたいなもので……私の魔力に負けて召喚されたものは命令に従わなくてはいけない……だから衣服を譲渡されるのも勝者の正当な権利で……」

「返してあげてください！　今頃泣いてますよきっと！」

僕に叱られた師匠は「こんなに集めたのに……」と、ものすごく悲しそうに肩を落とす。ふと見ると師匠の後ろの机に服が山積みになっていた。

そうして師匠は再び魔物を召喚し、僕は彼と一緒に謝って一着ずつ服を返していった。なんて無駄で虚しい時間だろう。

けれど呼び出された魔物は僕のイメージと違い案外気さくで、「返さなくて大丈夫ですよ。召喚主の命令は絶対なんで」と笑って言ってくれる魔物や、「そういうことならこれを差し上げます」と生地や反物をくれる魔物までいた。（ほとんどは一張羅を奪われて泣いてたけど）

「は〜やれやれ。これで全部済んだ」

すべての魔物にごめんなさいし終わったとき、手元に残ったのは譲ってくれた服が二十着ほどと、もらった生地や反物、皮や紐などだった。

「これだけあれば一、二年はなんとかなるかな。優しい魔物さんに感謝ですね」

一時はどうなることかと思ったけど、ひとまず目先の問題は解決しそうだ。僕はもらった服を一枚ずつ手に取って確認していく。

「これはヴァンパイアのシャツかな？　この大きさならドゥガーリンでも着れるかも。これは……ゴブリンの腰布？　洗って縫えばポンちゃんのおむつカバーになるかな」

すると師匠が服の中から一枚を手にし、モゴモゴしながら差し出してくる。

「……ピッケに似合うと思い……着てもらいたかった……」

それは最初に僕に渡そうとしていた珍妙な服だった。結局これももらえたんだっけ。

師匠の行動って困ったことも多いけど、僕が喜ぶと思ってやってくれていることが多いんだよね。今回もきっとそうだ。手段は絶対間違っていたけど、みんなや僕に新しい服を贈りたかった気持ちは嘘ではないはずだ。

「ふふ、そんなに僕に着せたいんですか？　わかりました、試着させてください」

肩を竦めて笑い服を受け取ると、僕は部屋の隅に行って着替えた。そこまで師匠がお勧めするなら、一度は着てみなくちゃね。

服は黒い革製で、やたらベルトがついている。脚衣《きゃくい》は紫色をしていて、やけに薄手だ。道化師の服みたいだけど、召喚した魔物の中に道化師なんていたかな？

「ん？　これ脚衣《きゃくい》じゃないや、タイツ？　あれ、シャツだと思ってたけど下が繋がってる。……み、水着？　レオタード？」

着ていくうちに僕は自分の恰好がどんどんおかしくなっていることを悟った。ピッチピチのレオタードに意味がないほど短いミニスカート、紫色のタイツとハイヒール……これ、サキュバスの服だ!!

「師匠ー!!　何考えてるんですかあ!!」

部屋の奥から飛び出してきた僕を見て、師匠は目を丸くすると口元を手で覆って「うわっ……可愛い……」とたちまち顔を赤くした。どういうこと!?

「師匠の悪趣味！　変態！」

ポカポカとこぶしで師匠を叩くが、彼はまったく動じずキラキラした眼差しで僕を見つめている。

「……ピッケはいつも同じような恰好だから……全然違う服装も見てみたかった……。ものすごく可愛い……似合っている……サキュバスなんか目じゃない……」

「だからってどうしてこんな破廉恥な服なんですか！　そもそもこれ女物でしょう！」

「……インキュバスのほうがよかったか……？」

「どっちもやだ！」

こんな恰好しているところを弟たちに見られたら大変なので、急いで着替える。まあ、律儀に着ちゃった僕も僕だけど。

「もうこれ着ませんからね。あとみんなには内緒にしといてくださいよ」

「もちろんだ……。ピッケの可愛い姿は……私だけが知っていたい……」

なんだその理由？　まあ内緒にしてくれるならなんでもいいけど。

結局、サキュバスの破廉恥な服は僕が後日ブーツに仕立て直した。いい革を使ってたからね。

そして新しい服をもらった弟たちはそれが魔物から追い剥ぎしたものだと知ってドン引きし、師匠はみんなの服を調達したにも関わらず人望を失ったのであった。

第十章　魔王と愉快な仲間たち

籠城生活も三か月が過ぎた。

衣食に関しては師匠が人望を失いつつもなんとかしてくれたので、問題なく過ごせている。最初は初めての野菜作りや家畜のお世話にてんてこまいしたこともあったけど、今ではそれなりに順調だ。ただし麦はまだ種まきの時期じゃないので育てていない。早くパンが食べたいな。

そんなワケで自給自足生活にもそろそろ慣れてきたけれど、慣れるということは飽きが来るということでもある。村や街へ行かなくなった生活は刺激が少なく、閉鎖的だ。お店のおやつも買えないし、本屋さんを見たり、花屋さんを見たりもできない。何より家族以外の人と話す機会がない。

結界の外へも出られないので、散歩できる範囲も狭く変わり映えがしない。

師匠みたいに引き篭もり大好きな大人なら特に問題ないかもしれないけど、僕らは好奇心旺盛な青少年だ。閉じこもっている生活は次第にフラストレーションを招き、みんなどことなくイライラするようになってしまった。五日に一回だった兄弟喧嘩は二日に一回になり、日常の些細なことに文句が増えてきた。廊下で寝てるスライムが邪魔だとか。

これって精神衛生上、非常によくない気がする。健全じゃないよ。

なんとかしなくてはと弟たちを慮るけれど、閉塞的な生活に疲れてきてるのは僕も一緒。まだ十五歳だもん、僕だって外に出たいよ。

そんなワケで我が家は新たな危機に直面していたのであった。


「あー牛乳がない！　アルケウスが全部飲んじゃったあ！」

「アルケウス飲みすぎだろ！　みんなのことも考えろよ！」

「うるせえ、俺が搾ってきた牛乳飲んで何が悪いんだ。殺すぞ」

厨房から聞こえてくるのは、ストックとフェッチとアルケウスの声だ。食堂でテーブルを拭いていた僕はハァとため息をつく。

兄弟喧嘩は八割方、彼らだ。上の弟らに比べてまだ幼いから仕方ないんだけど。

放っておくと取っ組み合いになったり、挙げ句の果てには魔法で戦いだしたりするので、僕は仲裁に入る。ところが。

「やかましいなあ、また喧嘩か。ちっとは利口にせんかい。グルグル巻きにして杉の木のてっぺんに括りつけてまうぞ」

畑の手伝いから帰ってきたドゥガーリンが野菜を厨房のテーブルに置きながら、ウンザリした様子で割って入った。喧嘩の導火線に火がついていた三人は、その矛先をドゥガーリンへと向ける。

「はぁ？　ドゥガーリンに言われたくないんだけど」

「うちで一番やかましいのドゥガーリンじゃん、ウケる」

「何が杉の木だ、やれるもんならやってみやがれ。返り討ちにしてやるよ」

いつもなら懐の深さと次男の余裕で弟の反抗を笑い飛ばすドゥガーリンだけど、今は沸点が低くなっている。さすがにカチンときたようだ。

「おい、なんや兄貴に向かってそん口の利き方。舐めとんか」

ストック&フェッチ対アルケウスの諍いに、ドゥガーリンまで参戦してしまった。当然兄が怒ったからと言ってしおらしくなるような弟たちではなく、四人は思いっきりガンをくれて凄み合っている。

「喧嘩なら買うけど?」

「怪力だけでオレたちに勝てるつもり?」

「年上ってだけで威張ってるんじゃねえ、殺すぞ」

「おお、やってみい。全員ぶっ飛ばしたるわ」

最悪の事態に僕が頭を抱えそうになったとき、「やめてよ!」と悲痛な大声が聞こえた。

「やめて! もうウンザリだ! ストックもフェッチもアルケウスも、いっつも喧嘩ばっかり! いい加減にしてよ! ドゥガーリンも何一緒になってるのさ! きみは年上でしょう!? しっかりしてよ!」

なんと温厚なエルダールまでついに堪忍袋の緒が切れてしまった。彼は収穫してきた野菜の籠をテーブルに叩きつけるように置くと、涙目になってみんなを睨む。しかし。

「エルダールは入ってこなくていいよ」

「そうそう、どうせ喧嘩のひとつもできないんだし」

「しゃしゃり出てくんな、殺すぞ」

「年上やからこそクッソ生意気な弟を躾けなあかんやろ、お前こそしっかりせえ」

「みんなひどい！　馬鹿馬鹿馬鹿！」

エルダールの訴えは聞き入れられず、彼まで参戦する事態になった。なんてこった。しかもギスギスした雰囲気を感じ取ったのか、僕におぶられていたポンちゃんまで「ふみゃあああああ」と泣きだす始末だ。僕知ってる、こういう状況をカオスっていうんだ。

「はいはいはい！　ストップ！　喧嘩やめ！　やめない子は今晩のおかずのスペアリブ二個減らします！」

背中のポンちゃんをあやしながら、僕は輪になって睨み合っている中央に躍り出た。みんな大好き香草を利かせたスペアリブが人質ともなれば、さすがに全員が一瞬で口を噤む。

「はぁ。みんなイライラするのはわかるけど、人にあたるのはやめよう？　余計にイライラするだけだよ。何か楽しく穏やかに過ごせる遊びでも考えようよ」

そう言って全員を宥めていると、さっきまで眉を吊り上げていたストックとフェッチがシュンと肩を落とし僕に抱きついてきた。

「兄ちゃん、早く買い物に行きたいよ。麦が欲しい。オレ兄ちゃんの作ったパイが食べたいのに」

「オレは兄ちゃんのタルトが食べたい。いつになったら麦が穫れるの？」

どうやらふたりは大好物のパイやタルトが長らくお預けになっていたことに、だいぶストレスを溜めていたみたいだ。涙目で縋ってくるふたりの頭を、僕は両手でヨシヨシと撫でる。

「もうすぐだよ。来月には種まきをするから。そしたらふたりも麦踏みを手伝ってね」

早くパイが食べたいとはよくぼやいてたけど、ここまで深刻だとは思ってなかった。そうだよね、籠城生活じゃ食べることが一番の楽しみだもん。好物がずっと食べられないのは悲しいよね。

生育の速い麦が作れないか師匠に相談してみようと思いながらふたりを慰めていると、アルケウスが苦々しい顔をしながらストックとフェッチの尻を蹴った。

「いてえ！」

「何すんだよ！」

せっかく収まりかけた喧嘩が再燃しそうになり、僕は咄嗟に「アルケウス！　乱暴は駄目！」と叱る。すると彼は「チッ」と舌打ちをして、僕に縋りついているふたりを引き剥がした。

「ここぞとばかりに抱きついてんじゃねえよ、殺すぞ。おら、行くぞピッケ」

アルケウスは僕の手首を掴んで歩き出そうとする。これは彼が僕とふたりきりになりたいときの行動だ。

考えてみればここ最近はアルケウスとふたりきりになる機会も少なかった。籠城生活のせいで常に城には全員が揃っているからね。僕も新しい生活が忙しくて、あまり彼の甘えに応えてあげられてなかったかも。

たまにはアルケウスのワガママも聞いてあげなくちゃと思いそのままついていこうとすると、今度は逆の手をドゥガーリンが握ってきた。

「兄やんを独り占めすんなや！　ワイだって兄やんに甘えたいわ！」

「ドゥ、ドゥガーリン？」

僕より十五センチも背丈の大きい弟は子犬のようにウルウルした目をしながら、ガッシリ腕にしがみつく。まさかドゥガーリンがこんな大っぴらに甘えてくるとは驚いたけど、考えてみれば無理もない。

彼はみんなより年上という自覚があるから、率先して我慢をしている。一番大食らいでも食料が少なければ弟に譲ってあげるし、耕起や家畜小屋の建築など大変な仕事もいやな顔ひとつせず引き受けてくれる。今日はキレてしまったけど、弟に八つ当たりをされてもいつも笑って流してくれていた。きっと内に溜めていたストレスは誰よりも多い。

もっとドゥガーリンを労ってあげるべきだったと反省する。それに弟が増えてからは彼を甘やかす時間をあまり取っていなかった。膝枕も随分してあげてないや。

「ごめんね、ドゥガーリン。そうだよね。きみはうんと頑張ってるのに僕はちゃんと褒めてなかった。いつもありがとう、大好きだよ」

そう言って大きな身体をギュッと抱きしめてあげると、彼は「に、兄やん～！　ワイも大好きやあ！」と抱きしめ返してきた。後ろからは弟たちのブーイングが聞こえるけど。すると。

「ぼ……ぼくだって頑張ってるよ」

服の裾をキュッと掴んできたのはエルダールだった。上目遣いにこちらを見てくる瞳には綺麗な涙が浮かんでいる。

繊細で怖がりなエルダールは争いや怒鳴り声が苦手だ。きっと連日の兄弟喧嘩に精神を参らせていたに違いない。それに彼は畑を管理している。いくら植物の扱いがうまいとはいえ花壇とは勝手の違う畑を炎天下で連日管理するのは大変で、透き通るように白かった肌は今やすっかり小麦色だ。彼は己の美貌をさほど気にしていないけど、純正エルフだったのがダークエルフみたいになってしまった姿に申し訳なさを覚える。

「うん。エルダールが頑張ってることも知ってるよ。偉いね、いつもありがとう。大好きだよ」

感謝を込めて今度はエルダールを抱きしめる。彼は照れくさそうに頬を染めたけど、日に焼けた手でギュッと僕の背中を掴んだ。

みんな不便を強いられた生活の中、それぞれが我慢したり努力したりしているんだ。長男である僕がもっとみんなを褒めて甘やかして支えてあげなくちゃいけなかったと反省する。

……ただ。僕だって我慢をしてるし、慣れない自給自足生活にいっぱいいっぱいだったことは、わかってほしい。

そんなふうに省みていると、誰かがドン！　とエルダールを突き飛ばした。

「兄ちゃんズルい！　オレたちには『大好き』って言わなかったじゃん！」

「オレたちのことは好きじゃないの!?」

拗ねた表情で再び纏わりついてきたのは、ストックとフェッチだ。好きじゃないわけないんだけど、言葉足らずだったかなと焦り、ふたりのことも抱きしめる。

「大好きに決まってるよ。ストック大好き、フェッチ大好き」

彼らはたちまち顔を綻ばせたものの、困ったことを言い始めた。

「そうだよね、兄ちゃんはオレたちのことが一番好きだよね！」

「オレとストックが弟の中で一番可愛いもんね！」

「ん？　う、ん……？　えっと」

あーこれは面倒なことになるぞとこめかみに汗が伝った次の瞬間、案の定「馬鹿言ってんじゃねえ、殺すぞ」と怒気を孕んだ声がした。

「てめえらみてえなクソガキ、可愛いわけねえだろ。おいピッケ！　いいからそいつら放って俺と来い！　来るよなあ？」

アルケウスが僕の手首を無理やり掴みながら凄む。つまりは「俺を最優先しろ」ということだ。

「ストックとフェッチが僕の可愛い弟なのは嘘じゃないよ。でもアルケウスも同じ、可愛い弟だよ。大好きだからね」

彼の気持ちを宥めようと思いそう答えると、間髪入れず「一番か？」と聞かれた。

「え、えーと。こういうのに順番ってないと思うんだよね……」

新たな火種にならないことを願いながら言葉を選ぶけど、無理だったらしい。

「あ？　てめえが俺といたいっつったから俺はここにいるんだぞ？　責任取れよ、誰が一番大事かこいつらに教えてやれ」

「アルケウスのばーか！　兄ちゃんはオレたちを一番可愛がってるの！」

「そうそう、オレたちがどんな悪戯しても兄ちゃんは怒らないんだ！」

「やめて～誰が一番とかないってばあ」

三人は押し合いへし合いしながら僕に抱きついてくる。このままではポンちゃんが潰されてしまうと思い慌てて背中から下ろすと、それを待っていたかのように後ろからドゥガーリンに抱きつかれた。

「兄やんがいっちゃん好きなのはワイや。なんたってワイが一番付き合い長いからなあ。な、兄やん」

ドゥガーリンは僕の頭にグリグリと顔を押しつけてくる。まさか彼までこんな馬鹿げた競い合いに入ってくるとは思わなかったけど、今日はどこか吹っ切れてしまったのだろう。

「……ぼくが一番じゃないの……？　ぼくにはお兄ちゃんしかいないのに……」

エルダールは涙声で言って僕の服の裾を掴んだ。そんなこと言わないでほしい。一番とかないし、もっと自分を強く持っておくれ。

「にぃ、にぃ」

床に下ろしたポンちゃんまで参戦してくる。足にしがみついてくる様子は可愛いけど、危ないから退いててほしい。

「ちょっと落ち着いて、みんな！　お願いだから！」

僕の取り合いのはずなのに僕の願いは聞き入れられず、みんなは誰が一番か言い争いながらもみくちゃに抱きついてくる。段々と激しさが増していき、身体を掴む手が乱暴になってきた。痛い、痛い！

兄として慕われるのは光栄だけど、さすがにこれはしんどいよ。籠城生活になって以前よりさらにひとりの時間がなくなって、喧嘩の仲裁も多くなって、こっちだってストレスが溜まってるんだ。正直、困ったを通り越していい加減にしてほしい。

そのときだった。

「……ピッケが困っているだろう。全員離れろ……」

「師匠！」

まさに地獄に仏、厨房にやってきた師匠がみんなを一喝してくれた。

纏わりついていた全員が不満そうに離れていき、僕はホッと安堵の息を吐く。さすが師匠、唯一の大人。こういうときは頼りになるな。……と思ったのに。

「……誰が一番とか、くだらないことで競うな……。ピッケの一番は七年前から私と決まっているのだからな……」

まるで僕をマントの中に隠すように抱き寄せてきた師匠に、全員から渾身の力を込めた「はぁ？？？」が飛び出した。僕も言った。

「師匠、大人げないで！　兄やんを独り占めすんなや！」

「そ、そういうのズルいと思う！　人間はやっぱり穢い！」

「兄ちゃんを放せ！　オレの兄ちゃんだぞ！」

「マントに隠すな！　兄ちゃんを返せ！」

「ソーンてめえ、やっぱ一度殺すしかねえな」

「にゃ……にゃ、カカカ」

ようやく静かになるかと思ったのに、場はさっきより混沌とした。師匠何してんの？

「……事実だ。ピッケは私のピッケだ……」

ぎゅっと強く抱き寄せられて、いつもなら嬉しいところだけどさすがにうんざりする。いや、今は僕を甘やかすタイミングじゃないでしょ？　ここは大人らしくみんなを諭すところでしょ？　空気読んで。

ぎゃあぎゃあと言い争う声を聞いていて、僕はどんどんイライラしてきた。みんなちょっと好き勝手しすぎじゃない？　甘えを盾に何してもいいと思ってる？　僕のことが好きって言いながら、どうして僕の気持ちを考えてくれないの？　ああ、もうっ！

「うるさーい‼」

ついに我慢の限界を突破した僕は、両腕を振り上げて師匠のマントから飛び出した。僕が怒鳴り声を上げたことに、全員が驚いて固まっている。

「みんなうるさい！　ワガママ！　僕はきみたちの玩具じゃない！　もうこんな家いやだ‼」

叫びながら気持ちが昂ってくる。どうやら僕、自分で思ってたよりだいぶストレスが溜まってたみたいだ。頭がカッカと熱くなって、気がつくと厨房を飛び出していた。

「ピッケ！」

「兄やん！」

「お兄ちゃん！」

「「兄ちゃん！」」

「おい！」

「にぃい！」

後ろから呼び止める声に耳を塞いで廊下を駆け、玄関から飛び出す。ひとりになりたい。もうみくちゃにされるのも、四六時中誰かを構わなくちゃいけないのも、自給自足と家事でてんてこまいになるのも、喧嘩の仲裁も、たくさんだ！

無我夢中で走った僕は城の敷地を抜け、気がつくと森まで来ていた。目の前に淡い光の壁が見えて、慌てて足を止める。これを越えたら結界の外に弾き出されて戻れなくなってしまう。

家出をしようにも半径一キロ以内である。こんなのお散歩と変わりない。僕は虚しくなってトホホと肩を落とした。なんだか気が抜けて、さっきまで昂っていた怒りも消えていく。

遠くからはみんなが僕を捜す声が聞こえる。ジグザグに走ったせいで、うまく撒いてしまったみたいだ。それでもこんな狭い範囲じゃすぐ見つかるだろうし、心配かけるのも馬鹿らしい。

「あーあ、しょうがない。帰るか」

足元の小石をひとつ蹴ってため息をつく。行くところもないし仕方ないね。どうせ僕は城に帰るしかないんだ。せめてみんな反省して少しはおとなしくなってくれるといいけど。

城に戻ろうと踵を返したときだった。人の呻き声が聞こえた気がして、僕は耳を澄まし目を凝らした。すると結界の向こうの岩陰に、誰かが血まみれで倒れているではないか。

「えっ！　誰あれ!?　何ごと!?」

倒れているのはお爺さんみたいだ、服装からして村の猟師かもしれない。熊にでも襲われたのだろうか。

だいぶ出血しているようで、このままでは早いうちに命を落とすだろう。助けたいけど結界を出たら戻れなくなってしまうので、動きようがない。

どうすべきかとモダモダしていると、城のほうから一匹のスライムがぽよぽよとこちらへやってきた。寒天だ。僕を心配して追いかけてきてくれたのかな。

「寒天！　ちょうどよかった、師匠を呼んできてくれる？　僕あの人を助けてくるから、師匠に一瞬だけ結界を開けてって伝えてほしいんだ」

「モキュッ、キュ！」

元気よく返事をすると寒天はすぐに師匠を捜しにいってくれた。結界の中へ戻れる保証ができたので、僕は倒れている人を助けるべく光の壁の向こうに足を踏み出す。

「大丈夫ですか？　しっかりして」

倒れていたのはやはり猟師のようだ、辺りに弓矢が散らばっている。麓の村の人かな、喋ったことないけど見たことのある顔だ。獣に肩を噛まれたのか肉がえぐれている、早く止血しないと。僕では治療魔法が使えないから、城に戻って師匠かエルダールに治してもらうしかない。

「よいしょ。わ、重いなこの人」

半分意識を失っている猟師をなんとか背負って、ヨタヨタと結界の前まで行く。目に見えないけど多分この辺のはずだ。そうして師匠が結界を開けてくれるのを待っていたときだった。

「おおい！　ダムダ、どこだ！」

「ダムダ、返事しろ！」

背後から男の人らが誰かを捜す声が聞こえた。もしかしてこの猟師さんの仲間？

マズいと思ったときには遅かった。森の奥からふたりのいかつい猟師が現れ、ダムダさんを背負った僕を見て目を見開く。

「ダ、ダムダ！　どうしたんだ!?」

「おい、こいつ魔王城のガキじゃねえか！」

案の定、それは麓の村の人だった。王宮から指名手配されている僕が目の前にいるだけでも驚愕だろうに、それが血まみれの仲間を背負ってどこかへ行こうとしているのだから、危機感を覚えるのも無理はない。

「てめえ、ダムダに何しやがる!?　まさか生贄にするつもりか！　ちくしょう、とっ捕まえてやる！」

「気をつけろ、こいつは狂暴な牙と爪を持っていておっかねえ魔法を使うそうだぞ！」

「誤解です！　誤解誤解！　僕はこの人を助けようとしただけです！」

必死に弁明しようとするも当然聞き入れられるはずもなく、逃げ出そうにも大怪我しているダムダさんを放り投げるわけにもいかず、僕はあっさりふたりに捕まる。

「うわーん、僕悪いことしてないよお！　助けて師匠〜！」

そしてグルグルに縄で括られた挙げ句、森の外まで連れていかれ、魔王城の捜索に来ていた王宮の兵士に引き渡されたのだった。

「ひどいやひどいや、僕は怪我人を助けようとしただけなのに。僕を城へ帰してよお」

重罪人扱いされ王宮へ連れていかれてしまった僕は牢屋に投げ入れられ、泣き濡れる日々を過ごしていた。

「毎日毎日うるさいガキだな。よく泣き疲れないもんだぜ」

食事を持ってきた兵士がパンと水の載ったトレーを乱暴に牢の中に入れる。僕は涙と鼻水でベショベショの顔で訴えた。

「話を聞いてよ。僕悪いことしてないし、茨の城は魔王城じゃないんだ。捕まえられる謂れはないよ」

しかし兵士はこれっぽっちも聞く気などないといわんばかりに耳をほじりながら、「そーいうことは国王陛下に直接言え。聞いてくださるとは思えんが」と吐き捨てて去っていった。

僕は牢の隅っこでベソベソしながらパサパサのパンをモソモソと齧る。うう、全然おいしくない。

捕まってから王宮へ馬車で護送されること五日、牢に投げ込まれて一昼夜。こんなに師匠や弟たちと離れ離れになったのは初めてだ。城を飛び出すほど煩わしかった喧噪が、今はこんなに恋しい。師匠に会いたい。ドゥガーリンにも、エルダールにも、ストックとフェッチにも、アルケウスにも、ポンちゃんにも。飛雄にも、寒天たちにも、太郎二郎三平にも。

もしこんなときドゥガーリンがいたら、『ワイがなんとかしたるから、兄やんはなんも心配せんでええ！』って言ってくれるんだろうな。彼はいつだって明るくて強くて僕を励ましてくれる。一緒にいると僕まで明るくなるんだ。ああ会いたいな、底抜けに明るいあの笑顔に会いたいよ。

エルダールはきっと今頃、僕がいなくてうんと悲しんでる。繊細で心優しい子。けれど誰より勇気のある子。つらい過去を乗り越えていっぱい笑顔を見せてくれるようになったんだ。ああ、あの笑顔がまた見たいな。もっともっとあの子の笑顔を増やしてあげたい。

ストックとフェッチはどうしているだろう、僕がいなくてもちゃんと師匠の言うことを聞いてお利口にしてるかな。わんぱくで元気いっぱいのふたり。手を焼くこともあるけど、気がつくとつられて笑顔になっちゃう。彼らが来てから城は毎日お祭りみたいに賑やかだ。

ふたり一緒に抱きついてくると頭を撫でてあげたくなるんだ。会いたいな。廊下をドタバタ駆ける音さえ今は恋しい。ふたりにお腹いっぱいパイやタルトを食べさせてあげたいよ。

僕がいなくなっちゃって、アルケウスは荒れてないといいけど。あの子にはまだまだ甘える人が必要なんだ。おいしいものをうんと食べさせて、話をちゃんと聞いてあげて、そばにいて安心させてあげないと。帰りたい、あの子を不安にさせたくないよ。

ポンちゃんはみんなにちゃんとお世話してもらってるかなあ。離乳食の野菜はちゃんと小さく切ってもらってるかな。こまめにブラッシングしてもらってるかな。自分で毛づくろいすると毛玉吐いちゃうんだよね。ああ心配だ、早く帰って面倒を見てあげたい。

……師匠。会いたいよ、師匠。出会ってからこんなに離れたこと一度もないんだから、淋しくて淋しくて死んじゃいそうだよ。僕もう師匠なしじゃ生きていけないんだ。師匠だってそうでしょ？僕がいなかったらご飯食べないし、朝も起きてこないし、全然外に出ないし、髪も服もいい加減だし……。だからお願い、助けて。僕を放さないで。僕はずっと師匠と一緒がいいんだ。助けて、会いたいよ師匠……

きっと罰があたったんだ。あんな大切な家族に『もうこんな家いやだ』なんて背を向けちゃって、僕は大馬鹿だ。神様ごめんなさい。もう二度と逃げだしたりしません、帰ったらひとりひとりを抱きしめて『大好き』って伝えます。もみくちゃにされても構わないし、一日に五回でも十回でも喧嘩の仲裁します。ご飯も今まで以上に腕によりをかけておいしいものを作ります。だからお願い、僕をお城へ帰してください。

必死にお祈りするけれど、奇跡が起きそうな気配はない。考えてみたら僕、無宗教だった。いったいどこの神様にお祈りしていたのやら。

しょんぼりと項垂れて牢屋の隅で三角座りをしていると、兵士がふたりやってきて扉の鍵を開けた。けれど当然解放してくれるはずもなく、身体を縄でグルグル巻きにされる。

「今度はどこへ連れていくの?」

尋ねてみるけどふたりとも答えてくれない。意地悪だなあと思いながら歩いているうちに、連れてこられたのはなんと王様の謁見室だった。

「こいつが例の魔王城の子どもか」

「はい。猟師を襲っているところを仲間の村人が捕まえたそうです」

どうやら僕は王様の前で尋問されるらしい。話を聞いてもらって解放されるチャンスかもしれないと一瞬喜んだけど、すぐにそれは難しそうだと気づいた。

周りには厳戒態勢の兵士が三十人はずらり、それ以外にも宮廷魔法使いっぽい人もいる。この国の王様って初めて見たけど、白髪で初老の男性で威圧感がある。隣にいるのは王子様かな、凛々しいけど僕のことめちゃくちゃ睨んでるし。

ここにいる人は誰も彼も厳めしい顔をして、優しそうな人なんてひとりもいない。僕を哀れんで解放してあげましょうなんて言ってくれる人は、きっといないだろう。トホホ。

それでもできることはあきらめない。僕はさっそく誤解を解こうと口を開いた。

「僕はダムダさんを襲っていません！　助けてあげようと――」

しかしすぐに兵士が槍の先を僕の顔の前に突きつけ、「勝手に喋るな！」と怒鳴ってきた。ひどい、発言権すら与えてくれないの？

「陛下、耳をお貸しになりませんよう。村人は、仲間の猟師がこいつに肩を食いちぎられたと証言しております」

いやだからそれが誤解だってば！　ダムダさんは？　ダムダさんはなんて言ってるの？　彼の意識が回復してから証言をとって！

「村では以前にも家畜を食い荒らされる事件があったそうです。おそらくこいつの仕業でしょう。家畜では飽き足らず人間を襲うようになったと思われます」

それは僕じゃないんですけど！　あ、うん、でも。弟がやったことなので僕にも責任がある……かも？　けどあれ以来アルケウスは家畜を襲ってないし、村のために奉仕活動も頑張ってるから長い目で見てほしい……

「村人の証言によると、こいつの住む城にはほかに数人の子どもと、ここ数年姿を見せない長身の男がいて、何やら怪しい魔法の実験をしているそうです。数か月前にも村中をキノコまみれにしたとか」

あれはもう済んだことでしょ。師匠も反省したし、キノコも僕らが全部撤去したじゃないか。しかもキノコお裾分けしたら、みんな結構喜んでたじゃん。チサさんもおいしいって言ってくれたよ。まあ村人の何割かはいやな顔して食べなかったけど。

兵士の言っていることは本当のこともあるけど、最終的には誤解している部分が多い。僕ら失敗しちゃうこともあるけど、ちゃんと尻拭いはしてるんだからね。

けれど最初から僕らを悪人だと決めつけている兵士の集めてきた証言はどれも不十分で、結論は『魔王ゾーンとその弟子は狂暴で人類に仇為す存在である』というものだった。

反論したいのはやまやまだけど発言権がないので口を引き結んで黙っていると、王様と兵士が最悪な相談を始めた。

「なんということだ、我が国に魔王が住み着いていたとは」

「現在、近辺にいる兵士を集結させ森を徹底的に捜索しております。どこに隠れていても仲間が捕まったとなれば飛び出してくるでしょう。そこを一網打尽にする手筈です」

「うむ。国民に被害が出る前に魔王を討伐せねば」

「ただいま勇者殿にも伝令を送っております。連絡がつき次第、魔王城のある森へと向かっていただけるはずです」

「えええええええええ!!　勇者!?」

ショックのあまり全力で叫んでしまった。だって！　僕が一番懸念してた未来が実現しちゃったんだから！

いくら師匠が最強の魔法使いとはいえ、勇者には勝てないよ。だって小説のストーリーがそうなっちゃってるんだもん。多分。

「ひどいや、ひどいや！　師匠は何も悪いことしてないのに討伐するなんて！　うわぁぁぁあああん!!」

僕はたまらず号泣する。兵士が「黙れ！」と槍を向けてきたけど泣きやむことはできなかった。

このままじゃ師匠は退治されちゃう。そもそもみんな無事なの？　全然誰も助けにきてくれる気配がなかったけど、もうすでに全員捕まっちゃったとかじゃないよね？　ああどうしよう、僕のせいでみんなまでひどい目に遭わされていたら。

「うっうっ。どうして師匠と僕らが討伐されなくちゃなんないのさ、僕らいい子にしてたのに。ちゃんと挨拶もしてたし、村のお手伝いもいっぱいしたよ。街で商売したときだって礼儀正しくゴミも散らかさなかったんだからね。税だってちゃんと納めてたよ。ご飯の前には手を洗うし、夜九時にはベッドに入るし、毎日歯磨きもするし、好き嫌いもなくすよう頑張ってる。みんなこんなにいい子なのに、何がいけないって言うの？　ううう～」

絶望的な気持ちでさめざめと泣いていると、さすがに気の毒に感じたのか、兵士たちが顔を見合わせて口を噤み始めた。王様が子どもを虐めているような気まずそうな顔で眉根を寄せ、僕に話しかけてくる。

「あー……お前は人間なのか？」

「ううっ、そうです」

「その、なんだ、なぜ魔王城なんかで暮らしているのだ？　ほかの子どもたちはみな魔物なのか？」

「魔物じゃないです、竜人とかエルフとか妖精とかホムンクルスとか獣人とか、珍しいけど魔物じゃないです。師匠は角と尻尾が生えてるけど人間です。みんな捨てられたり売られたりして帰る場所がなくて、僕らは力を合わせて生きてるだけなんです。ううう」

場はさっきとは違うざわつきと緊張感を帯びた。竜人やホムンクルスなど珍しい種族がいたうえ、みなしごの共同生活と聞いて哀れみが生まれたのだろう。

「陛下、お耳を貸しませぬよう。この者が本当に人間かわかったものではありません。魔物が化けて同情を誘い、逃げ出す隙を窺っている可能性もあります」

咄嗟に王様の近くにいた兵士がそう進言する。臣下としては警戒するのが正しいのかもしれないけど、それじゃあこちらの話はひとつも信じてもらえないじゃないか。

「嘘じゃないよ、疑うなら僕を調べてよ。れっきとした人間だから。それに村の人全員に話を聞いて！　僕らのこといい子だって褒めてくれる人もいるはずだよ、牛乳屋さんとか！」

必死に弁明していると「これ以上喋るな」と槍を向けられたけど、王様が「まあ待て」とそれを制止した。

「わしはこの子が嘘をついているようには見えん。見よ、この綺麗な瞳を。これは魔物でも嘘つきの目でもない。わしにはわかる……この者は間違いなく善良な人間だ」

「お……王様ぁ!!」

嘘⁉　こんな奇跡ってあるの⁉　まさかの王様が僕の話を信じてくれた！　王様めちゃくちゃいい人なんだけど！

人間の大人は八割くらいクソだと思っててごめんなさい。人間ってなんて尊いんだ。僕は感激のあまり、さっきまでとは違う涙で瞳を潤ませ王様と見つめ合った。

「僕のこと信じてくれてありがとうございます……！　うわぁぁあああん」

「うんうん。ひどいことをして悪かったな、怖かったろう、怖かったろう」

王様は玉座から立ち、グルグル巻きで跪いている僕の肩に手を置いて微笑んだ。そんな感動的な光景を、兵士たちと隣の王子がなんとも言えない目で見ている。

「……殿下、このままでよろしいのですか……？」

「まいったな、またこれだ。父上は黒髪黒目の情けない奴に弱いんだ、ジョリー（愛犬）に似てるから。尋問に向いてないいんだよ」

なんか失笑ものの情報がチラリと聞こえた気がしたけど、聞こえなかったことにする。何はともあれ大逆転だ。最大のピンチを切り抜けたことに、僕は胸を熱くさせた。ありがとう王様、ありがとう神様……！

……そのときだった。

「ん？　何やら外が騒がしいのう」

王宮の外からガヤガヤと声がして、王様は窓のほうに顔を向けた。ざわつきはどんどん大きくなり、切羽詰まったような叫び声になっていく。

「何？　何事？」

いったいどうしたのかと思い、僕も首を伸ばして窓の外を見ようとした。そのとき。

「陛下、お逃げください!!」

誰かが叫ぶのが早いか、悲鳴が早いか。天井がドカン!!　という派手な音と共に崩壊し、巨大な何かが飛び込んできた。

「ぎゃぁああああああああ!!　何ぃぃぃぃいいいいい!?」

謁見室は大パニックだ。飛び交う悲鳴、降り注ぐ瓦礫、室内を真っ白に埋め尽くす土煙。

グルグル巻きに拘束されている僕は手で頭を庇うことも、砂埃を吸い込まないよう口を覆うこともできず、「ひぇっ、ひぇっ」とダンゴムシのように身を丸めるしかなかった。――すると。

「ピッケ!!」

僕を呼ぶ、師匠の声が聞こえた気がした。

まさかと思いつつ振り返り、砂埃で涙が滲む目をなんとか見開く。白く燻る土煙の向こうに見えたのは……巨大な竜のシルエットとそこから飛び降りた人影だった。

「ピッケどこだ!?」

師匠とは思えない大きな声だけど、間違いなく師匠だ！　僕は唇を震わせ、お腹の底から声を出して叫ぶ。

「しっ師匠ー!!　師匠師匠師匠っしょしょしょうー!!」

ちょっと噛んでしまった。僕がヨタヨタと立ち上がり人影に向かって走っていくのと同時に、師匠も煙を抜けてこちらへ駆けてきた。

「師匠‼」

「ピッケ‼」

その瞬間グルグル巻きにされていた身体の縄が解け、師匠が僕の身体を力いっぱい抱きしめた。

「ピッケ……！　よかった、生きてた……！　よかった……」

それは聞いたこともないほど、苦しそうで、つらそうで、けれども安堵に満ちた泣きそうな声だった。

「うわ～ん師匠ぉ～、会えてよかったよお～～」

今までの絶望感と緊張が一気に消え、安心感で僕は子どものように泣きじゃくる。師匠は僕を身体に取り込んじゃうんじゃないかってくらい強く抱きしめて、何度も「ピッケ、ピッケ」と繰り返した。

身体を抱き寄せる大きな手がかすかに震えていることに気づき、胸がぎゅうっと苦しくなる。まだ頭が混乱していたけど、二度と師匠と離れたくないって思いだけは心にはっきりと焼きついた。

ああ、僕は師匠のことが大好きだ。

家族を好きな気持ちに順番はつけられないと思ってたけど、師匠は違う。たったひとりの特別。僕はきっとこの人を、家族以上の感情で好きなんだ。

自分でも今まで気づかなかった想いが、ぼんやりと輪郭を描いていく。その気持ちをなんて呼べばいいのかまだわからないけど、今はただ師匠の腕に抱きしめられるのが嬉しかった。

僕が師匠と熱い抱擁を交わしていると、煙の向こうからよく知った声が次々に聞こえてきた。

「師匠！　兄やんおったんか⁉　どこや！」

「お兄ちゃん、いるの⁉　無事なの⁉」

「ゲホゲホッ、何も見えねー。兄ちゃーん！」

「兄ちゃん大丈夫かー⁉　ゲホッゲホッ」

「ピッケ！　いるなら返事しやがれ！　おい！」

「にゃうう！　にぃ、にゃうう！」

み、みんなもいるの……？　僕を助けにきてくれたの……？

「みんなー！　僕ここだよ！　無事だよー！」

大きな声を張り上げ、師匠に抱きしめられたまま片手を振る。煙の向こうで幾つもの人影が竜の背から降りてくるのが見えて、それが続々とこちらへ駆け寄ってきた。

「兄やん‼」

「お兄ちゃん！」

「兄ちゃん！」

「……っ！」

「にぃ！」

ドゥガーリンが、エルダールが、ストックとフェッチが、アルケウスが、エルダールにおぶられたポンちゃんが、僕に向かって飛びかかるように抱きついてきた。その瞳にはみんな、うっすらと涙が浮かんでいる。

「おお～ん……！　無事でよかったわ兄や～ん！」

「お兄ちゃん、間に合ってよかった……！」

「兄ちゃん、助けにきたよ！」

「もう大丈夫だよ、兄ちゃん！」

「勝手に捕まってんじゃねえよ、クソ馬鹿ピッケ！」

「みゃあ～」

「みんな、ありがとう。心配かけてごめんね」

ギュウギュウと抱きしめてくる力から、みんながどれほど心配してくれていたかが伝わってくる。数日前は煩わしくて逃げ出した抱擁が、今は心が震えるほど愛おしい。失くしてわかった僕の宝物。もう一度この手に戻してくれてありがとう、神様。

しかし感動しているのも束の間、アルケウスがドゥガーリンの尻尾を蹴っ飛ばした。

「この馬鹿竜！　てめえが『ワイの勘やとこっちや！』って飛雄を真逆の方向に飛ばせたからこんなに遅くなったんだぞ！　ピッケが死んでたらどうすんだよ！」

「はぁ!?　それを言うならストックとフェッチやろ！　兄やんとっくに連れ去られてんのに気づかんで森を捜させよって！」

「オレたちのせいじゃないよ！　エルダールのせいだよ！」

「エルダールが怖気づいてモタモタしてたから遅くなったんじゃん！」

「えぇっ⁉　怖気づいてたんじゃないよ、慎重になったほうがいいって言ったんだよ！　だって師匠が禁断の魔術使って地上の者を皆殺しにするとか言いだすから……」

「……城を出る間際にリゥポントのオムツを替えていたから遅くなった……」

「ふみゃ⁉　シャーッ！　フーッ！」

……どうやら僕の救出にくるまでにいろいろと混乱があったようだ。それでこんなに遅かったのか。いや、助けにきてくれただけありがたいけどね。うちってみんな仲いいけど、じつは統率が取れてなかったんだな。

感動の涙が乾く間もなくみんなが救出遅延の責任を押しつけ合っていると、辺りに漂っていた土煙が収まってきた。そして気がつくと僕たちは兵士にぐるりと囲まれていて、何十本という槍の先がこちらを向いていたのであった。

「あ……」

師匠やみんなとの再会ですっかり忘れていたけど、これってとんでもない事態なんだよ。

王宮の人は師匠を魔王だと信じて疑ってないし、そんな中ようやく王様が話を聞いてくれて誤解が解けかけていたというのに。

「魔王ソーンだ！　魔王ソーンが王宮を襲撃しにきたぞ！　ここで討ち取れ！」

偉い兵士が声高にそう命じる。そりゃそうだ。もう弁解のしようがない。ド派手に王宮をぶち壊して登場しちゃったんだから。

しかも師匠もみんなも正体をいっさい隠していない。僕を助けるために殴り込む気満々だったのだろう。角やら尻尾やら翼やら耳やら目やら丸出しだ。

さらにはご丁寧にスライムたちや太郎二郎三平も連れてきたみたいで、飛雄の背の上で兵士たちを威嚇している。

もう見事な悪役。誰がどう見ても悪役。魔王と弟子と魔物。もしこの場面が小説の挿絵だったら、さぞかし禍々しいイラストになっていることだろう。

「はは……はははははははふひひひひひ」

なんかもう笑えてきちゃった。どうにでもなーれってやけくそな気分になってきたよ。

「……私のピッケを傷つけ辱めた代償は、貴様らを全員地獄に送っても足りない」

師匠が物騒なことをつぶやいて手の上に真っ黒い魔力の球を生み出す。ちょっと待って！　僕、別に傷つけられてないし、まったく辱められてもないから！　どんな被害妄想⁉

「兄やん捕まえた落とし前、高くつくでぇ」

ドゥガーリンが散らばった瓦礫の中から折れた柱を持ち上げ、武器のように軽々と構える。

「ぼくは暴力には反対なんだ。でも仕方ないよね」

エルダールが詠唱すると辺りの空気が淀み毒を帯びだした。

「やったあ、大暴れ！」

「めちゃくちゃにしてやる！」

ストックとフェッチが手を繋げば、瓦礫を巻き込んだ竜巻が幾つも起きた。

「ぶっ殺してやる」

アルケウスの周りには紫色の小さないかづちがパチパチと弾けている。

「うぅ～、にゃ、カカカ、カ」

いつの間にか床に下りたポンちゃんまで臨戦態勢で、氷のブレスを吐こうと構えていた。

背後では太郎二郎三平も今にも兵士に飛びかかりそうなほど唸っているし、スライムたちはプルプル武者震いしている。それどころか飛雄まで身体を起こし、戦う気満々だ。

「ちょっ！　ちょっと待ったー!!」

ガチで王宮を壊滅させようとしているみんなの前に飛び出し、僕は両腕を広げて叫んだ。

「それはマズいって！　確かに僕捕まっちゃったけど何もされてないから！　っていうか王様は僕の言うことを信じてくれて……」

そこまで言いかけてハッと気づく。そういえば王様は!?　せっかく話を聞いてくれたのに、仰天しちゃったんじゃない？

「お、王様。あの、これは……って、あーーーーー!!」

キョロキョロと辺りを見て王様の姿を見つけた僕は愕然とする。王様はでっかいコブを作って目を回していた。間違いなくみんなが飛び込んできたときに崩れた天井の瓦礫があたったのだ。

「うわあ、ごめんなさい!!」

青ざめる僕を兵士と王子様が睨む、めちゃくちゃ睨んでくる。それはそうだ。

「なーにが『僕ら悪いことしてないよ～』だ！　王宮の天井をぶち壊してワイバーンで侵入してくるなど、魔王以外の誰がするというのだ！　衛兵！　我が国の威信をかけてこいつらを絶対にやっつけろ！」

王子様は怒り心頭で兵士たちに命令を下す。槍を構えた兵士たちが一斉に向かってきて、師匠と弟たちがそれを迎え撃とうとした……けれど。

「み、みんな、逃げろー！」

僕はダッシュで兵士の隙間を駆け抜けると、飛雄の背によじ登った。

もう逃げるしかない。戦えば間違いなく師匠たちが勝つけれど、これ以上王宮をめちゃくちゃにするわけにもいかないし。だからといって全員捕まったら今度こそジ・エンドだ。

僕の行動に師匠たちも兵士たちも一瞬ポカンとしたけど、師匠たちはすぐに意図を察して身を翻した。

「逃がすな！　必ず捕まえろ！」

けれど兵士だってみすみす見逃してくれるはずもなく襲いかかってくる。僕が「殺しちゃ駄目だよ！」と繰り返し言ったからか、師匠たちは致命傷を与えないよう兵士らを魔法でいなした。

「手加減せんといかんなあ、案外難しいわ」

「ドゥガーリンは戦わなくていいよ、オレたちがやるから」

「そうそう。そんなでっかい柱振り回して、殺すなってほうが難しいじゃん」

ドゥガーリンが柱を盾に攻撃を防いでいる間に、ストックとフェッチが風魔法を発動し兵士らを吹き飛ばす。

「エルダールとチビ猫は引っ込んでろ。邪魔だ」

「あ、うん。怪我したら治してあげるからね」

「みっ」

アルケウスが前方に向かって両手を突き出すと、見えない壁ができて兵士を両脇に押し退けた。

エルダールはポンちゃんを抱っこしながら、みんなのかすり傷を素早く治していく。

「……おとなしくしていろ……」

師匠は足をタン、と軽く踏み鳴らした。まるで足元の影が飛び散ったように広がり、それは瞬く間に荊の蔓となって部屋にいた兵士のほとんどを縛り上げた。

「わあ、みんなすごい」

僕は飛雄の背でうっかり感心して見入ってしまった。みんな魔法がうまくなったなあ。師匠も相変わらずすごいや。統率は取れないのに連携の取れた戦い方はできるんだな。

僕と飛雄の周りにも兵士がいっぱいいて攻撃してくるのだけど、すべてスライム軍団と太郎二郎三平が防いでくれた。やがて臆した兵士たちが引き下がっていくと、褒めてほしいスライムと太郎二郎三平が僕のもとへやってくる。

「みんなありがとう、大活躍だね」

順番に頭を撫でてあげていたら、兵士の身動きを封じた師匠たちがこちらへやってきた。

「師匠、みんな！　新しい兵隊が来る前に早くここから逃げよう！」

手を貸してみんなを引っ張り上げ、全員を飛雄の背に乗せる。家族全員と太郎二郎三平とスライム全員、点呼をとって乗り遅れがいないか確認してから飛雄を浮上させた。

「あの！　せっかくお話聞いてくれたのにごめんなさいって、王様に伝えておいてください！　あと天井壊しちゃってごめんなさい！　そのうち弁償しますから！」

王子様に向かってそう叫んだけど、彼は怒り心頭といった様子で真っ赤な顔をして地団駄を踏んでいた。ちゃんと聞こえたかな。

飛雄が大きく翼をはためかせると、一瞬で王宮の上まで飛び上がる。眼下に、謁見室に駆け込んできた新しい兵士の群れが見える。危なかった、ギリギリセーフだった。

一部崩壊してしまった王宮が遥か下になると、飛雄は北へ向かって羽ばたき始めた。あっという間に城下町を越え、見える景色は森や平原になってくる。

「ここまでくればもう大丈夫かな」

ホッと胸を撫で下ろした僕は安堵からか、ヘロヘロと力が抜けた。そのまま飛雄の背から落ちそうになるのを、後ろに座っている師匠が抱き込むように支えてくれる。

「師匠、みんな……助けてくれて本当にありがとう。嬉しかったよ。……でも、僕たちこれからどうしようね？」

もうお城へは帰れない。森はすでに兵士が包囲しているし、勇者も向かっている。下手したら森に火をかけられるかも。

住む場所を失ってしまい途方に暮れていると、師匠が後ろから僕の頭に顔をスリスリしながら口を開いた。

「……引っ越しをする。あの森は兵士がうろつくようになって煩わしい……。それに……やはり籠城生活は不健全だ……子どもはのびのびと外に出なくてはいけない……」

「引っ越し!?」

僕は目を丸くして振り返る。その発想はなかった。すると師匠は僕の頭の匂いを嗅ぎながら、さらに驚くことを言った。

「もう城は……クンクン、魔法で移転してある……家財道具も畑も家畜も、クンクン……そのままだ……スーハー」

「えっもう引っ越し先決まってるんですか？　てか引っ越し済み？　どこなんです？　てか頭の匂い嗅がないで」

引っ越すにしてもお尋ね者になってしまったので、この国内はまず無理だろう。となると外国……念のため隣国は避けるとしたら大陸外しかない。そんな未知の場所で不便なく暮らせる土地を、もう見つけたのだろうか。

僕はすっかり感心したけれど、師匠の後ろで弟たちがモゴモゴと口ごもり、複雑そうな表情を浮かべている。え、何その顔。いやな予感しかしない。

「場所は……クンクン、……魔界の浅層だ……スハスハスハ」

「ま!?　まかッ!?」

ほーらいやな予感的中！　衣も食も魔界の恩恵にあずかってるもんね！　これで僕ら衣食住全部魔界頼みだ！　いやすぎる！

「なんでよりによって魔界なんですか!?　ほかにもっとあったでしょ!?　首筋も嗅がないで！」

「引っ越し先を決めるのに時間がなかった……魔界なら私は知見があるし、邪魔な兵士も追ってこられない……いちいち召喚しなくても、食べ物も衣服も手に入れやすい……クンクンクンクン」

「脇の下も嗅ぐな！　全身どこであっても嗅ぐの禁止！」

師匠の言い分は一理あるけども、諸手を挙げて喜ぶ気にはなれない。だって魔界だよ？　僕らの生活がどんどん人間離れしていく。

匂いを嗅ぐのを禁じられた師匠はかすかに拗ねたような表情を浮かべたあと、後ろから僕を強く抱きしめる。

「……魔界でもどこでも……みんなと一緒ならそこが家だ……」

うーん、なんて楽観的なセリフ。でもそれ、すごくいい言葉かも。

ウジウジしてたって仕方ない、ここまで来たらなるようにしかならないもんね。世界の果てだって魔界だって、家族が笑顔で暮らせるならそこが僕らの家だ！

「ですね。こうなったらもう魔界でのびのび暮らしましょう！　みんな一緒が一番！」

ちょっとやけくそ感もあったけど、満面の笑みで両手を上げて言った僕に、師匠が小さくクスっと笑う。そして顔を寄せてきたかと思うと、僕の頬に口をくっつけてきた。

「ん？　何？　食べた？　今僕のこと食べました？」

「……あまりにも可愛いから、つい……」

匂いを嗅ぐだけじゃ飽き足らず齧るようになった師匠に軽く恐怖を覚える。いや、歯は立てられなかったけど。どちらかというと唇で吸われた感じ？

するとお師匠の背後からものすごい圧を感じ、弟たちがみんな険しい表情を浮かべていることに気づいた。みんななんて顔してんの。

「いっ今、師匠ちゅーした⁉　兄やんにちゅーしたやろ⁉」

「信じられない！　師匠最低！　今すぐ飛雄から降りて！」

「ズルい！　オレも兄ちゃんにちゅーする！」

「オレも！　初めてのちゅーは兄ちゃんがいい！」

「ピッケこっち来い！　その変態バケモノから離れろ！」

「しゃーっ！」

「ピキーッ！」

「バウバウバウバウ！」

なぜだかカンカンに憤っている弟たちに、僕は「は？　ちゅー？」と頬をさすりながらポカンとする。ちゅーって、キス？　キス？　いや違うでしょ、食べたんだよ。

「師匠が変なことするから、みんな驚いてるじゃないですか。ほら、誤解といてください」

後ろの師匠を肘でグリグリ突っつきながら説明を促したけど、彼はどういうわけか僕をすっぽりマントで包んで弟たちから見えないように隠してしまった。

「えっ何？　し、師匠？」

「……誤解ではない……。……愛しい……」

「え？　なんて？　聞こえないんですけど」

ボソボソ声に加えマントに覆われているせいで、師匠が何を言っているかちっとも聞こえない。後ろから弟たちがめちゃくちゃブーイングしてるのはよく聞こえるんだけど。てかマントに頭までくるまれたら、暑いし息も苦しいんだけど！

「ぶはっ！」

マントから顔を出した途端、涼しい風が頬を撫で髪を靡かせる。空は快晴、風がとっても気持ちよくて雲に手が届きそう。

「いいお天気だなあ。お引っ越し日和だ」

魔界にも青空ってあるのかな。あるといいな。だって僕はいいお天気の日に洗濯をするのが大好きなんだ。

空いっぱいに広がる八枚のシーツ、大小並んだシャツ、ピカピカに洗ったブーツ。庭で洗濯しているとシャボンの泡が幾つも風に浮かんで、弟たちがそれを追いかけてはしゃいで——そんな平凡な日常が、僕にとっては何よりの宝物だから。

「早く着かないかな。引っ越し楽しみになってきた」

自然と笑顔になったまま言えば、師匠にブーイングをしていた弟たちの声がやんで、みんな飛雄の背から落ちないように慎重な足取りで僕の周りに集まってきた。

「ワイも、兄やんとみんなと一緒なら楽しみや」

「魔界に行ってもそばにいてね、お兄ちゃん」

「兄ちゃん、一緒に魔界探検しようね！」

「魔物が出てもオレたちが守ってあげるね！」

「呑気なもんだぜ。まあ俺から離れなきゃ何も怖いモンなんてないけどな」

「にぃ、にぃ」

新生活に期待とちょっぴりの不安を混ぜた顔をしている弟たちの頭を、順番に撫でてあげる。

「ふふ、みんな一緒なら魔界もきっと楽しいよね」

そして僕を抱えて座っている師匠を振り返り、お腹に回されている手に自分の手を重ねた。

「師匠もね。どこに行こうと、これからもずーっと一緒ですよ」

「……ん」

師匠がそっと僕の手を握り返す。大きくて、指が細長くて、変な指輪がいっぱい嵌まっている、僕の大好きな手。

「それじゃあ、改めて。新天地に向かってレッツゴー！」

空に向かってこぶしを突き上げれば、みんなも「「「「おー!!」」」」と声を合わせてくれる。師匠だけは「お、おー……」と蚊の鳴くような声だったけど。

どこまでも続く大空を、僕たちを乗せた飛雄が風のように進む。

いつまでも終わらないと錯覚するような、明るい夏の日のことだった。

——こうして、地上から大魔王ソーンと荊の城は消えた。

人々は魔王の脅威が去ったことを喜び、平和になった世界で勇者は剣を置き、悠久の安寧が——

訪れるわけないでしょ！　師匠は魔王じゃないんだから！

地上では相変わらずフツーに魔物が出現してるし、特に何も変わってないよ。まあ、別にそれはどうでもいい。そんなことより問題なのは、僕が今さらあの小説の重要な部分を思い出したことだ。

勇者が魔王との決戦のために向かったのって、北の森じゃないんだよね。……魔界にある荊の城なの。

そう、小説では魔王は魔界にいて勇者ははるばるそこまでやってくるの！

つまり北の森にいれば小説のルートから外れていたのに、僕たちは自ら正しい魔王ルートにハマっていっちゃったってわけ！　なんてこった！

それを思い出したのは魔界に引っ越して一か月後のこと。ようやく魔界暮らしにも慣れてきたころにこの衝撃。トホホ、僕たちこれからどうすればいいのやら。

まだまだ魔王ソーンと弟子たちの受難は続きそう。

ちなみに魔界には青空がなくて洗濯物が微妙にカビ臭い。すっごいいや。引っ越したい。

番外編　ソーン

ソーン・アルギュロスはおとなしい子どもだった。

幼いころから本が好きで、いつもひとりで分厚い本のページを捲っていた朧げな記憶がある。

そんな彼が四歳のとき、故郷の村が魔物に襲われた。村人はみな殺されてしまったが、崩れた家の瓦礫の隙間で息を潜めていたソーンだけは生き残った。

三日後、累々とした屍の中でぼんやりしていた彼を拾ったのは、近くの森に住む老婆だった。

老婆は魔法使いだった。彼女はソーンを自分の家に連れて帰り、育てることにした。

老婆はとても物静かでものを教えるとき以外は滅多に口を開かなかったが、ソーンも無口な子だったので特に支障はなかった。人嫌いでなるべく他人に関わろうとしなかったが、ソーンには優しかった。毎日彼に温かい食事を作り、眠るときは手を繋いでくれて、魔法がうまくできると頭を撫でてくれた。

彼女は卓越した魔法使いで学識が高く、自分の持つすべてをソーンに惜しみなく教えてくれた。


それから老婆が老衰で亡くなったのは、ソーンが十四歳のときだった。

ソーンは家の裏に墓を作ったあと、魔法の研究に没頭した。老婆の遺言だったのだ、自分の研究を継いでほしいと。

やがてソーンは気づく。老婆が研究していたのは大陸諸共吹き飛ばし人類を消滅させる、究極の破壊魔法だったということに。

そういえば以前、一度だけ老婆が自分のことを話してくれたときがあった。彼女は若いころ、炭鉱で働いていた。魔法で掘削作業を手伝っていたのだ。しかし炭じん爆発が起き、多くの犠牲者が出た。幸い彼女は怪我で済んだのだが、爆発は魔法を失敗したせいではないかと犠牲者の家族に責められ、挙げ句の果てに村から追放された。

詳しくは語らなかったが、ソーンが想像するより醜悪で残酷な顛末だったのだろう。しかしまさか人類の消滅を望むほど人間を憎んでいるとは思わなかったが。

ソーンは考えあぐねた。これからどうしたものかと。あと数年もあれば破壊魔法は完成する。老婆の遺志を継ぎ人間を滅ぼすべきだろうか。

悩んでいても仕方ないので、とりあえず研究に必要な材料を採取すべく魔界に行くことにした。家は燃やして処分した。留守の間に泥棒に荒らされるのはいやだったし、朽ちかけた古い小屋だったので嵐でも来たら潰れてしまうだろうし、ならば自分の手で灰にすべきだと思った。

しかし魔界から帰ったあと寝床がないのも困るなと考え、適当に古い城を買っておいた。魔力がよく沁み込んでいた城だったので、蔦を張り巡らせ留守を守らせた。

魔界での三年間はあっという間だった。最初は戦いに明け暮れていたが、やがて魔物もあきらめたのかソーンを襲う者はいなくなった。採取は順調で、満足のいく旅であった。

そして地上に戻り研究を再開したソーンであったが、ふと寒々しさを感じることが多くなった。

……淋しい。今さらそんな感情が湧いてくる。

老婆が亡くなってからひとりで生きることに一生懸命で、自分の心を置いてきぼりにしてきた。このやたらと広い城でひとりぼっちでいると、たまらなく寒くて淋しくなってくる。

しかし唯一の家族であった老婆はもういない。……ならば新しい自分の家族を作ろうとソーンは考えた。

……そうだ。弟子をとろう。そう思い、ソーンは嬉々として街へ向かった。

ソーンにとって淋しさを埋めるのは家族であり、家族とは師弟であった。それしか知らなかった。

しかし街へ出たところで弟子などそうそう見つからない。そもそも魔法使いがいない。悩んだソーンは魔法ギルドへ行くことにした。自分は所属していないが、あそこならば魔法使いがウジャウジャいる。そこで弟子を見つけようとしたのだ。

しかしギルドの門を潜るなり、ソーンは建物の中にいた全員から注目を浴びた。高身長で外見が目立つというのもあるだろうが、数人が「あれ、ソーンじゃないのか？　あの魔界から帰ってきたっていう」と口にした途端、恐怖と嫌忌、好奇心と畏怖の視線が矢のように降り注がれたのだ。

ソーンが魔界帰りだということは、魔法使いの間で随分と広まっていた。魔界で助けてやった冒険者が言いふらしたのだろうか、それとも魔界の悪魔が地上で噂を広めたのだろうか。

「あいつが魔王なんじゃないのか」

そんなヒソヒソ話を背に浴びながら、ソーンは足早にギルドをあとにした。なんとも心地が悪い。

老婆が人間を嫌っていた理由が、なんとなくわかる。

弟子が欲しい。けど人間はなんとなく苦手だ。ソーンは行き詰まってしまった。おとなしいエルフ辺りなら丁度良いのではないかと思い捜したが、希少なエルフがそうそう街にいるはずもなかった。

そうしてフラフラ街を彷徨っていたとき、人混みの中からふと魔力を感じた。子どもだ。まだ目覚めていない、透き通った魔力の気配を感じる。

気配を追った先にいたのは奴隷の子どもだった。髪はボサボサ、痩せてガリガリで男か女かもわからない。けれどそんなことはどうでもいい。ソーンはすぐさま奴隷商人に声をかけた。

「……あの……」

「エルフですか？　エルフはそうそう手に入らなくて……」

しかし奴隷商人はほかの客と話していて、ソーンの声がまったく耳に届いていない。

「……その子が欲しい。幾らだ……」

「クソ！　ただでさえ人間は安値でしか売れないのに、お前らが汚いせいでますます売れないじゃないか！」

客が去っても奴隷商人はソーンに気づくことなく、子どもに鞭を振るうことに夢中だ。しかも買おうとした子どもを叩いているのだから、ソーンは珍しくキレてしまった。

「あいでででで⁉」

「……さっきから尋ねているんだが、聞こえないのか。その耳は飾りか」

もとは細身だったソーンだが、魔界を旅している間に随分と腕力もついていた。奴隷商人など片腕で簡単に捻り上げられる。

この怠惰で横暴な商人から買うのは癪だったが、仕方ないので魔力のある子どもを二十万ウラヴで買った。でもやっぱり腹の虫がおさまらないので、ふいに眠くなる魔法をかけておいた。奴隷に逃げられてしまえ。

買った子どもは男の子だった。名をピッケという。とても素直で感情豊かで明るい子だ。よほど不当な扱いを受けていたようで、ソーンをまるで親鳥のように慕った。ピッケを見ているとソーンは幼少期の自分を思い出す。老婆と、唯一の家族と寄り添って生きてきた日々を。

……この子を一生幸せにしよう。

ソーンは心に誓った。もしかしたらピッケと幼いころの自分を重ねていたのかもしれない。だから余計に、この子を淋しくさせまいと強く心に思った。

それに、自分は老婆と違いまだまだ若い。弟子を置いて早々にあの世に発つこともない。これならば大人になっても……いや、老人になったとて一緒にいられる。

一生放さない。共にいる。どちらかが命尽きる日まで。


——荊の城の魔王は、宝物を見つけました。それは世界中のどんな宝石よりも輝いていて、どんなご馳走よりもおいしくて、この世にたったひとつしかないものだったのです。魔王は宝物を愛で、慈しみ、何者からも守り続けました。長い年月が流れ人々が荊の城のことを忘れても、魔王はいつまでもいつまでも宝物を抱いて城の奥で眠ったのでした——

これは、どこか遠い大陸でいつの日にか伝わるおとぎ話。本当か嘘かもわからない、遥か昔の魔王のお話。

この作品に対する皆様のご意見・ご感想をお待ちしております。

おハガキ・お手紙は以下の宛先にお送りください。

【宛先】

〒150-6019 東京都渋谷区恵比寿4-20-3 恵比寿ｶﾞｰﾃﾞﾝﾌﾟﾚｲｽﾀﾜｰ19F
（株）アルファポリス　書籍感想係

メールフォームでのご意見・ご感想は右のＱＲコードから、
あるいは以下のワードで検索をかけてください。

アルファポリス　書籍の感想　検索

ご感想はこちらから

本書は、「アルファポリス」（https://www.alphapolis.co.jp/）に掲載されていたものを
改題、改稿、加筆のうえ、書籍化したものです。

魔王様《まおうさま》は手《て》がかかる

柿家猫緒（かきや ねこお）

2025年 4月 20日初版発行

編集－吉本花音・森 順子
編集長－倉持真理
発行者－梶本雄介
発行所－株式会社アルファポリス
〒150-6019 東京都渋谷区恵比寿4-20-3 恵比寿ｶﾞｰﾃﾞﾝﾌﾟﾚｲｽﾀﾜｰ19F
TEL 03-6277-1601（営業） 03-6277-1602（編集）
URL https://www.alphapolis.co.jp/
発売元－株式会社星雲社（共同出版社・流通責任出版社）
〒112-0005 東京都文京区水道1-3-30
TEL 03-3868-3275
装丁・本文イラスト－雪子
装丁デザイン－しおざわりな（ムシカゴグラフィクス）
（レーベルフォーマットデザイン―円と球）
印刷－中央精版印刷株式会社

価格はカバーに表示されてあります。

落丁乱丁の場合はアルファポリスまでご連絡ください。

送料は小社負担でお取り替えします。


ISBN978-4-434-35460-1 C0093